아마노 케이타와 청춘 컨티뉴

지음 | 아오이 세키나
일러스트 | 사보텐
옮김 | 기미정

게이머즈!
GAMERS!

C O N T E N T S

GAMERS

Keita Amano and youth continue

'아마노가 내일은 게임부에 와주지 않을까.
……아, 따, 딱히
그 애가 게임부에 오지 않아도 전력
아무런 문제가 없으니 꼭 와주길 바라는 건 아니

“『모에』나
『귀여움』은 게임에서
중요한 요소 중
하나라고!”
“역시……, 두, 두 사람은, 서로가, 있으니까,
《게임부》보다 《게임 동호회》를……”
아마노 케이타
Keita Amano
게임이 취미인 평범한 고등학교 2학년.
콘솔 게임부터 소셜 게임까지
게임 전반을 좋아하지만 실력은 그저 그렇다.
반에서는 아웃사이더.

"그 시리즈의 매력은 뭐니 뭐니 해도 음악!"
"너희는 왜 보자마자 시비냐……."
"저기, 타스쿠우~. 무슨 이야기 하는 중이야?"
우에하라 타스쿠
Tasuku Uehara
아마노와 같은 반 친구. 반의 중심에 서 있으며 여자 친구도 있는, 전형적인 현실 충실형 인간. 그렇지만 사실 게임을 좋아하는 일면도.
아구리
Aguri
우에하라의 여자 친구. 외모와 말투는 가벼워 보이지만 착하고 순수하다. 살짝 모자라 보이는 점이 옥에 티. 게임에 관한 지식은 전혀 없다.
호시노모리 치아키
Chiaki Hoshinomori
말주변이 없고 혼자 하는 게임을 좋아 고등학교 2학년. 실제로 플레이하는 것은 물론, 프리 게임 제작도 하고 있다. 아마노와는 가치관이 달라서 견원지간

텐도 카렌
Karen Tendo
완벽한 스펙을 자랑하는 학교 제일의 미소녀이자
게임부 부장을 맡고 있는 순수한 게이머.
아마노를 게임부에 권유하는 사이,
다른 감정이 싹트기 시작하는데……?!
면에서는
이만 말이야!'

게이머즈!
1
아마노 케이타와 청춘 컨티뉴

아오이 세키나_지음
사보텐_일러스트
기미정_옮김

J NOVEL

● 커버 그림, 본문 일러스트 | 사보텐

게이머즈!

GAMERS

아마노 케이타와 청춘 컨티뉴

Keita Amano and youth continue

START

【프롤로그】

평범한 일상을 사랑하는 평범한 주인공에게 그다지 공감한 역사가 없다.

실제로 나 자신이 눈물이 날 정도로 매우 평범한 고등학생인데도 말이다.

예를 들어.

이야기의 첫 부분부터 미소녀 소꿉친구가 깨워주고 등굣길에 모퉁이에서 새침한 전학생과 부딪치기도 하며, 학교에서는 시크한 미인 선배에게 높은 평가를 받고 있다. 그리고 귀엽지만 짓궂은 여자 후배도 어째서인지 무조건 잘 따르는, 그런 현실에 충실한 녀석이,

〈――하지만 나는 이런 잔잔하고 평범한 일상이 꽤 마음에 든다고 생각하기도 한다――.〉

라는 독백을 다소 태평하게 말해 봤자 내 안에서 솟아오르는 생각은 기껏해야 이 정도이다.

"그렇겠지!"

라는 피눈물이 섞인 처절한 핀잔. 공감할 요소는 눈을 씻고 찾아봐도 보이지 않는다.

한편, 이 경우와 정반대로 진짜 현실에 충실한, 특히 미소녀가 나오지 않는 「평범한 일상」을 사랑하는 주인공이 더러 있는 것도 사실이다. 그럼 그들에게는 공감이 가냐고 묻는다면 그 역시 또 다른 문제인데, 이것도 예를 들면…….

〈해 질 녘. 학생들의 시답지 않은 대화와 웃음소리. 학교 안에 작게 울려 퍼지는 관악부의 연습 소리와 운동장에서 운동부가 떠드는 소리가 한데 뒤섞인다. 평소와 다름없는, 아무 일도 없는 방과 후. ……그러나 고등학교 2학년인 나, 아마노 케이타는 이런 평범한 일상을 사랑했다.〉

하고 난데없이 하드보일드풍으로 이야기를 시작해 봤자,

"귀환한 용사라도 되십니까……?"

라며, 이번에는 아까와 다른 의미로 가치관이 다르다는 사실을 느껴야만 했다. 물론 그렇다고 해서 그런 부류의 주인공이 싫다는 것은 아니다. 오히려 내 취향에 맞아서 호감을 느끼는 주인공이기는 하지만 공감할 수 있는지 아닌지는 별개의 문제다.

결국, 태어나서 지금까지 철저하게 평범한 일상 속에서 살아가던 사람……. 특히 10대 소년소녀가 자신의 평범함을, 그리고 아무 일도 없는 일상의 가치를 진정으로 이해한 끝에 더욱 사랑하게 되는 이유를, 나는 도저히 상상할 수가 없었다.

적어도 나——평범한 남자 고등학생 아마노 케이타(16세)는 말이다.

지금도 매일 밤 침대에 누우면 용사가 되어 이세계에 소환되는 망상을 한다.

………….

아니, 고등학교 2학년씩이나 돼서 무슨 소리를 하는 거야,

너. 그럴 시간이 있으면 진학이나 취업에 대해 진지하게 생각해! 라는 생각은 솔직히 나도 하지만, 솔직히 이것만큼은 어쩔 수 없다.

문득 정신을 차리고 보면 나는 언제나 평범함에서 탈출하기를 꿈꾸고 있다.

여행을 가면 외딴섬에 위치한 서양식 저택에서 일어난 살인사건에 탐정 역할로서 휘말리지 않을까, 하는 기대를 한다. 또, 밤에 혼자서 편의점에 갈 때면 어둠을 틈타서 아무도 모르게 괴물을 사냥하는 헤로인과 우연히 마주치지 않을까 싶어 항상 가슴이 두근거린다. 그리고 한 달에 한 번 정도, 한가한 수업 중에는 염력으로 샤프를 띄울 수 있지 않을까 하며 기를 써본다.

물론 진짜로 무슨 일이 일어나리라고 믿는 것은 아니지만.

하지만 복권 정도의 실낱같은 희망을 품고 사는 것 정도는 봐줬으면 한다.

왜냐하면.

나라는 인간의 속성은 절망적일 정도로 「평범」하기 때문이다.

아마노 케이타. 16살. 고등학교 2학년. A형, 게자리. 몸집이 작고 조금 마른 체형.

부모님과 두 살 아래인 남동생이 함께 사는 4인 가족. 중산층 가정에서 특별히 이렇다 할 불편함도 없이 성장했으며, 친가,

외가의 조부모님도 모두 건강하시고 친척과의 사이도 그럭저럭 좋다.

나와 동생이 꽤 모범생처럼 자란 덕분인지 가끔씩 투닥거리기는 하지만, 집안 분위기가 과도하게 험악해진 적은 한 번도 없다. 부모님의 금실도 원만해서 1, 2년에 한 번은 국내로(대부분 가까운 곳이지만) 가족 여행도 간다.

부 활동 경험은 초등학교, 중학교 전부 야구부. 하지만 순전히 친구를 사귀기 위해서였을 뿐 열정적으로 활동한 것도 아니거니와, 특출난 재능이 있기는커녕 오히려 운동치라 발목을 잡기 일쑤였다. 측은해 보였는지 확실하게 이기고 있을 때나 지고 있을 때에는 마지막 경기에 내보내 주었지만, 솔직히 말하자면 굳이 팀에 폐를 끼치면서까지 나가고 싶은 마음은 없었다. 물론 나름대로 진지하게 임하기는 했지만.

머리 자체는 그다지 나쁜 편이 아니어서 공부를 그런대로 잘한다는 자부심이 있었다. 하지만 그 자만심이 화를 불렀는지, 아니면 게임을 너무 해서 그런지 중학교 때 성적이 조금 떨어졌고, 그 결과 이 지역에서 하위권에 속하는 공립 고등학교……, 오토부키 고등학교에 입학.

그때, 초등학교 때부터 친하게 지낸 친구들이 모두 다른 학교로 진학하면서 인간관계는 거의 초기화 상태가 되었다.

그러나 초등학생 같은 안이한 감성에서 벗어나지 못한 나는 '친구는 아주 자연스럽게 생기는 법이야!' 라고 생각했고, 당연히 남들보다 출발이 늦는 바람에 결국 특별히 친한 친구도 만들지 못한 채 그대로 어느덧 1년.

2학년이 되고 반이 바뀐 지금도 여전히 쉬는 시간에는 혼자 스마트폰이나 게임기를 만지작거리는 나날. 세간에서 흔히 말하는 '아웃사이더'라는 존재가 됐지만, 가끔씩 비웃음을 받기는 해도 노골적으로 따돌림을 당하지는 않는다. 스쿨 카스트의 최하층민이지만 그럭저럭 융화되어 받아들여진 타입이다.

당연히 어쩌다가 반 아이들과 대화할 일이 있어도 상당히 표면적.

참고로 내가 여태까지 고등학교 생활을 하면서 나눈 대화 중에서 제일 친근하게 느꼈던 것은, 내 근처에 모여서 떠들던 같은 반 남자아이와 나눈 대화…….

"저기, 아마노는 점○를 읽을 때 어디서부터 읽어?"

"어? 아, 저기, 그냥 평범하게 앞에서부터 순서대로 읽는데……."

"역시 그렇지? 거봐, 내가 아마노는 순서대로 읽을 거라고 했잖아! 너희, 나한테 주스 사라!"

이것이다. 덧붙여 이 대화를 나눴던 날, 나는 하루 종일 들떠 있었다.

……지금 '그건 《평범》보다 조금 더 아래인 것 같은데…….' 라고 생각한 거기 당신. 그냥 잠자코 있어주면 안 될까? 마음이 무너질 테니까. 굴곡이 없는 평범한 삶을 살아온지라 유리멘탈이거든. 좋아하는 게임을 혹평하는 글만 봐도 쓸데없이 하루 종일 풀이 죽어 있는 타입이라고.

당연히 여자 친구를 만든다는 건 꿈속의 꿈. 내가 고등학교에서 경험한 연애 관련 이벤트는 기껏해야…….

〈쉬는 시간에 정처 없이 교내를 배회하던 중, 평소에는 사람이 지나다니지 않는 계단 층계참에서 서로 몸을 더듬으며 딥키스를 하는 커플과 조우. 순간적으로 시간이 멈췄지만 그 상황에 그냥 돌아가기도 뭐해서 아무것도 못 봤다는 듯이 옆을 지나 계단 아래까지 내려간 뒤에 가슴을 쓸어내리고 있는데, 어째서인지 위에 있던 커플이 배를 잡고 웃는 소리가 들렸다.〉

이런 경험 정도다. ……솔직히 지금도 그 상황에 어떻게 해야 정답이었는지 모르겠다.

응? 내 연애 이벤트? 음, 2차원도 포함된다면――아, 안 된다고? 그렇군요, 흠. ……뭐, 그렇다면 전혀 없네요.

흠흠. 아무튼 이처럼 나는 더할 나위 없이 지극하게 평범한 인간이다. 인기인의 오라도 없거니와 특출난 재능도 없으며, 그렇다고 해서 나쁜 쪽으로 눈에 띄는 것도 아니다.

반 아이들이 봤을 때 학생1처럼 존재감이 없는 캐릭터. 그것이 나, 아마노 케이타.

나만의 유일한 특징을 대보라고 한다면 모 애니메이션 요괴 ㅇ치의 주인공과 이름이 거의 똑같다는 것과, 또…….

"게임이 취미."

라는 것뿐. 지금까지 내가 한 자기소개를 들으면서 어렴풋이 알아챘을지도 모르지만 나는 게임을 좋아한다. 텔레비전 게임. 그것이 정말 좋다. 특별한 이유도 없이 무조건 좋다.

재미있는 게임을 하고 있을 때가 제일 행복하고, 그것만 있다면 웬만큼 안 좋은 일은 극복할 수 있다. 내 안에 여전히 응어리져 있는 중2병 같은 요구의 대체 행위이기도 해서, 즐겁게 게임을 할 수 있다면 굳이 이세계로 소환되지 않더라도 '뭐, 이 세계도 나쁘지 않아.' 라는 생각이 들게 해준다. 그 정도로 게임이 좋다.

하교하고 나서 저녁을 먹기 전까지 즐기는 게임 시간은 그야말로 최고로 행복한 한때이며, 동생과 신 나게 떠들면서 대전하고 있을 때만큼 웃음이 넘치는 시간은 없다.

그러나……, 그 정도로 게임을 좋아하는 사람은 세상에 차고 넘치므로.

결국 특징이라고도 할 수 없는 특징. 개성이라고도 부를 수 없는 개성.

그렇기 때문에 그런 내가 지금부터 할 이야기는.

본의 아니게 내가 좋아하는 취향의 스토리가 아니라서 심히 유감스럽지만.

이러쿵저러쿵해도 결국은.

평범한 일상을 사랑하는 평범한 주인공에게 미소녀가 말을 걸면서 시작되는, 매우 흔하디 흔한 데다가 깜짝 놀랄 만큼 공감할 수도 없는——,

——게임 이야기이다.

【아마노 케이타와 선택받은 자들】

세상에는 구름 위의 존재라는 것이 있다.

동경하는 아이돌 가수이거나 세계 무대에서 활약하는 스포츠 선수이거나 대기업의 부자 사장이거나, 사람에 따라서는 2차원의 여자 친구가 그 대상이기도 하다.

신분이나 처지가 전혀 달라서 애당초 접점이 없는 데다가, 설령 기적적으로 만났다 해도 그 뒤에 이어질 대화나 교류의 난이도가 까마득히 높은 인간.

그것이 구름 위의 존재.

그렇기 때문에…….

"저기, 잠시만요. 오토부키 고등학교 학생……, 맞으시죠?"

"으에?"

6월 모일 방과 후, 석양이 비치는 나른한 게임 숍 안에서.

오토부키 고등학교에서 제일가는 미소녀 텐도 카렌이 아무런 예고도 없이 말을 건 그 순간……. 나, 아마노 케이타의 머릿속이 완전히 얼어버렸고, 순간 이상한 목소리로 반응하고 말았다.

조금이라도 정보를 얻고자 바쁘게 움직이던 안구가 무례하게도 그녀를 위에서 아래로 훑는다.

제일 먼저 눈길을 끈 것은 기다란 금발 머리였다. 그것도 동네 미용실에서 어설프게 염색한 조잡한 색깔이 아니라, 아주 자연스럽게 매끄럽고 건강한 금발. 자세한 내용은 잊었지만 하프라고 하던가, 쿼터라고 하던가. 격세유전이라서 그렇다는 듯하다.

하지만 금발 머리에 반해 얼굴 생김새 자체는 지극히 일본인이라, 크고 맑은 눈동자는 연한 파랑색인데 전체적으로 천진난만한 느낌도 드는 것이 신기할 정도이다.

완전히 애니메이션이나 게임 속에서 빠져나온 듯한 전형적인 미소녀.

모델처럼 키가 크고 늘씬해서 그런지 다른 사람과 똑같은 오토부키 교복마저도 그녀가 입으니 세련되어 보인다.

"……?"

"아."

나도 모르게 멍하니 넋을 잃고 있자 텐도가 고개를 살짝 갸웃하며 이상하다는 듯이 나를 쳐다보았다. 화들짝 놀라는 나를 보며 텐도가 "아, 맞다." 하고 멋대로 납득하더니, 수줍은 모습으로 자신의 가슴에 손을 대고 입술을 움직인다.

"저는 오토부키 고등학교 2학년 A반의 텐도 카렌이라고 해요. 만나서 반가워요, 저기……."

"어, 아, 저기, 그, 아마노입니다. 아마노……."

당황한 나머지 반사적으로 그렇게 대답했는데, 텐도가 말없이 계속 빙긋 웃으며 내 뒷말을 기다리는 모습을 보고서 화들짝 놀라 말을 덧붙인다.

"아, 아마노 케이타. F반. ……아, 2학년. ……아, 아니, 맞다, 같은 오토부키고요!"

뒤죽박죽인 자기소개로 간신히 대답한다. 민망할 정도로 엄청 더듬거렸는데, 설상가상으로 긴장한 탓에 얼굴에서 땀이 비 오듯이 쏟아졌다. 앞머리가 이마에 딱 달라붙고 몸이 잘게 떨리며 어금니가 딱딱 소리를 낸다. 그럼에도 동요를 들키지 않기 위해 나 자신을 필사적으로 진정시켜 보지만……, 초조해하면 초조해할수록 마음만이 헛돌아 오히려 순식간에 뺨이 붉어지고 말았다.

한심한 동정에 숫기도 없는 남자의 오라를 노골적으로 풍기는 내 모습이 처량하기 짝이 없다.

그렇지만 텐도는 그런 나의 이상한 모습을 전혀 신경 쓰지 않았고, 신경 쓰기는커녕 조금 전보다 거리낌 없는 태도로 그 부드러운 손을 내밀었다.

"아, 같은 학년이라니 잘됐다. 친하게 지내자, 아마노."

"아……, 응……. ……어……, 아."

그제야 미연시 게임 패키지를 계속 들고 있었다는 사실을 깨달은 나는 허둥지둥 선반에 올려놓고 다시 악수를——하려고 하다가, 문득 나 같은 남자가 텐도의 손을 만져도 되나 싶어서 망설였다. 실례를 범하면 안 된다 싶어 황급히 손을 바지에 쓱쓱 문댄 다음에 내밀었지만 또다시, 아니, 오히려 이런 행동이 상대를 더욱 불쾌하게 만드는 것은 아닐까 후회했——.

"……친, 하, 게, 지, 내, 자!"

"아……."

——어영부영하는 사이에 텐도가 억지로 손을 잡고 악수를 해버렸다.

그녀의 손의 감촉을 만끽——할 새도 없이 넋을 잃고 멍하니

서 있었다.
……아무리 생각해도……, 이렇게 직접 손을 잡고 있는데도 여전히 현실감이 전혀 없는 상황이었다.
'다른 사람도 아니고……, 그 유명한 텐도 카렌이잖아. 그런 사람이 왜 나에게 말을……'
그녀의 웃는 얼굴을 바라보면서 다시 한 번 이 상황이 이상하다는 것을 재확인한다.

텐도 카렌. 나와는 정반대로 2학년이면서 교내의 *히에라르키 정점에 군림하는 학생.
용모 단정, 성적 우수, 두뇌 명석, 스포츠 만능. 현실에 존재하는 인간이라고 생각할 수 없는 스펙을 자랑하는 미소녀. 수준이 낮아서 빈말로라도 교풍이 좋다고는 할 수 없는 오토부키 고등학교, 그 쓰레기 더미에서 핀 꽃이라고 하면 바로 이 아이를 두고 하는 말이다.
그렇기 때문에 연예인도 아닌데 지금은 거의 신격화 수준으로 추앙받고 있는……, 이른바 「교내 아이돌」이었다.
하지만 그것을 우물 안 개구리라고 비웃지 말지어다. 좁은 세계에서 절대적인 지지를 받고 있는 만큼 그녀가 미치는 영향력은 어마어마하다. 아이돌이라는 말로는 표현이 부족할지도 모른다. 오토부키 전교생에게 있어서 그녀는 공통된 문제이자 패션 리더이며, 유행의 선구자이자 우상, 마스코트, 심벌, 자랑이다.

*히에라르키: 피라미드형의 계층 조직, 신분 제도.

이 지역에 있는 다른 학교의 학생에게 오토부키 고등학교에 대한 인상을 물으면 「수준 낮은 공립」이라는 전통적인 이미지 다음에, 「그리고 텐도 카렌이 있는 고등학교」라는 말이 바로 튀어나올 정도로 독보적인 중심 존재.

성격 면에서도 대체로 호평으로, 자신의 탁월한 스펙에 근거한 자신감과 행동력을 갖추었지만 오만불손함은 조금도 없고, 오히려 일종의 고결함마저 느껴진다고 한다(이 이야기는 같은 반 남학생이 떠들던 말을 엿듣고 그대로 옮긴 것이다).

그에 비해 나로 말하자면 고등학교에 친구 하나 없는, 존재감이 희미한 아웃사이더 게이머.

"………."

……응, 아무리 생각해봐도 그녀가 나에게 말을 걸 이유가 전혀 없다. 아니, 나 같은 사람이 현재 그녀의 시야에 들어가 있다는 사실이 이미 기적이다.

뭐, 뭐. 솔직히 말해서 근본적으로 중2병 기질이 있는 나니까 유명인인 그녀가 나에게 극적으로 첫눈에 반하는 망상을 한 적이 없다는 말은 못 하지만 말이야, 응.

하지만 그런 망상을 할 때마저 「나에게 반한 이유」를 구체적으로 설정할 수가 없어서 은근히 고심했다(부끄럽지만 결국 대충 「어릴 적에 중요한 약속을 했다」 같은 망상으로 타협했지).

그래서 지금 이 상황은 너무 뜻밖이라. 솔직히 말해서 기쁘거나 기대된다기보다 오히려 당황스러움과……, 그리고 불안한 마음이 컸다. ……그래, 불안.

'내, 내가 무슨 잘못이라도 했나? 심각한 이야기가 아니면 좋

겠는데…….'
평소에는 일상에서의 탈출을 바랐으면서 막상 그런 상황에 직면하자 이 평온한 일상이 무너지는 것이 아닐까 하는 공포에 벌벌 떠는 나. 중2병이네 뭐네 하면서도 결국「무슨 좋은 일이 생기면 좋겠다」는 바람보다「제발 나쁜 일이 생기지 않도록 해 주세요」라는 기도가 더 절실한, 뼛속까지 소시민 천성이다. 한심하다.
내 안에서 여러 감정이 소용돌이치는 가운데, 텐도는 맞잡은 손을 놓으면서 여전히 웃는 얼굴로 말을 꺼냈다.
"아마노. 너 말이야, 혹시 좋아해?"
"어?!"
갑작스러운 질문에 내 심장은 또 한 번 튀어 올랐다. 서, 설마. 이런 아무 일도 없는 일상의 한 장면에서 뜻하지 않게 절벽 위의 꽃에게 고백하는 타임이 올 줄은 꿈에도――.
"게임 말이야."
"그렇죠! 알고 있었어요! 나, 사실은 알고 있으면서 일부러 동요해본 거예요!"
"?"
"아, 아니, 아, 아무것도 아니에요……."
큰일 났다. 너무 초조한 나머지 이번에는 조울증 중에 조증이 시작됐어. 초면인 사람 입장에서 본다면 꺼림칙하기 짝이 없는 모습일 것이다. 무심결에 가족과 대화할 때의 꾸밈없는 내 모습이 나와버렸다.
하지만 텐도는 별로 신경 쓰는 기색도 없이, 아까 내가 들고 있던 소프트를 쳐다보면서 재차 묻는다.
"아마노, 아까 뭔가 들고 있었지? 그게……."
아, 큰일 났다. 가뜩이나 미연시 게임을 보고 있던 것도 부끄러운데 아까 무심코 손에 들고서 보고 있던 게 분명…….
"아, 이거였나? 보자……. 세계 최초, 금발 미소녀만 나오는 연애 시뮬레이션&은밀한 장난 어드벤처 『금빛 유혹』……?"
"좋아해요!"
"어?!"
"아."
어떻게든 소프트에서 그녀의 관심을 돌리고자 순간적으로 아까의 질문에 큰 소리로 대답한 것은 좋았지만, 아무래도 타이밍이 터무니없이 안 좋았던 모양이다.
텐도는 자신의 금색 머리칼을 빙빙 돌리면서 몹시 동요한 기색으로 소프트와 나를 번갈아 보더니, 서서히 뺨을 붉게——.
"아, 게, 게임 전반이 말이에요!"
"그, 그렇지! 알고 있었어! 나, 알고 있으면서 한 번 쑥스러운 척을 해본 거야!"
텐도는 방금 전에 했던 내 말을 따라 하는 듯한 반응을 보이면서 허둥지둥 패키지를 선반에 다시 놓는다. 그리고 두 사람 사이에 감도는, 뭐라 형용할 수 없는 초상집 같은 분위기. ……정말 사라지고 싶다. 이 자리에서 흔적도 없이. 메드○아를 맞은 것처럼.
그렇지만 불쾌한 오타쿠인 나뿐만이라면 또 몰라도, 텐도까지 이상한 분위기로 끌어들인 책임은 져야만 한다.

나는 모든 용기를 짜내어, 드문 일이지만 먼저 입을 열었다.

"아, 저기, 나, 나는, 이런 식으로, 게임을, 전체적으로, 좋아해서. 그, 그래서, 지금 그 소프트를 보고 있던 것도 다른 뜻은 없다고 할까……. 콘셉트가 굉장히 참신해서 패키지 뒷면에 있는 설명을 읽어보고 싶었을 뿐이랄까……."

"아, 알 것 같아. 그래, 맞아, 게임 패키지 뒷면을 읽는 건 참 즐겁지."

부드럽게 빙긋 웃어주는 텐도. 그 순간, 나는 단숨에 하늘까지 날아올랐다.

"테, 텐도도 그래요?! 맞아요, 정말 좋지 않아요? 패키지 뒷면! 인터넷 리뷰나 게임 잡지 리뷰도 참고하지만 나는 역시 패키지 뒷면에 있는 개요 설명도 똑같이 중요하다고 생각해요! 공식 사이트에서 설명을 보는 것하고는 또 다르거든요! 그 한정된 범위 안에서 게임의 장점을 엑기스만 담아서 보란 듯이 표현하고 있는 느낌이 참을 수 없을 정도로 좋아요! 패키지 뒷면이라고 하니까 메탈 기○ 솔리드의 그건 정말로 혁신적——."

거기까지 숨도 안 쉬고 떠들다가 화들짝 놀라서 멈춘다. 망했다, 내가 지금 뭘 한 거야. 평소에는 말도 잘 못하면서 좋아하는 분야가 나오면 순식간에 수다쟁이가 되다니……. 어이없을 정도로 전형적이잖아, 나! 창피해! 더구나 상대는 믿을 수 없게도 학교생활에 충실한 오토부키의 학생들 중에서도 정점에 군림하는 여자라고. 이건 정말이지 너무——.

"후후……."

"? 테, 텐도?"

앞을 보니 내 예상과 반대로, 텐도는 어쩐지 몹시 즐겁다는 듯이 작게 키득거리며 웃고 있었다. 순간, 내 흉한 추태를 보고 비웃는 것일까? 하고 생각했지만 아무래도 그런 불쾌한 느낌은 안 들었다.

이상한 마음에 멍하니 서 있자 텐도는 정말로 즐거운 듯이 미소를 지으며 입을 열었다.

"미안해, 이야기 도중인데. 하지만 아마노가 굉장히 열정적이라 나도 모르게 그만……."

"으……."

으아, 부끄러워! 얼굴에 다시 열이 오른다. 하지만 텐도는 딱히 나를 바보 취급 하는 기색도 없이 계속해서 말을 이었다.

"게다가 뭐라고 할까, 아마노가 아주 이상적이라 용기를 내서 너에게 말을 건 나 자신을 칭찬해주고 싶어졌다고나 할까……?"

"어? 이, 이상적? 아, 음……, 그 말은……."

이번에는 또 다른 의미로 열이 오르기 시작한다. 저기……, 이건……, 설마, 언젠가 망상했던 첫눈에 반하는 패턴?!

내 가슴이 세차게 뛰는 가운데, 텐도는 어째서인지 등허리를 곧게 펴더니 내 눈을 똑바로 응시한다.

"저기, 아마노. 너 말이야, 혹시 내가 싫지 않다면……."

"?!"

와, 왔다――――?! 이, 이건, 이건, 이번에야말로, 진짜 고백 타임――.

"……내가 싫지 않다면 함께 게임부에 들지 않을래?"

"그렇지! 알고 있었어요! 나, 게임부 권유라는 것을 알면—— 잠깐, 어? 게……, 게임……, 부?"

정말 뜻밖의 권유에 어안이 벙벙한 나.

텐도는 여전히 천사처럼……, 계속 나를 보며 빙긋 미소를 지어주었다.

*

즐거울 때 하는 게임만큼 즐거운 것은 없다.

우울할 때에는 어떤 명작 RPG의 감동적인 장면일지라도 감정을 이입하기가 쉽지 않지만, 기분이 좋을 때에는 적에게 말도 안 되는 방법으로 전멸하여 장시간의 모험이 수포로 돌아갈지라도 절규하기는커녕 껄껄 웃어넘기고 만다.

그렇기 때문에 오늘의 나는——.

"♪~~♪~~♪"

——교실 한구석에서 혼자 스마트폰 소셜 게임을 하면서도 아주 즐겁게 하고 있었다.

'아, 소셜 게임도 의외로 할 만하단 말이지, 응. 뭐라고 할까, 이 사고가 정지된 상태에서 멍하니 할 수 있는 느낌……, 전혀 나쁘지 않아!'

어떤 날에는 짜증만 유발하는 결제 유도 연출마저도 지금은 사랑스러움을 느낄 지경이다.

나는 「요일 퀘스트」를 깨면서 다른 사람에게는 결코 들리지 않을 작은 소리로 콧노래를 흥얼거렸다.

'평소에는 조금 불편했던 『나 홀로 쉬는 시간』도 오늘만큼은 전혀 신경이 쓰이지 않아. 왜냐하면……'

어제 방과 후에 있었던 일을 회상하자 나도 모르게 입꼬리가 올라간다.

'왜냐하면 그 텐도 카렌이 게임부에 들어오라고 제안했기 때문이지!'

지금까지 암울했던 고등학교 생활을 보내던 나에게 갑작스레 찾아온 이벤트.

동경하는 사람과의 만남, 더 나아가 게임을 좋아하는 동지의 위치까지 단숨에 올라갈 수 있으리라는 예감.

이 상황에서 들뜨지 말라는 것이 더 무리였다.

실제로 어제도 그 일이 있은 후에 집에서 동생과 스매시 브○더스를 하면서 놀았는데, 노는 내내 시종일관 들떠 있었을 뿐만 아니라 져도 실실 웃는 바람에 결국 중3인 동생에게 "아, 진짜. 기분 나쁘게 왜 그래, 형!" 하고 한소리를 듣고 말았다. 그렇지만 그런 말을 듣고도 주체할 수가 없었다.

기분이 좋을 때 즐기는 게임만큼 최고의 오락은 없으니까!

그래도 학교에서는 올라가는 입꼬리를 단속하고자 노력을 했지만, '애당초 학생1 캐릭터 같은 남자에게는 아무도 관심이 없을 거야' 라고 생각한 나는 즐거운 마음으로 스마트폰을 만지작거렸다.

'그나저나 게임부라. 오토부키에 그런 부가 있었다니.'

자칭 게임 마니아인 나조차 전혀 몰랐다.

그도 그럴 것이 현재 오토부키에 있는 게임부는 불과 얼마 전에 텐도가 만든 부라고 한다. 게다가 어떤 사정으로 인해 학생들에게 전혀 알려지지 않았다.

나는 앱으로 놀면서 어제 방과 후……, 가게에서 근처 공원 벤치로 장소를 옮긴 뒤에 들은 텐도의 이야기를 다시 한 번 천천히 회상했다.

"그래서 게임부 말인데. 내가 중심이 되어 만든 것까지는 좋았지만, 사실 부원 모집과 관련된 활동은 전혀 하지 않았어."

가방에서 꺼낸 작은 미네랄워터로 입술을 축이면서 설명하는 텐도.

나는 여전히 그녀와 단둘이 이야기한다는 상황에 얼떨떨해하면서도, 어떻게든 추태를 부리지 않기 위해 필사적으로 평정을 가장하며 대답했다.

"그, 그렇군요. 하지만——."

"아, 존댓말."

"?"

갑자기 텐도가 어쩐지 난감하다는 듯 눈썹 끝을 축 늘어뜨리며 나를 바라보았다.

"같은 학년이니까 말 놔도 돼, 아마노. 아니, 그렇다기보다 나는 이미 그러고 있는데 존댓말로 대꾸하면 민망하거든?"

"아, 죄송……."

반사적으로 고개를 꾸벅 숙이다가 화들짝 놀란다. 텐도가 씁쓸하게 웃었다.

"이유가 뭘까? 같은 반 아이들도 나에게 존댓말을 쓰던데."
"그, 그래요?"
"응. ……심지어 얼마 전에는 선생님까지 존댓말로 말씀하시더라고……."
"하하……."
"종국에는 대마왕 ㅇ파에게까지 가끔씩 존댓말을 듣는 지경이라니까?"
"우와……가 아니라. 잠깐, 잠깐만요. 아무리 그래도 그건 거짓말이죠?!"
"아니, 진짜야. 지난번에 쿠ㅇ성 최심부에서 『궂은 날씨에도 용케 찾아오셨습니다.』라는 말까지 했는걸? 버그일까?"
"버그에도 정도가 있죠! 무슨 상황이어야 그런 버그가 발생하는데요!"
"음……. 엄청 졸릴 때라든가?"
"그럼 꿈이잖아요! 생각해볼 것도 없이 꿈이에요!"
"뭐? 설마 그럼 리오ㅇ이아가 『죄송합니다. 오늘은 이미 제 역린이 다 떨어져서…….』라며 공손하게 사과한 것도……."
"꿈이죠! 아니, 그보다 그게 꿈이 아니라면 엄청난 사건이라고요!"
"……캡ㅇ에 문의를 해보는 게 좋을까?"
"왜 꿈이라는데 고집스럽게 부정해요?! 그만해요! 아무리 생각해도 버그라는 건 텐──."
"……후훗."
"……아……."

텐도가 갑자기 쿡쿡 웃는 바람에 그제야 나는 그녀에게 「있는 그대로의 내 모습」을 내보였다는 사실을 깨달았고, 갑자기 부끄러워졌다.

텐도는 또다시 시무룩해져서 온순해진 나를 아쉽다는 듯이 보면서도 이 이상 계속하는 것은 불쌍하다고 생각했는지, 부드럽게 미소를 지으며 이야기를 원래대로 돌렸다.

"미안해, 다른 이야기로 새서. 보자, 어디까지 이야기했더라……."

입술에 손가락을 대고 허공을 응시하는 텐도. ……이런 몸짓을 자연스럽게 할 수 있다는 점이 교내 아이돌인 이유겠지?

"그래, 맞아. 게임부 발족 선언 활동을 하지 않았다는 이야기까지 했지?"

"아, 맞아요, 거기까지 했어요. 어……, 그런데 왜 아직……."

조금 진정이 되면서 그와 동시에 순수하게 의문이 들었다. 텐도는 페트병 뚜껑을 닫으면서 모래밭에서 떠드는 아이들을 바라보았다.

"그렇지 않아도 게임부라는 이름이 불성실해 보이는데, 내 입으로 말하기는 그렇지만……. 그, 내가 입부해 있잖아. 그래서 그, 대대적으로 알리면……."

"……? …………아. ……아……, 그런 이유가……."

텐도가 쓴웃음을 지으며 뒷말을 흐렸지만 나는 어렴풋하게나마 사정을 대충 이해하기 시작했다.

요컨대 텐도가 목적이거나, 혹은 게으름을 피우자는 어중간한 동기로 입부를 희망하는 사람이 쇄도하는 사태를 염려한 것일 테지.

텐도가 말을 잇는다.

"친구들에게도 말은 못 했지만 말이야, 나는 게임을 정말 좋아해. 오토부키에 온 이유도 사실 유명한 명문 게임부가 있다는 이야기를 들었기 때문이고."

"어?"

그런 이야기는 금시초문이었다. 텐도가 "아하하." 하고 힘없이 웃는다.

"우리가 입학하기 직전에 폐부되었대. 당시의 졸업생이 중심 멤버였던 모양이라……."

"아하……."

그것 참……, 뭐라고 말해야 좋을까. 하지만 텐도는 풀이 죽은 기색을 보이지 않았다.

"그래서 나는 작년 한 해 동안 수면 아래에서 게임부의 부활을 위해 조용히 움직였어. 그리고 드디어 올해 봄에 나를 부장으로 한……."

"아, 게임부가 부활한 거군요. 정말 축하해요."

순수하게 감탄하며 칭찬하는 나. "아, 고마워."라며 쑥스러워하는 텐도.

나는 작게 박수를 치다가 문득 의문이 들어 그녀에게 물었다.

"음. 그런데, 대체 게임부는 무슨……."

"아, 응. 기본적으로는 이름 그대로 게임을 하며 노는 부 활동이야."

"……거기에 명문이 따로 있어요? 아니, 애당초 게임부 활동이라면…….”

내 의문에 텐도가 웃는다.

“아하핫, 이해해. 보통은 그렇게 생각하지. 하지만 실제로 그냥 노는 것과는 조금 다르다고 할까? 부 활동으로 성실하고 진지하게 놀고 있다고 하면 이해하려나?”

“?”

“아……, 미안해. 상상이 잘 안 되지? 그러니까 말이야.”

텐도는 석양을 등지고 일어나서 살가운 미소를 지으며 나에게 제안했다.

“게임부에 견학하러 오지 않을래? 응? 아마노!”

순간, 텐도가 굉장히 귀여워서 멍하게 바라보던 나는 황급히 되물었다.

“그, 그런, 왜, 나 같은 애를…….”

“나 같은 애라니…….”

진심으로 이해할 수 없어서 당황하는 나를 보며.

텐도는 주눅이 든 아이를 인자하게 다독이는 듯한, 자애로 가득 찬 모습으로 말했다.

“아마노, 게임을 좋아하지?”

“어, 네. 좋아하기는 하는데…….”

내가 고개를 갸웃하자 텐도가 구체적으로 설명을 하기 시작했다.

“우리 게임부는 선전을 하지 않은 대신 부원이 각자 『정말 게임을 좋아한다』 싶은 사람을 스카우트하고 있어. 솔직히 효율은 많이 떨어지고 게임을 진짜 좋아하는 사람을 놓치는 일도 있을 테지만, 이상한 사람만 잔뜩 들어와서 눈 깜짝할 사이에 게임부 자체가 무너지면 죽도 밥도 안 되는 거니까. 우선은 기반을 다져야 한다고나 할까?"

"아……, 그렇군요……."

쉽게 말해서 초대로만 들어갈 수 있는 가게 같은 건가? 비록 효율이 안 좋더라도 우선해야 할 무언가가 있지.

어? 하지만 그렇다는 말은……, 역시 난…….

"난 몰라! 벌써 시간이 이렇게 됐네! 통금 시간이……!"

진동 알람이라도 울렸는지 주머니에서 스마트폰을 꺼내보더니 허둥거리는 텐도.

텐도 정도가 되면 요즘 세상에도 「통금」이 존재하는구나, 라고 생각하며 묘한 부분에서 내가 감탄하고 있는데, 그녀가 나를 향해 "미안해!"라며 고개를 꾸벅 숙이고는 서둘러 벤치에 놓아둔 가방을 홱 낚아챘다.

"아무튼, 그러기로 한 거다? 내일! 내일 방과 후에 시간 비워 둬! 자세한 이야기는……. 음, 쉬는 시간에 전해줄게! 그럼 내일 보자, 아마노!"

"아, 으, 응. 자, 잘 가요……."

황급히 벤치에서 일어난 순간, 잠깐 망설였지만 쑥스러워하면서도 손을 슬쩍 흔드는 나. ……텐도는 이쪽을 돌아보지 않았지만 그래도 나는 손을 계속 흔들었고……, 그녀의 모습이 완전히 보이지 않게 된 후에야 벤치에 풀썩 앉았다.

그렇게 한참 동안 넋을 놓고 멍하니 있다가……, 나는 하늘을 올려다보며 나지막이 중얼거렸다.

“이건……, 내가 텐도에게 선택받았다는……, 뜻인가?”

딱히 연애로서의 의미는 전혀 아니지만, 그래도……. 이전에는 그저 망상에 지나지 않았던 일이 갑자기 현실미를 띠기 시작한 건 사실이었고.

“게임부……, 게임부라……. …………후, 후후…….”

그날, 나는 태어나서 처음으로.

다음 날 오토부키에 등교하는 시간이 진심으로 기다려졌다.

멍하니 소셜 게임의 퀘스트를 깨면서 몇 번이나 회상했는지 모를, 꿈같은 어제 방과 후의 한때를 다시 떠올린다.

‘그래, 게임부. 오늘 나는……, 텐도의 권유로, 게임부에…….’

이렇게 가슴이 설레는 날이 또 있을까? 내 고등학교 생활에 설마 이런 날이 올 줄이야.

하지만……, 한 가지 불안한 것은…….

‘설마……, 진짜로 꿈인 건, 아니, 겠지?’

어제는 그렇다 치더라도 하룻밤 지나고 나니 갑자기 자신이 없어졌다. 원래 비교적 생생한 꿈을 꾸는 체질인 것도 한몫해서, 그런 일말의 불안이 나를 지배했다.

‘……아, 아니야. 그건 절대로 꿈이 아니야. 틀림없이 현실이야. 그럼, 그렇고말고. …………. ……지, 지금은 그냥 게임을 즐기면서 방과 후를 기다리자, 응!’

나는 불안을 억지로 잠재우며 스마트폰 화면에 집중한다.

나에게 게임은 도피처이자 그와 동시에 신경 안정제이기도 하다. 머릿속을 텅 비우고서 반복 작업을 하는 게임도 좋아하고 RPG 세계에 몰입하는 것도 굉장히 좋아한다. 어느 쪽이든 현실을 잊고 마음이 깨끗해진다는 사실은 다르지 않으니까.

그리고 지금 내가 하고 있는 게임은 세상에 무수히 많은 퍼즐앤 ○래곤 카피 게임 격인 앱의 일종이다.

시간에 따라 회복하는 에너지로 모험을 하고, 게임성이 약간 있는 전투를 치르며 전투 보수와 매일 로그인 보너스로 뽑기를 한다. 또, 친구를 모으고 강화나 합성을 한다.

결제를 전제로 하는 보통의 소셜 게임은 잠깐 하고 말지만, 지금 내가 하고 있는 이 게임은 다소 액션성이 있는 전투가 의외로 내 취향이라 결국 쥐꼬리만한 100엔 단위의 결제를 하면서 이래저래 반년 동안 즐기고 있다.

오늘도 여느 때처럼 퀘스트를 하나 깨고 메뉴 화면으로 돌아왔는데, 「구원 요청」이 들어와 있는 것이 문득 눈에 들어왔다.

이것은 「프렌드」로 등록한 다른 유저가, 기간 한정으로 진행되는 이벤트에서 나타난 적에게 이기지 못했을 경우에 다른 유저에게 추격을 요청하는 것이다. 보수의 일정 부분을 주는 대신 처치해줄 것을 부탁하는 시스템이라고 할 수 있다.

아, 당연히 「프렌드」라고는 해도 거의 대부분은 만난 적도 없는 게임 속 협력 상대일 뿐이다. 교류도 없이, 그저 자신의 이득을 위해 서로 협력하는 낯선 상대. 기본적으로 그런 상대에게는 아무런 감정도 느끼지 않는다.

그렇지만 지금 구원 요청을 한 상대는 조금 사정이 달랐다.

'아, 《MONO》네. 그럼 요청을 받아줘야지, 응.'

기본적으로 이 게임에서는 구원 요청을 받는 쪽의 이득이 그다지 크지 않다. 물론 아예 없지는 않지만, 그럴 바에는 효율이 좋은 다른 퀘스트를 한다고나 할까?

그래도 이 《MONO》는 내가 이 게임을 시작했을 때부터 함께한 친구로, 서로 메시지를 주고받은 적은 한 번도 없지만 희한하게도 끈끈한 전우애가 느껴지는 상대다. 두 사람의 게임 진행 속도가 거의 같기도 하고, 로그인 타이밍이 비슷한 데다가 서로 구원 요청 의뢰를 받고 돕는 비율이 높기 때문일지도 모른다.

아무튼 비록 그것이 소셜 게임 속의 얕은 인연일지라도 《MONO》의 구원 요청은 받아주고 싶다. 특히 이번 이벤트에는 「구원 요청은 수신한 지 3분 안에 수락해야 한다」는, 이상하게 엄격한 시간제한이 있다.

나는 즉시 손가락을 움직여 《구원 요청을 수락한다》 버튼을 터치——.

"아, 있다. 아마노!"

——하려고 한 그 순간, 느닷없이 씩씩한 목소리와 함께 텐도가 교실에 들어왔다.

생각지도 못한 인물의 등장에 깜짝 놀라 고요해진 F반. 하지만 텐도는 익숙하다는 반응으로, 아랑곳하지 않고 내 쪽으로 당당히 걸어온다.

당연히 나 역시 동요한 나머지 스마트폰을 들고 굳어진 채, 그녀를 멍하니 바라보고 있었다.

……그녀가 나를 향해 성큼성큼 다가올수록 반 아이들의 시선도 나에게 천천히 집중되기 시작한다. ……심장이 쿵쾅쿵쾅 뛴다.

'으……, 이건……, 역시…….'

러브 코미디 망상을 하면서 살짝 꿈꿨던 광경이지만, 막상 이렇게 갑작스러운 타이밍에 주목을 받다니 도저히 평정을 유지할 수가 없다. 우월감을 느낄 새도 없다.

실제로 반 아이들의 눈빛도 선망보다는 의아함이 가득한 눈빛이고.

하지만 우리의 그런 미묘한 분위기를 아는지 모르는지, 텐도는 내 책상 앞까지 성큼성큼 다가오더니……, 느닷없이 내 스마트폰을 쓱 들여다보았다.

"응? 아마노, 뭐 해?"

"아, 그게, 심심해서……."

"아하, 소설 게임이네. 의외다, 아마노. 이런 시시한 것도 하는구나."

"어? ……아…………, 으, 응, 뭐."

어째서인지 급격하게 얼굴이 뜨거워진 나는 허둥지둥 스마트폰을 책상에 엎어 놓는다. ……왜 이럴까? 이상하게 몸까지 뜨겁다. 텐도가 옆에 있고 사람들의 주목도 받고 있어서 그런가? 아니면…….

"그런 것보다."

텐도는 책상에 둔 내 스마트폰을 쓱 밀어내고 그 자리에 손을 올려놓더니, 묘하게 다정한 말투로 나에게 말을 건다.

"오늘 약속 말인데. 일단 방과 후에 도서관에서 만나는 건 어때? 아마노, 청소가 끝나면 바로 올 수 있어?"

"어, 으, 응. 아, 아마 갈 수 있을……걸요."

이상하게 말이 목에 걸린다. 보는 눈이 많아서 그런지 어제보다 더 심하게 몸이 굳는다. 어떻게든 의사 표현을 더 확실히 하고자 고개를 끄덕이는 인형처럼 머리를 흔드는 나.

그러자 텐도는 "그래?" 하고 말하며 몹시 기쁜 듯한 미소를 지어주었다. 그렇지 않아도 쉽게 볼 수 없는 그녀의 환한 미소가 지금, 믿을 수 없게도 나 한 사람만을 향해 있다는 사실에 반 전체가 작게 술렁거린다.

내가 그녀에게 할 말을 찾지 못해 입만 뻐금거리고 있자, 하늘도 차마 보기 힘들었는지 2교시 시작종이 울렸다.

"아, 그럼 나는 갈게. 아마노, 방과 후에 보자!"

그 말을 남기고서 종종걸음을 치며 자리를 뜨는 텐도. "아, 응, 그럼……."이라는 맥이 빠진 대답과 함께 남겨진 나와……, 그리고.

'으……'

반 아이들의 노골적인 시선. 시작종이 울리는 바람에 이럴 때 제일 먼저 호들갑을 떨 아이들조차 나에게 말을 걸지 못했고, 불온한 분위기가 계속되었다. 그렇다고 게임부에 관한 이야기를 내가 먼저 할 수도 없는 노릇이고…….

나는 책상에서 교과서를 꺼내는 척을 하며 얼굴을 숙이고는 천천히 수업 준비를 했다.
——그러다가.
'……아. 결국 《MONO》의 구원 요청……, 수락을 못 했네…….'
스마트폰을 들어 화면을 보자 《구원 실패》라는 표시가 떠 있었다.
사실 소셜 게임에서 이런저런 사정으로 제때 도와주지 못하는 일이 허다하다. 반대로 내가 구원 요청을 해도 수락받지 못할 때도 있지만, 그렇다고 해서 상대를 원망하거나 하는 일은 전혀 없다.
하지만 어째서일까.
이상하게 오늘 느낀 죄책감은 평소보다……, 조금 더 컸다.

*

"으……, 하~~…….."
방과 후, 사람이 적은 도서실 한구석에서 작게 신음하면서 등허리를 편다.
'……지금까지 한 고등학교 생활 중에서 제일 긴 하루였다…….'
물론 별로 좋은 의미가 아니다. 기이한 시선이라는 것이 이다지도 사람의 정신력을 갉아먹는다는 것을, 나는 새삼스레 절실하게 느꼈다. 뭐, 마침 가지고 온 「풍래의 시○」 신작을 최난관 던전인 70층까지 돌파한 시점에서 저장해 두었으며, 오늘은 이 시리즈 특유의 「다른 일은 아무래도 좋을 만큼 어마어마한 긴장감」과 함께 게임에 임할 수 있었기 때문에 다행이었지만! 그렇지 않았다면 마음이 꺾여서 죽었을지도 모른다.

역시 게임은 위대해. ……뭐, 결국 95층에서 사소한 실수로 죽는 바람에 또 다른 의미로 좌절했지만 말이야! 제길! 춘소○트 녀석들! 경악할 만한 몬스터의 특수 능력을 어쩜 그렇게 끝도 없이 잘 생각해 내는지! 천재냐!

하고 대충 후회를 하다가, 도서관에 아직 텐도가 오지 않았다는 사실을 확인한 다음 책꽂이에서 적당한 책을 꺼내서 한 장 한 장 훑어본다. 하지만 물론 책에 정신을 둘 수 있을 리가 없다.

'그나저나 이상하네. 기본적으로는 엄청난 행운 덕에 맞닥뜨린 러브 코미디 상황이라고 해도 무방한데 말이야. 적어도 지금은 행복하다기보다 오히려…….'

거기까지 생각하다가 고개를 붕붕 흔든다. 왜 나약한 생각을 하는 거야, 나. 진짜는 이제부터잖아.

게임부를 견학하고 그대로 입부해서 텐도, 그리고 게임을 좋아하는 사람들과 친해진다.

……거기서부터 드디어 밝은 고등학교 생활이 시작되는 거야. 이런 곳에서 멋대로 주저앉으면 어쩌자는 거야. 정신 차리자, 나. 약간의 싫은 일 정도는 참아야 해, 응.

내가 새롭게 결심을 하고 있는데 도서실 문을 여닫는 소리가 들렸다. 책을 책꽂이에 다시 꽂아 놓고 확인하러 가자, 그곳에는 예상대로 웃고 있는 금발 미소녀가 있었다. ……변함없이 어디에 있어도 주위 풍경과 붕 뜨는 느낌이 드네, 좋은 의미로.

정말이지, 나와는 정반대의 존재야. ……아니, 뭐, 오늘은 나도 왠지 붕 떠 있었지만. 이쪽은 뜬금없이 나쁜 의미로.

"일찍 왔네, 아마노. 늦어서 미안해."

살짝 목소리를 낮추면서 다가오는 텐도. 나는 "아니."라고 말하며 웃는다.

"나도 지금 막 와서……."

말해 놓고도 지금 것은 너무 뻔한 대답이지 않았나 후회하지만, 텐도가 "그래? 그렇다면 다행이고."라며 아무렇지 않게 넘어가줘서 가슴을 쓸어내린다.

나는 그대로 서둘러서 목적지에 가기 위하여 도서실 출구 쪽으로──.

"아, 잠시만, 아마노. 한 사람이 더 올 거야."

"……어?"

생각지도 못한 텐도의 말에 깜짝 놀라 돌아본 나. 그녀는 내 행동에 살짝 고개를 갸우뚱하면서도 여전히 생글생글 웃으며 설명을 해주었다.

"아, 내가 말을 안 했나? 실은 어제 아마노를 만나기 전에 한 사람과 더 이야기했거든. 좋은 기회니까 두 사람이 같이 견학하면 좋을 것 같아서."

"아……, 그, 그렇, 군요."

나는 슬며시 웃으면서 텐도가 있는 쪽으로 돌아갔지만……, 내심 세차게 동요했다.

'나를 만나기 전에 이야기를 나누었다니……. 그 말은……, 혹시……, 나는 겸사겸사?'

방금 전까지 「선택받은 남자」 같은 느낌으로 있었던 내 자신이 급격하게 창피해졌다. 쥐구멍에라도 숨고 싶었다. 유일한 위안은 주위에 우쭐한 태도를 보이지 않았다는 점일까? 애당초 자랑할 친구가 있어야지………….. ……그게 진짜로 다행일까?

텐도와 함께 입구 근처에 있는 의자에 앉아 그녀의 「최근 근황」 같은 잡담에 필사적으로 맞장구를 치고 있는데, 약 2분 뒤에 도서실 문이 다시 열렸다.

들어온 사람을 보고 텐도가 먼저 작은 목소리로 부르면서 손을 흔든다.

"미스미. 여기야, 여기."

그 반응에 나도 입구 쪽을 돌아본다. 텐도의 말을 듣고 이미 짐작을 하고 있었지만 당연히 남학생이었다. 그것도…….

'와…………, 엄청나게 잘생긴 훈남이다…….'

한없이 침울해지는 나. 뭐랄까, 온 사람이 여자아이였다면 아직 나에게도 희망이 있었을 것이다. 무슨 희망인지는 모르겠지만 이렇게……, 러브 코미디 같은?

하지만 이렇게 되면 정말로 「나는 덤」이라는 느낌이 확 든다. ……뭐, 어찌 보면 당연한 일인가? 처음부터 나 같은 놈은 존재감이 없는 캐릭터였으니.

그에 비해 「미스미」라는 남학생은 지나치지 않을 정도의 개성을 가진 상큼한 미소년……. 즉, 주인공 분위기를 물씬 풍겼다. 게다가…….

"아, 미안해, 텐도. 그리고 음, 아마노. 너무 늦었지?"

몹시 미안하다는 표정으로 사과부터 하는 미소녀.

'……와, 겸손하네. 왠지 굉장히 좋은 사람 같아. ……아, 그렇지…….'

왠지 여러 가지 일에 절망하면서도 텐도와 함께 "아니, 괜찮은데." 하고 대답한다.

텐도는 다시 내 쪽을 쳐다보았다.

"아, 그렇구나. 미스미에게는 아침에 아마노에 대해 말했지만, 쉬는 시간이 짧아서 아마노에게는 미스미에 대해 설명해주지 못했네."

"아, 응……."

'역시 나보다 먼저 미스미에게 갔구나…….'

"그럼 다시 한 번 소개할게. 이쪽은 C반의 미스미 에이이치. 우리랑 마찬가지로 2학년이야. 게임 센터에서 놀고 있는 모습을 보고 말을 걸었어. 혼자서 액션 퍼즐을 열심히 하고 있더라고."

텐도의 설명에 미스미가 뺨을 붉힌다.

"마, 말하지 마요, 텐도. 아, 창피해 죽겠네."

"왜? 난 칭찬하는 거야. 왜냐하면 입이 다물어지지 않을 정도로 실력이 대단했는걸."

"아뇨, 나는 그냥 그 게임만 유독 잘할 뿐이라……."

……와, 만난 것도 나보다 훨씬 멋있네. 그렇지. 그래야 진정한 주인공다운 만남이지, 암.

상큼한 미소년인 미스미가 완전히 죽은 눈을 한 나를 보며 쑥스러워하면서도 자연스럽게 오른손을 쓱 내민다.

"앞으로 친하게 지내자, 아마노. 너에 대한 이야기는 텐도에게 들었어. 그……, 실은 내가 친구가 별로 많지 않아서 말이야. 사이좋게 지내면 좋겠다."

"아, 응, 저, 저기, 난 아마노예요. 앞으로 친하게 지내요!"

'엄청나게 잘생겼다!'

악수라는 익숙하지 않은 행위에 쑥스러워하면서도 나 역시 뺨을 붉히면서 그 손을 잡는다. ……아, 굉장히 부드럽고 예쁜 손이네. 밤색 머리도 결이 좋아 보이고, 미소가 소극적이면서도 살갑고……. 잠깐, 뭐야, 이 상황! BL이야?! 하지만 솔직히 이번만큼은 나, 벌써 미스미가 좋아졌어! 내가 미스미를 주인공으로 한 러브 코미디의 헤로인이었다면 분명히 공략하기 쉬운 캐릭터로 분류됐을 거야!

내가 미스미에게 홀딱 빠져 있는데 텐도가 자리에서 일어난다.

"그럼 두 사람, 서둘러 게임부로 가볼까?"

그 말에.

나와 미스미는 서로 얼굴을 마주 보았고……, 우리는 살짝 힘을 주며 웃는 얼굴로 대답했다.

""네!""

*

게임부 부실은 학교 본 건물에서 연결 복도로 이어진 구교사를 개장하여 만든 문화부 건물에 위치해 있었다.

3층에 있다는 부실로 향하는 계단을 오르면서 앞서 걷는 텐도에게 미스미가 묻는다.

"그나저나, 용케 텔레비전 게임이라는 소재로 부실을 받았네요. 문화부는 경쟁률이 굉장히 높다고 들었는데……."

그 점은 나도 궁금했던 참이었다. 대학교라면 또 몰라도 고등학교에서 게임부라니, 보통은 라이트노블 속의 세계에서나 존재할 텐데.

텐도는 굳이 돌아보지 않고 대답했다.

"아, 이유는 크게 나누어 두 가지야. 먼저 우리가 입학하기 전에 게임부가 이미 한 번 존재했다는 것."

나는 텐도의 설명에 약간 납득이 가지 않아서 무심결에 고개를 들었지만……, 그 순간 텐도의 짧은 스커트 속이 보일락 말락 해서 황급히 시선을 돌리며 묻는다.

"하, 하지만 애초에 그 전에 있었다던 게임부 자체가 대체 어떻게 성립했는지……."

"그게 두 번째 이유야. 결론부터 말하자면, 성실하게 활동을 하고 있어."

""? 성실하게?""

미스미와 나는 무심결에 고개를 갸우뚱한다. 서, 성실한 게임부 활동은 대체 어떤 거지?

게임을 하는 데 성실하고 자시고가 있나?

하지만 혼란스러워하는 우리를 내버려 둔 채, 텐도는 더 설명할 마음이 없다는 듯이 성큼성큼 앞으로 걸어간다. 그대로 3층까지 올라가 다시 걷기를 몇 초. 기다리다 지친 미스미가 다시 질문을 하려고 하지만 텐도가 선수를 쳐서 그의 말을 막는다.

“『백문이 불여일견』이라고, 직접 눈으로 봐.”

텐도가 우뚝 멈춰 서더니 우리 쪽을 돌아본다.

옆을 보니 그녀와 우리 사이에 문 하나가……, 표찰에 「게임부」라고 적힌 문이 존재하고 있었다.

텐도는 문을 밀고 들어가더니……, 우리를 맞이하는 듯한 손짓과 함께 눈부신 미소로 말했다.

“게임부에 온 것을 환영해!”

역광이라 복도에서는 내부의 모습을 자세히 살필 수 없었다.

우리는 침을 꿀꺽 삼킨 뒤 긴장한 목소리로 인사를 하면서 미스미, 그리고 내가 차례로 들어갔다. ……여기서 먼저 들어가지 않는 점이 내가 나인 이유지.

마치 도망갈 길을 차단하듯이 텐도가 뒤에서 문을 닫는 가운데, 우리는 다시 한 번 게임부 실내를 둘러본다.

교실 절반 정도 되는 공간에 모니터와 게임기가 묘하게 가지런히 놓여 있다. 배선 코드도 깔끔하게 정리되어 있어서, 동생이 자주 컨트롤러를 밟고서는 도리어 화를 내는 나의 지저분한 방과는 완전히 다르다.

그런 게임부 실내에는 이미 우리 말고도 사람이 두 명 더 있었다.

안경 안쪽으로 날카로운 눈이 들여다보이는, 어쩐지 인상이 차가운 남학생과.

요즘 보기 드문 풍선껌을 부풀리면서 굉장히 나른하게 격투 게임 전용 컨트롤러를 조작하여 말없이 게임에 몰두하는 날라리 같은 외모의 갈색 머리 여학생.

""…………(꿀꺽).""

솔직히 「환영 모드」라고는 말하기 힘든 분위기에 반사적으로 허리를 꼿꼿이 세우는 나와 미스미.

텐도가 살짝 당황하며 해명을 한다.

"아, 미안해, 얘들아. 게임부에는 나를 포함해 부원이 총 다섯 명 있는데, 하필 오늘은 조~금 상대하기 힘든 두 사람만 있네……."

텐도의 설명을 듣더니 똑똑해 보이는 남학생이 불만스러운 듯이 팔짱을 낀 채 안경을 슥 밀어 올린다.

"흥, 무례한 후배로군. 내가 언제 처음 본 사람에게 유독 까다롭게 굴었지?"

"아뇨, 카세 선배는 단순히 모든 사람에게 까다롭잖아요. 충분히 다가가기 어렵다고요."

그렇게 말하면서도 어쩐지 허물없이 선배를 대하는 텐도. 이것이 같은 부 활동을 하는 부원들끼리의 관계인가 싶어 부러워하고 있는데, 마침 격투 게임 대전을 마친 듯한 날라리 같은 여학생이 이쪽으로 시선을 향한다. 그리고는 무뚝뚝한 얼굴로 한마디.

"…………아, 어서 와라."

""아, 안녕하세요…….""

미스미와 동시에 인사를 하며 고개를 숙인다. 여학생은 몹시 졸린 듯한 눈빛으로 우리에게 질문했다.

"격투 게임 잘하는 사람?"

""어……""

누구에게 묻는 것일까? 알 수 없었지만 나도 미스미도 일단 고개를 가로저었다. 그러자 그녀는 바로 흥미를 잃었다는 듯이 "그래."라는 말만 중얼거렸다. 그리고 껌 종이에 껌을 버리더니, 바로 새 껌을 입안에 던져 넣으면서 다시 모니터 쪽으로 시선을 돌렸다. …………어, 저기…….

"아, 미안해, 얘들아. 니나 선배는 항상 저러니까 마음에 두지 마."

""……네에.""

텐도의 설명에 멍하니 대답한다. 아무래도 이 사람도 선배인 모양이다. 뭐, 확실히 저 뛰어난 몸매와 나른함 속에서 느껴지는 묘한 요염함으로 볼 때 전혀 같은 나이로 안 보이기는 하지만.

완전히 위축된 우리를 달래듯이 텐도가 두 사람을 소개해준다.

"아, 정식으로 소개할게. 그쪽에 있는 안경을 쓰고 쿨한 척하는 사람이 차장인 카세 가쿠토 선배."

"야, 텐도."

우리는 명백하게 짜증 난 기색의 카세 선배를 보며 움츠러들었지만, 텐도는 전혀 아랑곳하지 않고 소개를 계속했다.

"그리고 지금 격투 게임을 하고 있는……, 아니지, 늘 격투 게임을 하고 있는 거기 섹시한 누님이 오이소 니나 선배."

"…………."

"보다시피 격투 게임을 할 때는 조금 반응이 둔한 선배야."

자신을 소개하고 있는데도 우리뿐만 아니라 텐도조차 쳐다보지 않는 오이소 선배. ……집중력이 대단하네.

일단 텐도가 권한 의자에 앉는 나와 미스미. 부실 한가운데에는 하얗고 긴 테이블 두 개가 나란히 놓여 있었고, 오른쪽 앞자리에서는 오이소 선배가 자기 앞에 모니터와 전용 컨트롤러를 두고 격투 게임 중. 그 반대편에서는 카세 선배가 마치 품평하는 듯한 시선으로 가만히 우리를 바라보고 있었다.

우리가 문을 등지고 왼쪽 끝자리에 나란히 앉자, 오이소 선배 옆에 앉은 텐도가 "자, 그럼." 하고 말을 꺼낸다.

"일단 두 사람에게 우리 부 활동을 보여주고 싶은데……. 카세 선배, 꿍해 있지 말고 평소처럼 적당히 FPS 좀 해주세요."

"야, 텐도. 나는 태어나서 지금까지 『적당히』 FPS를 해본 역사가 단 한 번도——."

"아, 네네. 잘 알았으니까 자, 세팅할게요, 선배."

텐도가 왼쪽 끝으로 돌아갔다. 그러더니 부실 구석에 비스듬하게 설치된, 부실에서 가장 큰 텔레비전의 전원을 켜고 게임기의 플러그를 꽂는다. 그녀는 그대로 게임기를 작동시킨 뒤 무선 컨트롤러를 카세 선배에게 건네주었다.

선배는 "흥." 콧방귀를 뀌면서도 어쩐지 싫지는 않다는 듯이 컨트롤러를 받았고, "오이소." 하고 반대편 좌석에 말을 건다. 그러자 그녀는 어디선가 헤드폰을 꺼내더니 격투 게임 모니터에 선을 연결했다. 아무래도 실내 음향 환경은 메인 텔레비전으로 게임을 하는 사람이 우선인 모양이다.

텐도가 자신의 자리로 돌아가는 동안 카세 선배는 소프트를 기동시키더니, 자연스럽게 온라인 대전 메뉴를 고르고서 매칭을 기다린다. 그것은 나도 시리즈를 잠깐 해본 적이 있는 유명 FPS(1인칭 시점 슈팅) 시리즈 가운데서도 최신작이었다. 생생한 전장 속에서 군인이 되어 최첨단 총기로 상대를 쏘아 죽인다. ……이렇게 표현하면 유혈이 낭자한 게임 같지만, 총에 맞아 죽어도 바로 되살아나며 착탄 표현도 순화되었기 때문에 놀이의 성질로 칠 때는 눈싸움의 연장선 같은 게임이다.

인원이 차고 대전이 시작되자 미스미가 감탄했다는 듯이 한숨을 짓는다.

"우와, 요즘 게임 그래픽은 굉장하네."

확실히 이 게임은 FPS 중에서도 그래픽이 유난히 더 화려한 게임이지만……, 감동하는 그의 반응은 게임 마니아치고는 조금 의외일 정도로 야단스러웠다.

텐도가 묻는다.

"미스미, 설마……, 진짜로 그 퍼즐 게임 말고는 전혀?"

그 질문에 미스미가 난감한 듯이 머리를 긁적인다.

"처음부터 그렇다고 했잖아요. 일단 집에 게임기가 있기는 한데……, 어디까지나 드래곤 ○스트나 마○오 시리즈가 나와야 손을 대는 수준이에요."

"그, 그렇구나."

그래도 어느 정도는 게임에 대해 잘 알 줄 알았는지, 텐도가 쓴웃음을 짓는다.

"……흥."

카세 선배가 컨트롤러를 분주하게 조작하면서 코웃음을 쳤다. 민망한지 살짝 움츠러든 미스미. …………어, 음.

"미, 미스미 말대로 그래픽이 굉장하네요, 이 게임! 그리고 카세 선배의 실력도 엄청나요!"

나는 분위기를 바꾸고자 애써 목청을 높여 말하지만, 방정맞아서 도저히 세련된 도움이라고는 할 수 없다.

그런데도 미스미는 어쩐지 안심했다는 듯이 나를 보며 웃어주었다. ……조, 좋아.

"카세 선배는 이래 봬도 FPS로는 우리나라에서 손가락 안에 드는 실력을 자랑하는 랭커야."

"이래 봬도는 뭔데, 이래 봬도는."

카세 선배는 텐도에게 항의하면서도 적과 마주치자마자 정확하게 머리를 꿰뚫는다. FPS에 대해 잘 모르는 우리도 그의 실력이 굉장하다는 것은 충분히 이해할 수 있었다.

하지만 정작 카세 선배 본인은 별로 즐겁지 않은 듯, 계속해서 적 팀 사람들을 쓰러뜨려 간다.

나는 숨을 헉 삼켰다.

'그러고 보니 이 시리즈……, 쏘고 쏘이는 스피디한 게임 전개가 호평을 받는 시리즈 아닌가? 하지만 이 사람……, 이렇게 치열한 전투 한가운데에 있으면서도 아직까지 한 발도 맞지 않았어.'

시리즈를 조금이라도 아는 사람이라면 한눈에 알 수 있는 이 상황이었다. 아니, 옆을 보니 미스미도 화면을 뚫어져라 쳐다보고 있다. 그 정도로 카세 선배의 테크닉은 압도적이었다.

화면을 보면서 텐도가 중얼거린다.

"게임부가 어떤 곳인지, 이제 좀 이해가 됐어?"

그 말에 나와 미스미는 말없이 고개를 끄덕인다. ……「성실하게 활동을 하고 있다」는 그녀의 말이 무슨 뜻인지 어렴풋하게나마 이해되기 시작했다.

카세 선배가 묵묵히 두 번째 판을 시작하는 가운데 텐도가 계속해서 말했다.

"FPS뿐만이 아니야. 예를 들어 여기, 니나 선배의 경우……."

"………."

오이소 선배 앞에 있는 모니터의 각도를 이쪽으로 홱 돌리는 텐도. 순간적으로 동요한 오이소 선배가 혀를 쯧 찬다. 하지만——.

""어…….""

제대로 화면이 보이지 않을 각도인데도 아무런 문제 없이 캐릭터를 조작하며 승률적으로 결코 약하지 않을 인터넷 대전 상대를 압도한다.

텐도가 모니터를 오이소 선배 쪽으로 다시 돌리면서 빙긋 웃는다.

"이 두 폐인만큼은 아니지만 다른 멤버도 각각 잘하는 장르에서는 대충 이런 수준이야. 다시 말해……."

"……부 활동으로서 결과를 내고 있다?"

미스미의 작은 중얼거림에 "그래, 바로 그거야." 하고 웃으면서 대답하는 텐도.

"실제로 열리는 대회는 물론 인터넷 대회 같은 데에서도 말이지. 그리고 전임 교장의 이념이 『결과에는 그에 합당한 보수를』이기도 했어서, 선대 게임부는 무사히 발족에 성공. 반쯤 그 전례를 따라하는 방식으로, 이번에도 발족 허가를 받은 거야."

"그렇구나……."

나도 모르게 탄성이 흘러나온다. 게임부라는 이름을 들었을 때에는 어떻게 놀기만 하는 그런 부 활동이 성립되나 싶었지만, 이것은 명백하게 「부 활동」이었다……. ……하지만 그러면…….

우리 세 사람은 잠시 동안 카세 선배의 전투를 구경했다. 그리고 두 번째 판이 끝났을 때, 텐도가 "자, 그럼." 하고 말문을 열었다.

"계속 보고만 있으면 지루하잖아? 두 사람도 한번 해봐."

""어?""

갑작스런 제안에 굳어진 나와 미스미. 의외로 카세 선배까지 "그래, 해봐." 하고 부추기는 모습이다.

텐도는 어디선가 휴대용 게임기 두 대를 꺼내 오더니 나와 미스미에게 나눠주었다.

"지금 본 시리즈의 휴대판인데, 소프트 하나로 여러 사람이 대전할 수 있는 시스템이 있어."

"그, 그래요……?"

긴장된 마음으로 게임기 전원을 켜고 설정을 진행한다. 미스미는 익숙지 않은지 옆에서 쩔쩔매고 있기에, 나는 "잠깐 줘봐." 하고 그것을 받은 뒤 거들어주었다.

"고마워, 아마노. 넌 게임에 대해 잘 아는구나. 대단해."

"아, 아니, 그렇지 않아……."

쑥스러워하면서 설정을 마친 휴대용 게임기를 미스미에게 돌려준다.

그러자 느닷없이 카세 선배가 "거기, 넌 어느 정도 할 줄 아나 보군."이라며 나를 바라보았다. 긴장한 나는 등허리를 곧추세우며 "아, 네." 하고 대답한다.

"그, 시리즈 작품을, 조, 조금……."

"그래? 어디 솜씨 좀 볼까?"

안경을 번뜩이는 선배. 나는 "사, 사사사살살 해주세여……." 하고 꼬이는 발음으로 대답한 뒤 내 게임 화면을 쳐다보았다.

시합 규칙이 조금 특수했다. 네 명이서 총격전을 벌이는 것은 당연하지만, 이번에는 거기에 여덟 명 정도의 CPU 캐릭터가 추가되어 유사 12인 대전을 진행하는 모양이다. 게다가 카세 선배는 말도 없이 태연스레 CPU의 「인공지능」을 MAX로 설정했다. 상당히 본격적인 분위기에 낯빛이 창백해진 나와 아무것도 모르는 미스미. 심술궂게 키득거리며 웃는 텐도.

여러 감정이 교차하는 가운데 10분으로 제한된 제1시합이 시작되었다.

그리고 그 결과는——.

"……카세 선배, 조금만 더 배려해주죠."

눈 깜짝할 사이에 시합이 종료되고, 텐도가 기가 막힌다는 듯이 화면에서 얼굴을 든다. ……당연한 일이지만 나와 미스미의 사망 횟수는 차마 눈 뜨고 볼 수 없을 지경이었다. 네 명의 순위는 카세 선배, 텐도, 나, 미스미 순서였지만 나와 텐도 사이의 격차가 어마어마했고, 미스미와의 격차는 거의 도토리 키재기였다. 옆에서 미스미가 축 처져 있다.

나는 분위기에 맞추려고 횡설수설 말을 꺼냈다.

"야, 역시 카세 선배는 대단하시네요! 그렇게 강한 CPU 캐릭터를 피라미처럼 쓰러뜨리고! 아, 그리고 또, 역시 네 명이서 하는 게임은 정말 재미있——."

"한 판 더 해."

"네?"

내 말을 자르며 말하는 카세 선배. 그는 화면에서 눈을 떼지 않은 채 중얼거렸다.

"한 판 더 간다. 준비해."

"어. 아, 예……."

황급히 내 게임 화면으로 시선을 떨어뜨린다. 아직 로딩 중이라 실없이 웃으며 주위를 둘러보지만……, 텐도도 미스미도 진지하게 화면을 바라보고 있었다.

어쩐지 민망해져서 나도 허둥지둥 화면을 내려다보았다.

그리고 이어서 제2시합이 시작되었다.

과연 그 결과는——.

"어……라?"

카세 선배, 텐도가 압도적인 순위인 것은 그대로지만……, 이번에는 내가 미스미에게 간발의 차이로 지고 말았다. ……어라?

화면에서 고개를 든 나는 미스미를 보며 웃었다.

"대, 대단하다, 미스미! 혹시 해본 적이 있다든가, 그런 거 아냐?"

내 질문에 미스미가 화들짝 놀란 기색으로 화면에서 얼굴을 들며 대답했다.

"어? 아니, 진짜 처음이야……. 하지만 해보니 심오하네."

"응? 아, 그, 그러게. 응, 맞아. 모두 함께 게임을 하니 정말 즐겁――."

"다시 한 판."

또다시 카세 선배가 말을 가로막는다. 아무리 그래도 FPS 체험회가 아니라 게임부 전체 견학이니 이쯤에서 다른 게임을 하는 편이 좋지 않을까, 하는 마음에 주위를 둘러보지만……. 또다시 텐도와 미스미는 진지한 표정으로 자신의 화면에 시선을 떨어뜨리고 있었다.

하는 수 없이 나도 그들을 따라 조용히 게임에 집중한다.

그렇게 해서 시작된 세 번째 판. 그 결과는…….

"……어……."

카세 선배가 1등인 것은 변함없지만……, 미스미가 2등인 텐도의 성적을 근소한 차이로 따라잡았다.

이런 결과를 보고 나서야 게임 화면에서 고개를 든 카세 선배가 처음 보는 허무한 미소를 지으며 미스미를 바라보았다.

"너, 좀 하는데? 이름이 뭐였지?"

"아, 미스미입니다."

"미스미. 너는 가능성이 있다. 처음에는 조작도 전혀 못 했는데……, 계속 기술을 흡수하면서 실력이 늘고 있어."

카세 선배의 입에서 좋은 평가가 나오자 미스미가 쑥스러운 듯이 머리를 긁적인다.

"그럴 리가요, 우연이에요. 저는 선배의 움직임을 참고했을 뿐이라……."

"바로 그거야."

카세 선배가 지금까지와는 달리 살짝 열을 띈 목소리로 말한다.

"다른 사람에게서 기술을 훔치는 노력과 자세, 그리고 관찰력. 그게 바로 게임을 잘하기 위해 반드시 필요한 조건이지. 그리고 미스미에게는 그것이 높은 수준으로 갖추어져 있어."

"아니, 그렇게까지……."

머리를 긁적이며 겸손한 모습을 보이는 미스미를 보며 텐도도 칭찬을 건넨다.

"아니, 진짜로 대단해, 미스미! 나도 이 게임을 못하지는 않는데 거의 따라잡혔잖아! 미스미에게는 재능이 있어. 아, 퍼즐 게임을 하면서 집중력이나 사고력 같은 것이 길러진 걸까?"

미스미를 중심으로 화기애애한 두 사람. 나는 그 모습을……, 뭐, 패배로 인해 느끼는 다소의 분함과 질투는 있지만. 그래도 순수하게 '미스미, 대단하다.' 하고 생각하면서 멍하니 바라보고 있었다. 세상에는 재능이 있는 사람이라는 존재가 있구나. 응, 대단하다.

——그 순간, 갑자기 카세 선배가 이쪽을……, 매우 못마땅한 기색으로 노려보았다. 왜 그러나 싶어 흠칫흠칫 어깨를 떨고 있자, 카세 선배는 안경을 밀어 올리면서 상당히 신랄한 비판

을 쏟아 냈다.

"그에 비해, 넌 뭐야? 경험자라 기본 조작은 숙지하고 있는 듯한데……, 세 판을 하는 동안 손톱만큼의 성장도 찾아볼 수 없었어. 성장은커녕 점점 플레이에 성의가 없어지잖아."

"아……, 그게……, 죄송합니다……."

설마 혼날 줄은 몰랐기에 얼빠진 반응을 보이고 만 나. 그러나 그런 모습이 더욱 눈에 거슬렸는지, 카세 선배는 진정하라는 텐도의 말도 무시한 채 질타를 계속했다.

"그보다 너. 필드 중앙에 있는 차 위로 올라가 펄쩍펄쩍 뛰었지. 대체 무슨 생각으로 그런 거야?"

"네? 그건……."

그런 행동을 했었나 싶어 기억을 더듬어본다. ……아, 그때 그거구나.

"아, 왠지 거기 위에서라면 아주 멋진 풍경이 보일 것 같아 뛰어봤는데……. 그런데 실제로도 굉장히 멋졌어요! ……뭐, 바로 총에 맞았지만요."

내 대답에 카세 선배뿐만 아니라 텐도까지 한숨을 폭 쉰다. 미스미마저 쓴웃음을 짓는 가운데……, 나는 아직까지도 무엇 때문에 혼나고 있는지 몰라 고개를 갸우뚱 기울인다.

"저기……. 아, 죄송해요. 진지하게 임하지 않은 게 아니라, 그, 재미있어서——."

"그건 됐고. 어쨌든 너도 처음에 내 플레이를 봤을 거 아냐. 거기서 조금이라도 뭐 좀 배운 거 없어? 대체 무슨 생각을 하면서 본 거야?"

이 또한 나로서는 이해가 잘 안 되는 질문이었다. 어느 부분이 지뢰를 밟은 것인지 도저히 알 수 없는 긴장감 속에서, 나는 머뭇거리며 대답을 한다.

"네? 아니, 뭐……, 무슨 생각을 했냐면……, 그……. 『잘한다』라든가 『굉장하다』라는 생각에. 그냥 감탄하면서 흥미롭게 봤는……, 데요……. 아, 제가 그, 고수들의 플레이 동영상을 보는 것도 굉장히 좋아해서——."

"……하!"

내 말 도중에 카세 선배는 어이가 없다는 것처럼 코웃음을 치더니 완전히 흥미를 잃었다는 듯이 나에게서 시선을 돌린다.

실내에 어색한 공기가 떠도는 가운데……, 텐도가 분위기를 쇄신하듯이 "자, 자!" 하고 필요 이상의 큰 소리로 말한다.

"게임부는 FPS만 하는 부가 아니야! 다음은……, 그래. 액션 게임으로 대전해보자, 액션 게임! 자, 이번에는 니나 선배 차례예요."

"어어? 아……, 잠시만 기다려……."

텐도가 말을 걸자 오이소 선배는 헤드폰을 목에 걸더니 현재 대전 상대를 신속하게 쓰러뜨렸다. 그렇게 게임을 마치고 나서 "자." 하고 카세 선배에게 눈빛으로 재촉하고는 자리를 바꿨다. 우리와 메인 모니터로 놀기 위해서인가 보다.

자리 교대를 마치고 카세 선배가 혼자 FPS를 시작한 가운데, 텐도가 왼쪽 끝자리로 돌아가더니 소프트를 고른다.

"음……, 보자……. 제대로 된 격투 게임은……, 좀 그러니까……."

「좀 그렇다」는 건 설마 나를 염두에 두고 한 말일까? ……조금 침울해진다.

배려를 해준 것인지, 미스미도 "나도 가볍게 놀 수 있는 게임이 좋아요." 하고 말을 보탠다. 아……. 미스미, 진짜 착하다. 게임에 재능도 있고. 진짜 존경스러워.

한참동안 부스럭거리며 게임을 찾던 텐도가 "아, 이게 좋겠다."라며 하나를 꺼내더니 디스크를 게임기에 넣었다.

그러고 나서 오이소 선배와 나, 미스미에게 무선 컨트롤러를 나눠주고 자신도 한 개를 들고서 자리로 돌아가는 텐도.

게임이 켜지고 텔레비전에 타이틀 화면이 나타났다.

"아, 이건 나도 해본 적이 있어요. 게임이 화려해서 재미있더라고요."

미스미가 웃는다. 그의 말대로 이 게임은 굉장히 유명한 대전 액션 게임이었다. 기본은 대전 격투지만 4인 대전이 가능하며, 스테이지 특수 효과가 풍부하다. 그리고 강력한 아이템을 사용하면 거의 운으로 대역전할 수 있는 가능성도 많기 때문에, 플레이어의 실력 차이가 너무 크게 나지 않는 종류의 게임이다. 이렇게 말하는 나도 굉장히 좋아해서 가끔씩 집에서 동생과 하고 논다.

"음……, 뭐, 가끔은 괜찮겠지."

오이소 선배만이 유일하게 별로 내켜하지 않아 보였지만 굳이 반대하는 것도 아닌 듯하다.

그렇게 우리는 아주 가벼운 마음으로 게임을 시작했다.

실제로 첫 판은 아주 화기애애한 분위기 속에서 진행되었다.

운 요소가 많다고는 하지만 역시 플레이어의 능력 차이가 너무 났는지 오이소 선배가 우승을 했다. 하지만 시합 전개는 이 게임답게 파란만장해서 보기만 해도 즐거웠다.

그러나 위화감은 두 번째 판 때 캐릭터를 고르면서 찾아왔다.

"어? 캐릭터……, 다들 안 바꾸나요?"

이 게임은 특징이 다양한 조작 캐릭터가 장점 중 하나인 게임이다. 당연히 나는 동생과 할 때도 매번 캐릭터를 바꾸고, 어떨 때는 랜덤 선택에 맡기기도 한다. 그렇지만 지금……, 나를 제외한 세 사람은 아무도 캐릭터를 바꾸지 않았다.

어리둥절해하는 나를 보며 텐도가 쓴웃음으로 대답한다.

"아, 나는 이 캐릭터가 주 캐릭터라."

"아……, 그래요?"

뭐, 격투 게임에 주 캐릭터가 있다는 건 흔한 일일지도 모르지만……, 음……. 조금 납득이 안 가는 상태로 미스미를 바라보자 그가 쑥스러운 듯이 웃었다.

"아, 나는 초보니까 한 캐릭터씩 익혀보려고."

"아……, 그래?"

그 주장도 이해가 안 가는 건 아니다. 응, 훌륭해. 하지만…….

마지막으로 오이소 선배 쪽을 돌아보자 그녀가 굉장히 나른하게 대답했다.

"나는 이 캐릭터가 제일 서툴러서."

"어? 그 말은……, 아, 우리를 배려한 핸디캡의 의미로……."

"뭐, 그렇지. 하지만 그보다 약점 극복 훈련이라는 의미가 강하니까 신경 쓰지 마."

"아……, 네……, 알겠습니다……."

응, 정말이지 고마운 배려네. 게다가 이런 상황에서도 연습이라니 게이머의 귀감이야. ……응…….

왠지 답답한 감정을 느끼면서도 두 번째, 세 번째 판을 진행한다. 여전히 1위는 오이소 선배가 차지했지만, 나머지 사람들은 운 요소 덕분에 딱히 정해진 순위 없이 대체로 균형 잡힌 싸움이 벌어졌다. 하지만…….

"와! ……으, 치사해, 미스미! 텐도, 엄청 빠르네! 그리고 오이소 선배, 진짜 잘하시네요!"

""""…………""""

전투 중에 호들갑을 떨며 소리를 지르는 사람은 나뿐. 다른 사람은 모두 화면에 온 신경을 집중하며 게임을 하고 있다. ……일단 모두 웃고는 있으니 즐겁지 않아 보이는 건 아니지만…….

게다가 넷째 판, 다섯째 판이 돼서도 여전히 세 사람은 캐릭터를 변경하지 않았다. 나만 매번 다른 캐릭터를 고른다.

그 때문인지 매번 초반에는 조작이 조금 익숙하지 않아서 열세에 몰리는 나.

그런 내 모습을 오이소 선배가 힐끔 보더니 말을 건다.

"……저기, 캐릭터를 정해 놓고 하는 게 어때? 끝에 있는 저 녀석, 세기도 하고 조작하기도 쉬워."

"네? 아, 네. 감사합니다. 그럼 이번에는 이 캐릭터로 해볼게요!"

일부러 권해준 것이 기뻐서 웃으며 대답하는 나. 그러나 오이소 선배는 어째서인지 의아한 듯했다.

"……『이번에는』?"

"네? 아, 죄송해요. 음, 그 외에도 써보고 싶은 캐릭터가 여럿 있어서……."

"……그래."

나에게 흥미를 잃은 듯이 다시 모니터를 바라보는 오이소 선배. ……으, 지금 그 말은 선배에게 무례했나? 추천해준 캐릭터를 계속 써야 했을까? 하지만…….

답답한 마음을 안은 채 시합을 계속한다. 한 판, 한 판이 짧아서 진행 속도가 빨랐다. 그러나…….

'세 사람 모두……, 캐릭터를 한 번도 바꾸지 않네…….'

솔직히 말해서 시합이 슬슬 단조롭게 진행되기 시작했다.

'게다가……, 적극적으로 아이템을 먹으러 가는 사람은 나뿐인가?'

문득 살펴보니 미스미를 포함하여 모두 본격적인 육탄전으로 들어갔고, 나만이 강력 아이템을 찾아 필드를 헤매고 있는 상태였다. 게다가 막상 강력 아이템을 입수해도 세 사람이 진지하게 싸우고 있는 상황에서 그 아이템을 쓰기가 묘하게 민망하다.

결국 나는 다가가지도 멀어지지도 못한 채 어중간한 위치에서서 어정쩡하게 싸우다가, 매번 어중간한 순위에 자리를 잡기 시작했다.

그렇게 시합을 열 판은 했을까. 문득 시계를 본 텐도가 "아." 하고 소리를 내더니 게임을 중단시킨다.

"너무 이것만 했네. 자, 이제 그만! 모두 수고하셨습니다!"

그 말에 저마다 수고했다는 말을 하며, FPS 때와 달리 상당히 온화하게 해산한다. ……하지만 어째서일까. 어쩐지 내 마음속에는 「응어리」 같은 것이 남아 있었다. ……아니……, 아마도 내가 미적지근한 감성일 뿐이겠지……, 응.

오이소 선배가 텔레비전 모니터로 혼자 다른 격투 게임을 시작한 가운데, 텐도가 눈의 피로를 풀 겸 잡담을 꺼내기 시작한다.

"그런데, 두 사람이 게임을 하게 된 무슨 사연이라도 있어?"

그 질문에 서로 마주 보는 우리. 은근히 먼저 이야기할 순서를 서로 미루고 있으니 보다 못 한 텐도가 먼저 이야기를 하기 시작했다.

"나는 말이지, 근처에 살던 언니가 굉장히 게임을 좋아해서 그 사람의 영향을 받았다고 할까? 머리 색깔이 이러니까 어릴 적에는 굉장히 신경 쓰느라 집 안에서 노는 일이 많았거든. 그때 그 언니가 자주 놀아줬어."

"아하, 그렇군요."

왠지 신기하게 따스한 이야기네, 하고 생각하며 듣고 있는 우리였지만, 텐도가 어째서인지 갑자기 어두운 표정을 보인다.

"그런데 그 언니가 좀 너무하다 싶을 정도로 게임을 잘했어. 거기다 봐주는 법이 없어서. 정신을 차리고 보니……, 난 괴물처럼 모든 장르의 게임에 강한 아이가 되어 있었어……."

""그, 그렇구나…….""

뜻밖에도 뭐라고 해야 좋을지 모를 이야기로 흘러갔다.

"결국 그 언니가 이사를 간 뒤로는 그렇게까지 게임에 빠져 살지는 않았기에 전성기 때보다 실력이 조금 떨어졌지만……, 그래도 여전히 게임을 향한 열정은 식지 않았어. 그래서 지금 꿈은 그 사람이 나온 고등학교……, 헤키요 학교 게임부와 대전해서 이기는 거야."

"의, 의외로 드라마틱한 게임 배경이네요……."

내가 그녀의 배경에 놀라고 있자, 텐도는 "어머나?" 하고 어쩐지 재미있다는 듯이 웃기 시작한다.

"나는 제일 양호한 편이야. 예를 들면……, 그래, 저기 있는 카세 선배는 어릴 적에 전설의 용병인 아버지에게 받은 혹독한 훈련을 바탕으로 괴물처럼 FPS 고수가 되었고."

""뭐어?!""

놀라는 나와 미스미를 보며 카세 선배는 안경을 쓱 올리는 것으로 대꾸한다. ……반박을 하지 않는다는 것은……, 진짜야?!

"니나 선배는 격투 게임에 빠져든 나머지 어둠의 길로 들어선 친구를 눈뜨게 하기 위해 높은 곳을 목표로 하고 있다나 봐."

""정말이에요?!""

나와 미스미가 경악했지만 정작 당사자인 오이소 선배가 "응, 진짜, 정말로 진짜." 하고 맥이 빠질 정도로 가벼운 말투로 덧붙인다. ……그러니까 오히려 더 진짜 같아…….

텐도는 계속해서 말했다.

"참고로 오늘 오지 않은 나머지 두 사람도, 한쪽은 『저는 RPG 같은 이세계에서 온 공주이므로 RPG를 해야 하며, RPG에게 사랑을 받고 있습니다.』라는 말을 하는 이상한 아이. 다른 한쪽은 일족의 비보를 빼앗은 범인에 대한 단서가 『프로 게이머』라는 것만을 의지하며, 자신도 게임 세계에 발을 들여놓았다고 하는 중대한 사명을 가진 아이이고…….”

““게임부의 정체가 뭐야!””

이렇게 되면 아무것도 아닌 우리의 에피소드를 말하기가 굉장히 힘들어지는데.

그렇지만 텐도가 생글생글 웃으면서 재촉하는 통에 도망칠 수가 없다.

미스미의 시선에도 진 나는 하는 수 없이 내 사연을 털어놓았다.

“어……. 나는……, 그냥 어쩌다 보니, 게임이 좋아졌을 뿐, 인데…….”

““…………””

순간, 실내에 내려앉은 어색한 공기. 나는 ‘사고를 쳤네’ 라고 생각했지만……, 그래도 게임을 좋아한다는 마음에 거짓은 없기에 말을 덧붙인다.

“저……, 뭔가를 좋아하려면 특별한 이유가 있어야……, 하나요?”

“아니……, 그렇지는……. 그러게, 그러고 보니까 언니는 분명——.”

텐도가 무언가를 그리워하듯이 허공을 응시한다. 거기서 이만 차례를 마칠 때라고 판단한 나는 팔꿈치로 미스미를 쿡쿡 찌르며 이 기세를 몰아 너도 확 말해버리라는 듯이 그의 사연 소개를 재촉했다. 미스미는 체념한 표정으로 입을 연다.

"제 경우도 흔한 이야기이긴 한데……."

어쩔 수 없다는 듯이 이야기를 시작한 미스미. 좋아, 이로써 나와 같은 수준의 이야기가 하나 더——.

"퍼즐 게임은 기억상실에 걸린 나의 유일한 특기였어요……."

"배신자아아아아아아아아아아아아!"

절규하는 나. 미스미는 생각지도 못했다는 듯이 어리둥절한 표정을 지은 뒤 자세하게 이야기하기 시작했다.

"저에게는 최근 3년 이전의 기억이 전혀 없어요. 정신을 차리고 보니 그 퍼즐 게임을 하고 있어서. 그리고 지금은 인연이 닿아 미스미 가에 들어가서 살고 있고요. 아버지와 어머니, 그리고 의남매가 된 여동생과 함께요. 그 퍼즐 게임을 열심히 하면서."

"""…………."""

상상을 초월한 스토리텔링에 할 말을 잃은 우리. 미스미는 겸연쩍은 듯이 웃으며 텐도에게 대화의 화살을 돌렸다. ……하지만 이런 타이밍에 돌아와 봤자 텐도도 난감할 뿐이다.

그녀는 잠시 허둥거리더니 작게 기침을 하고는……, 바로 오늘 견학회를 마무리한다는 이야기를 진행시켰다.

"자, 자, 이제 어느 정도는 게임부의 활동 내용을 이해했겠지?"

"""네."""

나와 미스미가 동시에 대답한다. 텐도는 만족스러운 듯이 고개를 끄덕이고는 말을 이었다.

"아, 참고로 이 두 선배는 완전히 잘못 뽑았다 싶을 정도로 사교성이 바닥인 폐인들이니까 나머지 부원에게는 조금 더 기대해도 돼."

""야.""

두 선배가 게임 화면에서 눈을 떼지 않은 채 큰 소리로 항의한다. 나와 미스미는 무심결에 웃음을 터뜨렸고, 선배들도 부드러운 표정을 지으면서 한순간에 실내가 부드러운 공기로 가득 찼다. ……역시 교내 아이돌이라 불리는 텐도 카렌. 대사 선택이 훌륭하다.

그녀는 온화한 미소를 지으며 계속해서 말했다.

"게임 실력에 관해서도 꼭 잘해야 한다거나 그런 것은 절대 아니야. 실제로 나 역시 그렇게까지 일류는 아니고. 나머지 두 사람도 1학년이라 아직 한창 자랄, 기본은 귀여운 여자아이 둘이니까. 하지만 두 사람 모두 의욕은 철철 넘쳐."

그 정보에 움찔 반응하는 나. 텐도를 포함하여 미소녀 천지인 게임부……. 이런 이상적인 VIP 공간이 세상에 어디 있어. 여기가 바로 신종 드림 ㅇ럽인가?

내가 멍하니 망상으로 여행하고 있는 동안에도 텐도는 이야기를 계속한다.

"다만 기왕 하는 거, 서로 열심히 실력을 갈고 닦아서 기술을 향상시키자는 것이 게임부의 지침이야. 그리고 나는 그런 부활동을……."

거기서 잠시 말을 끊더니, 텐도는 얼굴 가득 황홀한 미소를 지었다.

"너희 두 사람과 함께 활동했으면 좋겠어."

이 자리에서 바로 "네." 하고 입부하고 싶은 마음이다. 실제로 미스미는 "네, 오늘 정말 즐거웠기 때문에 꼭 입부하고 싶네요."라며 선선히 대답했다. ……이게 바로 인기 있는 주인공의 힘인가……. 빠른 판단과 강단 있는 결단. 그리고 상큼하기까지.

미스미의 대답을 듣고 한동안 기뻐하던 텐도가 그 흐름 그대로 웃으며 나를 바라본다.

"아마노는 어때? 나와 함께 게임부에 들지 않을래?"

흉악한 위력을 가진 텐도의 살짝 올려다보기 기술이 작렬한다. ……내 정신력의 내구도는 완전히 제로다. 새빨개진 얼굴. 아직 코피가 나지 않은 것이 기적.

옆을 보니 미스미도 기대의 눈빛으로 생글생글 웃으며 나를 보고 있었다. 미스미뿐만 아니라 이러니저러니 말은 했어도 카세 선배도 오이소 선배도, '흔치 않은 기회니까 입부해.' 라고 말하는 듯한 부드러운 눈빛으로 이쪽을 보고 있다. 처음에는 조금 무섭다고 생각했는데 정말 좋은 선배들이야. 이런 답도 없는 나에게……, 감사하다는 말로는 부족할 정도야.

나는 다시 한 번 게임부를 천천히 돌아보았다.

좋아하는 게임들로 가득 찬 이상적인 공간.

동경하는 교내 아이돌 미소녀의 제안.

상큼하고 굉장히 호감이 가며, 쉽게 친구가 될 수 있을 것 같은 동갑내기 소년.

존경할 만한 선배들과 아직 만나지 못한 여자 후배 부원들.

여기에는 내가 꿈에 그리던 충실한 학교생활의 모든 것이 완벽하게 갖추어져 있었고.

내가 "네."라고 말하기만 하면 그것들이 전부 손에 들어오는 상황.

……마치 꿈같다.

배경이나 다름없는, 존재감 없는 나에게 하늘이 주는 평생에 한 번뿐인 깜짝 선물로밖에 생각할 수 없는 상황.

그렇기 때문에 나는.

눈앞에 있는 이……, 직접 만난 후부터 진지하게 좋아지기 시작한, 부끄럽지만 첫사랑이라 해도 무방한 금발 미소녀에게.

진심을 담은 미소를 지으며.

확고한 결심을 가지고서.

그 대답을 고했다.

"아뇨, 난 됐어요. 이 부에는 내가 하고 싶은 『게임』이 없는 것 같네요."

*

'이 바보오오오오오오오오오오오오오오오오오오오오오오오오오!'

견학을 하고 나서 하루가 지난 이튿날 아침. 등교하자마자 책상에 엎드린 나는 반 아이들의 기이한 시선에도 아랑곳하지 않고 머리를 마구 헝클어뜨리며 후회에 몸부림쳤다.

'어째서! 왜 거절한 거야! 나, 바보야? 나가 죽자! 미스미에게 게임에서 진 일이 그렇게 분했어?! 카세 선배의 독설에 그렇게 화가 난 거야?! 나에게 관심 없어 보이는 오이소 선배의 모습에 풀이 죽은 거냐고! 그런 하찮은 자존심 때문에 그 『꿈같은 제안』을 거절한 거야?! 그냥 접시 물에 확 코 박고 죽어라! 어제의 나, 그냥 죽어버려! 뭐야, 그게! 바보 아냐? 진짜 바보 아니냐고!'

어제부터 한숨도 못 자고 몇 번이나 반복했는지 모를 자학을 계속한다.

사실 그때 내 자신의 마음을, 지금은 도저히 이해할 수가 없었다.

가방에서 교과서와 노트를 꺼내 책상으로 옮길 생각은 하지도 않고, 그저 책상 위에서 계속 몸부림을 치는 나.

'뭔가 이상한 신념을 가지고 대답했던 건 기억하는데, 중요한 그 신념이 뭐였는지 전혀 기억이 안 나! 애당초 말로 표현도 할 수 없는 마음이었던 거야?! 아니, 그런 것 때문에 거절하면 안 되지! 바보냐! 뭐야, 그게! 드래곤 퀘○트에서 용왕의 제안을 거절한 용사 흉내라도 내고 싶었던 거야?! 게임 감성이 지나치잖아! 중증이네, 진짜! 아, 정말이지…….'

틀렸다. 나 자신을 향한 욕설이 끊이지 않는다. 이대로 가다가는 자칫하면 자해 행위까지 하겠어. 진정하자. 일단 진정하

자. 그래, 이럴 때야말로 게임을…….

그렇게 생각을 고쳐먹은 나는 반 아이들이 멀리서 지켜보는 가운데 떨리는 손으로 스마트폰을 꺼내어 평상시처럼 소셜 게임을 시작했다.

퀘스트를 하나 깨자 그제야 조금 진정이 되었다.

'냉정해지자, 나. ……그래, 아직 희망이 남아 있잖아. 다시 게임부에 입부를 신청하러 가면 돼. 엄청 창피한 행동이지만……, 그래도 지금이라면 아직 되돌릴 수 있어. 어제는 마음의 정리가 덜 되었을 뿐이라고 하면 누가 뭐라고 하겠어. 응, 그래.'

순식간에 마음이 편해졌다. 그야 뭐……, 솔직히 꼴사납기 그지없지만. 충실한 학교생활이 손에 들어오냐 마느냐 하는 기로에서 그런 것을 신경 쓰고 있을 때가 아니다.

나는 퀘스트를 하나 더 깨면서 생각한다.

'더 좋은 경우는……, 저쪽에서 다시 한 번 불러주는 거야. 응, 그래, 미스미가 다시 불러주지 않을까? 응!'

상당히 내 좋을 대로 망상을 하고 있다는 것은 알고 있었지만 그마저도 하지 않으면 버틸 수가 없다.

나는 거듭 망상을 펼치며 스마트폰을 만지작거렸다. ――그러자,

'아, 또 《MONO》에게서 구원 요청이 왔네. 어제는 못 받아줬고, 이제 이벤트 기간도 얼마 안 남았으니 이번 건 꼭 수락해줘야――.'

그렇게 생각하며 《구원 요청을 수락한다》 버튼을 누르려고

한――그 순간.

갑자기 반이 술렁거리는 소리에 깜짝 놀라 교실 입구를 바라보니……, 거기에는 *아케익 미소를 지은 텐도가 서 있었다.

침을 꿀꺽 삼키는 나. 어제와 다름없이 당당한 걸음걸이로 교실 안을 성큼성큼 걸으며 내 자리까지 다가오는 텐도. 그를 따라 움직이는 반 아이들의 시선.

내가 스마트폰을 든 채 굳어 있자, 내 책상 앞까지 온 텐도가 어제와 거의 똑같은 말을 꺼냈다.

"안녕, 아마노. 뭐 하고 있어?"

"어? 음……, 그, 잠깐 앱을 하며 놀고……."

"흐응. 아마노는 의외로 이런 시시한 것을 좋아하네."

"어……, 아, 으, 응……."

어쩐지 버틸 수가 없어서 시선을 피하면서도, 좋아하는 게임 이야기에 달려드는 성미가 불쑥 튀어나와 입이 멋대로 주절주절 떠들기 시작한다.

"아, 하지만 이 앱은 꽤 잘 만들었어. 틀림없이 텐도도 해보면 의외로 재미있다고――."

"그런 것보다."

내가 내민 스마트폰 화면을 무시하며 텐도가 얼굴을 쑥 들이민다. ……가깝다. 얼굴이 어제보다 더 가깝다. 반 아이들이 순간 술렁거릴 정도로 가깝다.

텐도의 긴 속눈썹, 쭉 뻗은 콧날, 촉촉한 입술, 매끄러운 피부, 거기에……, 맑고 커다란 눈동자. 그 모든 것이 클로즈업되

*아케익 미소: 초기 그리스 조각에서 찾아볼 수 있는 표정으로, 입꼬리를 끌어 올려 은은하게 웃는 미소를 가리킨다.

어 시야에 들어오자 내 심장이 세차게 두근거린다.
텐도는 그대로 변함없이 천사 같은 황홀한 미소를 지으며 부드럽게, 그러면서도 왠지 타이르듯이 말문을 열었다.

"아마노. 역시 우리 부에 들어와줘. 응? 부탁이야. 나, 너에게 굉장히 관심이 많아."

"어……."
이 상황은……, 아까부터 내가 망상하고 있던 「게임부 복귀 망상들」을 훨씬 뛰어넘는, 매우 이상적인 권유였다. 게다가 텐도의 「관심있다 발언」이 덤으로 붙었다. 실제로 주위에 다 들렸는지, 반 아이들이 지금까지와는 비교도 안 될 정도로 웅성거리고 있다. 게다가 지난번처럼 어중간한 상황에서 비롯된 의아한 소리가 아니라 경악에 가까운 소리다. 내 입장에서는 여차하면 반에서 지위까지 급상승할 수도 있는, 다시없는 기회.
이만한 상황이 갖춰졌는데 이제 와서 망설일 이유가 있을까.
살짝 얼굴을 뗀 텐도가 악수를 청하듯이 오른손을 슥 내민다.
……어쩌지, 눈물이 날 것 같아.
이미 나에게는 그녀가 칸다타를 구하기 위해 거미줄을 내려준 석가모니처럼 보인다. 진짜로 후광이 비치고 있다. 어떻게 사람이 이렇게 자비로울 수 있을까? 이 어리석고 존재감도 없는 나에게……, 다시 한 번 기회를 주다니.
나는 왼손으로 스마트폰을 옮겨 잡은 뒤, 천천히 그녀에게 오른손을 내밀었다. ……덥석 잡지 못한 이유는 쑥스러워서이기도 했지만, 어제 자신이 품었던 「신념」이 뭐였을까, 하는 것이 마음속 어딘가에 걸렸기 때문이다.

하지만……, 생각이 나지 않는다면 분명 그렇게 중요한 것은 아니었을 테지.

나는 아주 잠깐 망설였지만 곧 결의를 새로 다지고서 그녀의 손을 잡——.

《MONO님이 요청한 구원 의뢰 : 남은 수락 시간 5초》

——지 않고 그 손으로 스마트폰에 뜬 《구원 요청을 수락한다》 버튼을 눌렀다. ……휴, 위험했다. 일단 이것으로 안심이야. 전투는 일시 정지해 놓아도 문제없——.

"…………."

"…………아."

정신을 차리고 보니 내 무례하기 그지없는 행동에……, 그 착한 텐도도 손을 내민 채 미소를 굳히고 있었다.

상황을 모르는 반 아이들이 무슨 일인가 지켜보는 가운데, 텐도는 억지로 미소를 지으려고 하면서 묻는다.

"아……, 아마노? 내 제안보다……, 그, 시시한 소셜 게임 쪽이 더 중요해?"

"어? 아, 아니, 미안해요! 이야기하는 도중에 진짜 미안해요! 아, 진짜 왜 이런 무례한 짓을 했지! 진짜 미안해요! 그 점은 이렇게, 진심으로 사과할게요!"

나는 황급히 머리를 꾸벅 숙였다. ……하지만 어째서일까.

슬프게도 지금 이 일 덕분에 내가 어제 어떤 마음이었는지 완전히 떠올라서.

……후. ……그래, 이제 어쩔 수 없네. 기억이 났으니 어쩔 수 없지.

고개를 든 나는 활짝 미소를 지으며……, 이번에는 어물거리지 않고 텐도에게 말한다.

"하지만……, 텐도에게 시시하더라도 나에게는 중요한 것이 있어요."

"!"

"그러니 게임부 일도 미안해요. 나는 역시 게임부에 들 수가 없어요."

"! 어……, 어째서, 야?"

텐도의 미소가 점점 굳어진다. 나는 가슴이 욱신거리는 것을 느끼면서도……, 그래도 역시 이것만큼은 양보할 수 없다고 생각했기에 웃으며 대답했다.

"어제도 말했지만 거기에는 내가 하고 싶은 『게임』이 없어서요."

"그러니까 그게――!"

순간 소리를 버럭 지른 텐도가 화들짝 놀라며 목소리를 낮춘다.

"――그게 무슨 말이냐고 묻고 있잖아."

"무슨 말이냐고 물어도……. 미안해요, 나도 잘 모르겠네요."

"……혹시 게임 실력이 마음에 걸려? 그거라면 괜찮아. 카세 선배가 그렇게 보여도 의외로 잘 돌봐주——."

"아, 아니, 아니에요! 그런 게 아니라……. 아, 아니지, 그게, 솔직히 말해 게임 실력에 대한 자신감도 조금 떨어졌지만……, 그래서 그런 게 아니에요."

"그럼……, 대체 왜 싫다는 거야……."

텐도가 무리에서 떨어진 새끼 양 같은 표정을 짓는다. ……언제나 자신만만한 그녀의 이런 얼굴을 보다니, 생각지도 못했다. ……아, 내가 이상한 소리를 했기 때문인가?

나는 쓴웃음을 지으면서도 잠시 생각한 뒤, 내가 표현할 수 있는 말을 총동원하여 대답했다.

"게임부가 싫다는 뜻이 아니에요. 아니, 정말 존경할 만한 사람들뿐이라고 생각해요. 솔직히 눈이 부셨어요. 게임부도 야구부나 축구부 같은 운동부와 전혀 다르지 않은, 어엿한 『부 활동』이라고 진심으로 생각했다고나 할까?"

"그래, 맞아. 모두 함께 노력해서 실력을 키우고 더 높은 곳으로 향한다. 그게 최고의 게임 스타일이잖아."

"네, 맞아요. 그 게임부라면 노력해서 실력을 키워 가며 진정으로 보이는 『게임의 즐거움』을 얻을 수 있을 것이라고……, 그렇게 생각해요."

"그, 그 정도로 이해했다면 같이 게임부에서……."

텐도가 뭔가 매달리는 듯한 눈빛으로 나를 바라본다. ……어째서 그녀는 이렇게까지 입부시키지 못해 안달인 걸까. 나같은 사람에게 무슨 가치가 있다고.

그렇기 때문에 진지하게 권해준 그녀에게는 몹시 가슴이 아프지만……. 그래도 나는 양보할 수 없는 것을 위해……, 스마트폰 화면을 보면서 솔직한 내 마음을 전했다.

"미안해요. 역시 나는 『즐겁게 게임을 하는 것』이 좋아서……, 서로 실력을 갈고 닦는 『게임부』에는 어울리지 않는 것 같아요."

"! 무슨……, 말이야……. 방금 실력을 갈고 닦는 것이야말로 즐거운 거라고, 너도……."

"아, 맞아요. 그러니까 그런 즐거움도 물론 있다고 생각해요."

"……그럼……."

텐도가 전혀 이해할 수 없다는 반응을 보인다. 나는 팔짱을 끼며 "음." 하고 끙끙거리며 이해하기 쉬운 표현을 찾았다.

"저기, 나는……. 아, 그거다. 나에게는 아주 우수하고 잘생긴 남동생이 있거든요?"

"……뭐?"

어리둥절해하는 텐도. 슬슬 눈빛에 「황당함」이 비치기 시작한다. 그렇지만 나는……, 어떻게든 정리되지 않은 이 마음을 전하고자 열심히 애를 썼다.

"솔직히 취미도 전혀 다르고 지금까지 이렇다 할 이야기를 한 적도 없고, 나는 보다시피 좀 모자라서 형다운 일은 한 번도 못 했지만……. 그, 그래도 부끄러운 이야기지만 함께 게임을 할 때만큼은 둘 다 즐거워서 바보처럼 낄낄 웃을 수 있거든요. ……서로 학교에서 안 좋은 일이 있는 날에도요…….”

“………….”

“그래서 나에게 게임은……. 그……, 텐도나 카세 선배, 그리고 오이소 선배가 답답해할 만한, 도저히 칭찬받지 못할 자세라는 건 잘 알고 있지만……. 그래도 역시 도피처로, 대체 행위로, 구제 불능인 나의 커뮤니케이션 도구로……. 하지만 그렇기 때문에 마음의 위안을 얻는……, 아주 소중한 『오락』으로 있어줬으면 좋겠어요.”

“………….”

“아……. 그, 왜, 코시엔이나 프로 야구 선수를 목표로 하는 야구 소년과, 스트레스를 마음껏 발산하는 것이 취미인 사람의……, 차이 같은?”

“………….”

큰일이네. 혹시 내 국어 실력이 너무 낮은가?

나는 상황을 정리하듯이 작게 기침을 한 뒤에 다시 결론을 말했다.

“저기, 아무튼 그래서 미안해요, 텐도. 게임부는 훌륭하지만……, 나는 역시 들어갈 생각이 없어요. 나는 앞으로도 내 나름대로 게임을 즐기고 싶으니까요. 아, 하지만 권유해준 것은 진짜, 정말 기뻤어요! 진심으로 고마워요!”

웃으면서 감사 인사를 전하는 나. 하지만 텐도는……, 어째서인지 눈을 한껏 내리깔고 부들부들 떨면서……, 작게 뭐라고 중얼거리고 있었다.

"으~~! 어째서……, 왜 내가 마치 차인 것처럼……! 아마노 따위에게……, 이상하잖아……. 거절당할 거란 생각은, 전혀 해보지도……! 왜냐하면……!"

"테, 텐도? 미, 미안해요. 나 같은 애가 텐도의 제안을……!"

말을 걸자 화들짝 놀라며 고개를 드는 텐도. 어째서인지 얼굴이 새빨갰다.

"따, 따따, 딱히, 나는 자만한 게……! 그, 그래. 네, 네가 그러고 싶다면 나는 딱히, 전혀 아무렇지도……, 아무렇지도……. 아마노 따위……, 아무것도……. 실력도 없는 데다, 같이 게임한다고 해도, 전혀……, 즐겁지……."

팔짱을 낀 채 시선을 홱 돌리면서 작은 목소리로 나에게 불만을 토로하는 텐도.

나는 그런 그녀의 말에――특유의 소시민 미소를 헤벌쭉 지으며 동의했다.

"아, 맞아요. 좀 그렇죠. 음……, 하지만 텐도는 정말 게임에 굉장한 재능이 있어 보여요! 그러니까 앞으로도 부 활동 열심히 해요! 나도 뒤에서 응원할게요! 아, 그리고 미스미도 무사히 입부한 것 같은데, 미스미처럼 전도유망한 사람이 있으면 사실 나 같은 애가 입부하지 않아도 완전히 든든하겠어요, 게임부!"

"……윽! 그, 그래, 맞는 말이야!"

다음 순간, 텐도가 느닷없이 내 책상을 쾅 내려치더니……, 뺨을 붉게 물들이며 눈물이 고인 눈으로 나를 몹시 원망스러운 듯이 흘겨본다. ……어, 어라?

그녀는 그대로 획 돌아서더니 긴 금발 머리를 이리저리 흔들

면서……, 올 때와는 달리 난폭한 발소리를 내며 걸어갔고.

““…………””

모든 사람이 할 말을 잃은 가운데, 그녀가 교실 밖으로 사라진다. 그리고 몇 초 뒤, 정신이 돌아왔다는 듯이 반 아이들이 일제히 떠들기 시작했다.

“뭐야, 뭐야? 텐도가 저렇게 분한 표정을 짓는 건 처음 봐…….”

“완전히 사랑싸움이잖아!”

“아니, 부 활동이 어쩌고저쩌고 하지 않았어? ……이럴 게 아니라 누가 아마노에게 물어보면 되잖아.”

“아, 아무리 그래도 이제 와서 당사자에게 묻기는 좀 그렇지. 요즘에는 더 다가가기 힘든 분위기고…….”

“아마노 말이야, 최근에 좀 이상한 오라를 내뿜고 있잖아.”

어쩐지 굉장히 제멋대로 떠들고 있다. ……저기요, 떠드는 말을 내가 듣든지 말든지 상관없는 건가요…….

나는 한숨을 푹 쉬며 창밖을 내다본다. 자작나무 가지가 바람에 세차게 흔들렸다.

‘……아……. 입부를 거절했을 뿐만 아니라……, 마지막에는 텐도를 그렇게까지 화나게 만들고. ……대체 내가 지금 뭐 하는 거지…….’

장밋빛 고교 생활 노선에서 완전히 벗어나 텐도의 팬들에게 습격을 받아도 할 말이 없는 상황이잖아, 이거. 어쩌다 이렇게 됐지?

‘……선택지를……, 확실하게 잘못 골랐어…….’

미연시 게임도 자주 하는데 왜 경험치가 전혀 쌓이지 않는 걸까. 뭐, 게임이란 게 다 그렇지. 전혀 도움이 안 돼. 하지만 그렇기 때문에…….

잠시 침울해 있던 나는 일단 수업 시작종이 울리기 전까지 《MONO》의 구원 의뢰 퀘스트를 깨기로 했다.

의외로 강한 적을 열심히 처치하고 소금보다 더 짠 보수를 받은 다음, 잠시 쉬기 위해 화면을 꺼 둔다. ……후.

'가만히 생각해보니……, 내가 텐도보다 이 보수를 우선했다는 거잖아?'

………….

큰일이다, 생각하면 생각할수록 침울해졌다. 내가 장담하건대 한 시간 후에는 틀림없이 아까랑 똑같은 상태로 돌아갈 거야. 게임부에 미치도록 들어가고 싶다고 몸부림을 치겠지——.

《위잉》

"?"

——그런 생각을 하고 있을 때 갑자기 스마트폰이 울렸다.

앱을 업데이트한다는 알림인가 하고 화면을 켠다. 그러자 나타난 것은 전혀 예상치 못한……, 소설 게임의 알림 표시.

'뭐지? 『《MONO》 님에게서 한 건의 메시지가……』, 어어?'

정말 생각지도 못한 알림에, 나는 허둥지둥 메뉴에서 메시지를 확인한다.

그러자 거기에는——아주 짧게, 한마디가 적혀 있었다.

『매번 고마워.』

"…………."

나는 그 화면을 네 번 정도 찬찬히 읽은 다음……, 다시 창밖을 바라보았다.

공교롭게도 날씨는 약간 흐리다. 소나기가 올 것도 아니고, 그렇다고 해서 갤 것 같지도 않은 아주 어중간한 상태의 하늘. ……그러나 실제로는 가장 지내기 좋은 날씨.

'……미소녀가 없는 어중간하고 미적지근한 인생도……, 그렇게 나쁘지는 않네.'

쓴웃음을 지은 나는 다시 스마트폰을 만지작거리며.

오늘도 여전히 진저리칠 정도로 평범한 하루를 게임과 함께 시작하는 것이었다.

【우에하라 타스쿠와 새 게임 플러스】

"있잖아, 타스쿠~. 아구리, 저 야옹이 인형 뽑아줘~."

"뭐?"

소매를 잡아당기며 애교 섞인 목소리로 조르는 아구리의 말에, 나는 반사적으로 인상을 찌푸리며 돌아보았다.

한심할 정도로 멍청해 보이는 여자가 눈을 새치름하게 뜨고서 나를 쳐다보고 있다. 연하게 태운 피부와 어설픈 탈색으로 인해 오렌지색으로 염색된 머리. 하지만 타고난 얼굴과 몸매 덕분에 전체적으로 보면 충분히 귀엽다고 할 수 있는 외모이며, 남자에게 부리는 애교도 수준급.

나는 무의식중에 몸에 힘을 주지만 아구리는 그런 내 모습을 전혀 신경 쓰지 않는다. 그리고는 나를 억지로 크레인 게임 앞까지 데려가더니 "저거야, 저거!" 하고 무언가를 가리킨다.

"어때? 엄청나지 않아?"

"……그래, 엄청나네."

안 좋은 의미로. 게임기 안에는 귀여운 야옹이……, 를 기발하게 변형시킨 조잡한 인형들이 여러 개 들어 있었다. 긴 다리 두 개가 붙어 있기도 하고 우락부락하기도 했다.

확실히 「엄청나다」고는 생각하지만 방방 뛰며 좋아하는 아구리를 보니, 그녀가 말한 「엄청나다」는 자신이 한 말과 정반대의 의미일 것이다. ……「괴상하지만 귀여운」 것보다 「그냥 귀여운」 캐릭터가 더 낫지 않나 생각하는 내 감성은 이미 시대에

뒤떨어진 것일까?

나는 나른하게 목을 주물렀다.

"……저걸 나한테 뽑아 달라고?"

"응! 타스쿠는 게임을 끝내주게 잘하잖아!"

"끝내주게 잘하다니……."

나도 모르게 코웃음을 치고 말았다. 물론 아구리보다는 게임을 훨씬 더 잘하지만, 지금까지 그녀 앞에서 진지하게 게임을 한 적은 거의 없었다. 아마 지난번에 게임 센터에서 내가 한두 번 격투 게임을 했던 일을 기억해서 「끝내주게 잘한다」고 말하는 것이리라. 그것만으로 내가 크레인 게임까지 잘한다고 생각하다니, 정말이지 평소에 게임을 하지 않는 녀석의 감성이라고 할 수 있다.

"타스쿠우~, 뽑아줘~."

"뭐, 하는 거야 어렵지 않은데……. 너 100엔은 있냐?"

"……타, 타스쿠우, 뽑아줄 거지?"

얼버무리듯이 씩 웃는 아구리. 이, 이 여자가……!

나는 땅이 꺼져라 한숨을 푹 쉬며 내 지갑에서 100엔짜리 동전을 꺼냈다. 뒤에서 방방 뛰며 좋아하는 아구리에게 짜증이 났지만, 그녀가 막무가내로 조르는 일은 이번이 처음이 아니다. 실제로 이런 가벼운 행동이 남자들에게 많은 인기를 얻는 결과로 이어지겠지. ……나는 솔직히 잘 모르겠지만.

가로 버튼과 세로 버튼을 조작하여 아구리가 가리킨 인형이 있는 위치로 움직인 다음 대충 크레인을 내린다. 결과는…….

"아앗, 아까워라!"

“그러게.”

100엔을 날린 것은 아깝지만, 나는 인형 자체에 아무런 감정도 없다. 아무 일도 아니라는 듯이 바로 그 자리를 벗어나려고 하는데——아구리가 팔을 덥석 잡았다.

“한 번 더! 타스쿠, 한 번만 더 하자! 할 수 있어, 할 수 있어! 타스쿠라면 해낼 거야!”

“너 말이야…….”

뭐 이런 여자가 다 있어? 설마 뽑을 때까지 시킬 작정인가? 내가 내 돈까지 써서 한 번 해줬으면 그것만으로도 충분히 감사해야 하지 않나?

솔직히 더는 못 해 먹겠다 싶지만 여기서 무시하면 뒷일이 귀찮아진다. 결국 아구리의 기분을 풀어주기 위해 팬케이크까지 내 돈 주고 살 바에는 차라리 100엔을 더 투자해서 성의만이라도 보이는 편이 낫겠다.

나는 하는 수 없이 다시 100엔을 넣은 다음, 이번에는 몸을 살짝 앞으로 기울이며 진지하게 임한다.

이번에는 신중하게 안을 살피고 있는데, 문득 유리에 내 진지한 얼굴이 비쳤다.

공을 들여 정리한 갈색 머리에 가다듬은 눈썹. 세안과 스킨, 로션을 꼼꼼히 챙기는 피부는 여드름 하나 없이 매끈하고, 왼쪽 귀에서는 은으로 된 작은 피어스가 반짝인다.

‘후, 나는 오늘도 여전히 잘생겼네.’

짜증이 조금 가라앉는다. 게다가 그런 내 뒤에는 머릿속이 조금 그렇지만 충분히 귀엽다고 할 만한 여자 친구가 있다.

'정말이지. 나, 너무 잘난 거 아니야? 안 그래?'

무의식중에 아직까지도 머리 한쪽 구석에서 조용히 살고 있는 과거의 나……, 중학교 시절의 자신에게 묻는다. 그러자 교복 목깃 부분을 단단히 여미고 7대 3으로 가르마를 탄 공부벌레 안경잡이가 지금의 나를 보며 "그래." 하고 힘없이 웃었다. ……변함없이 우울한 낯짝을 한 녀석이다. 왜 조금 더 환하게 웃지 못할까.

나는 무언가로부터 도망치듯이 크레인 게임에 정신을 집중시켰다. 시간을 충분히 들여 신중하게 버튼을 조작하자, 기계 팔이 인형 바로 위──에서 조금 벗어난 위치에 정지했다. 아구리가 불만스러운 듯이 소리를 지른다.

"아앗! 뭐 하는 거야, 타스쿠! 진짜 못한다!"

"그것 참 시끄럽네. 잠자코 보기나 해."

내가 그렇게 말한 것과 동시에 기계 팔이 천천히……, 조금 벗어난 위치로 내려간다. 아니나 다를까, 인형을 잡는 데에는 실패했지만──그 대신 팔 한쪽이 인형 상표에 멋지게 걸렸다.

"아!"

아구리의 눈이 휘둥그레진다. 상표에 걸린 팔이 인형을 매달고 상승하더니 불안정하게 흔들리면서도 떨어뜨리지 않은 채로 출발 지점까지 이동하였고……, 마지막으로 끝을 벌려 인형을 배출구에 떨어뜨렸다.

다음 순간, 신이 난 아구리가 인형을 꺼내더니 마치 자기가 뽑은 것처럼 "짠!" 하며 나에게 내민다.

"굉장하다! 엄청 폭신폭신해! 타스쿠, 진짜 게임 잘한다!"

"……호들갑 좀 떨지 마."

어쩐지 쑥스러워서 시선을 홱 돌린다. 솔직히 절반 정도는 우연이다. 상표를 노리기는 했지만 나에게 그것을 정확히 잡을 만한 스킬은 없다. 그렇기에 과도한 칭찬은 낯간지럽지만 뭐, 그녀가 다시 내게 반한다는 건 썩 나쁜 느낌이 아니——.

"와……, 대단하다……."

"?"

——무심코 시선을 돌리자 우리와 똑같이 오토부키 교복을 입은 남학생이 눈에 들어왔다. 우연히 내가 크레인 게임을 하는 모습을 본 모양인지, 아구리가 들고 있는 고양이 인형을 멍하니 바라보며 감탄했다는 듯이 얼빠진 표정을 짓고 있다.

'……응? 저 녀석은…….'

그 모습을 본 순간, 일단은 내가 아는 사람이라는 것을 알아차렸다. 똑같은 타이밍에 얼빠진 표정의 주인도 나를 알아본 모양인데, 아구리가 "왜 그래?" 하고 그쪽을 보자 어째서인지 당황한 기색으로 얼굴을 붉히더니 황급히 인사만 꾸벅 하고 어디론가 사라져버렸다.

수상하다는 듯이 아구리가 고개를 갸웃거린다.

"뭐지, 저 사람……?"

"아, 나랑 같은 반 친구. 전혀 대화를 해본 적이 없지만 말이야."

"그렇구나. 왜 도망쳤지?"

"아니, 도망쳤다기보다……."

일반적으로 생각했을 때 별로 친하지 않은 반 친구가 여자 친구로 보이는 여자와 함께 있는 상황에서 어느 누가 말을 걸 수 있겠어? 아무래도 아구리는 그런 것을 전혀 고려하지 않는 감성인 모양이라 몹시 의아하게 여기고 있다.

하는 수 없이 내가 "뭐, 아무렴 어때. 그보다 소원대로 인형을 가져서 좋겠네."라고 말을 돌리자, 다시 기분이 좋아진 아구리가 인형을 품에 꼭 안았다. ……굳이 내가 고양이 얼굴을 볼 수 있게끔 안은 점이 매우 영악하다. ……뭐, 귀엽기는 하지만.

짐이 생긴 덕분에 우리는 그대로 게임 센터를 나와 집으로 향한다.

번화가를 빠져나오자마자 아구리와 헤어진 뒤, 그대로 한동안 혼자 멍하니 걷다가 지름길인 공원으로 막 들어서던 차에……. 갑자기 번뜩 생각났다.

'아, 아마노다. 아마노……, 뭐였더라? 아무튼 같은 반에 있는 그 녀석이네…….'

아까 만난 반 아이의 성을 기억해 내기는 했지만 아무리 시간이 지나도 이름에서 연상되는 정보는 하나도 없었다. 나는 무심결에 쓴웃음을 짓는다.

'그 녀석, 어쩌면 중학교 시절의 나보다 훨씬 더 재미없는 녀석인 거 아냐? 남이 하는 크레인 게임에 감탄하고 있을 때가 아니잖아. 게다가 대화를 나눈 적도 없는 내가 여자 친구와 함

께 있다는 것만으로 그렇게 허둥대다니. ……촌스러워.'

촌스럽기 그지없는 반 친구의 얼빠진 얼굴을 떠올리며 쓴웃음을 지은 나는, 어쩐지 즐거운 마음에 서툰 휘파람을 불며 한적한 주택가를 유유자적하게 지나갔다.

*

"……후암……, 안녕."

하품을 참으면서 다이키, 마사야에게 인사를 했다. 그리고 가방을 책상에 던진 다음 내 자리에 앉은 쇼지의 양쪽 옆구리를 간질여 자리에서 치운다.

그대로 넷이서 한동안 농담 따먹기를 하고 있는데, 늦게 온 마사야의 여자 친구 미카, 그리고 최근 쇼지가 대시하는 중인 경음악부 소속의 레이나가 무리에 끼면서 여느 때처럼 시답지 않은 잡담 주고받기가 시작되었다.

오늘의 주제는 오로지 마사야와 미카가 어제 간 미니 노래방에 관한 불평으로, "그건 좀 심했네." 하고 최저한의 맞장구는 치지만 그렇게 적극적으로 관심을 가질 이야기는 아니었다. 따분함을 달래기 위해 아무 생각도 없이 교실 안을 훑어본다.

그때, 문득 시선 끝에 지금까지는 전혀 신경도 쓰지 않았던 남학생의 모습이 들어왔다.

'아마노 케이타라…….'

어제 우연히 게임 센터에서 만났던지라 잠깐 지켜봤지만, 다시 관찰해봐도 정말이지 「아무것도 없는」 남자였다. 나와 연결

고리가 없는 것은 물론, 수업 시간이나 학교 행사에서 눈에 띈 적도 없거니와 친구에게서 저 녀석에 관한 이야기……, 누구와 친하다는 둥, 무슨 부 활동을 하고 있다는 둥, 그런 사소한 이야기조차 들은 기억이 없다. 이름도 아까 교실에 있는 반 명부를 보고서 처음 알았을 정도이다.

나는 문득 쓴웃음을 지었다

'어디에나 있지……, 저렇게 유령처럼 희박한 녀석이.'

10년 후에 동창회에서 졸업 앨범을 볼 기회가 있다면, 틀림없이 우리는 그의 이름을 선뜻 떠올리지 못해 애를 먹을 것이다. ……나는 어쩐지 가엽다는 생각이 들었다.

'저 녀석은 그런 무미건조한 인생을 보내는 게 즐겁나?'

문득 중학교 때까지의 나 자신을 떠올려본다. 아마노와는 또 다르지만, 나는 나대로 삭막한 인생을 보냈다. 부모님의 말씀에 따라 수험 공부에 전념하고, 가끔 게임을 하는 정도의 오락은 즐겼지만 기본적으로는 미련하다고 할 만큼 성실하게 살았다. 주위의 묘한 과대평가 속에 분수에 맞지 않는 고등학교에 지원했다가……, 비참하게 떨어지고 하향 지원한 오토부키에 왔다. 그리고 마지막에는 애물단지 취급.

'결국 인생이란 그때그때 즐기는 것이 최고지.'

이 나이에 뭐라도 된 듯이 인생을 논하는 것도 그렇지만, 그래도 실제로 이렇게 마음을 굳히고 새로이 시작한 내 인생은 순풍에 돛 단 듯이 잘나갔다.

예를 들면, 그래, 이것은 「개미와 베짱이」다.

그 이야기를 처음 들은 어린 시절의 순진무구한 나는 부모님의 가르침에 따라 「개미처럼 성실하게 살자」고 생각했지만.

지금의 나는 미래를 위해 열심히 비축하던 근면한 개미보다도, 결국 한 번 머리를 숙인 것만으로도 식량을 나눠받은 베짱이 쪽이 훨씬 영리한 녀석이라며 존경하고 있다.

……나는 거기까지 생각하다가 고개를 갸웃했다.

'가만? 그런데 내가 왜……, 아마노를 보면서 이렇게 심각한 생각을 하고 있지?'

깨닫고 나니 기분이 매우 안 좋아졌다. 이게 뭐야. 딱히 아마노가 나에게 무슨 짓을 한 것도 아니잖아. 전혀 접점이 없는 같은 반 친구. 내가 이렇게까지 짜증을 낼 이유가 전혀…….

'……아, 그래…….'

거기까지 생각한 나는 문득 어떤 사실을 깨달았다.

내가, 왜 지금, 아마노를 보면서 묘하게 짜증이 난 이유. 그것은…….

'저 녀석……, 왜 저렇게 즐거워 보이는 거냐고…….'

그래, 내가 짜증이 난 이유는 바로 그것이 원인이었다.

자세히 보니 아마노는 몹시 처량하게 혼자 앉아 있으면서도 어쩐지 계속 실실 웃으며 즐거워 보였다. 무엇을 하나 봤더니 아무래도 스마트폰 게임을 하고 있는 것 같다. 손가락이 있는 위치로 봐서는 문자나 인터넷 검색이 아니라 게임을 하며 놀고 있는 듯하다.

돌이켜 생각해보니, 저 녀석은 쉬는 시간마다 늘 혼자 게임을 하고 있었던 것 같다. 주변 따위는 전혀 신경 쓰지 않은 채 즐겁다는 듯이. 우리의 눈에도 뜨이지 않을 정도로 철저하게 혼자서.

그렇다고 해서 내가 짜증을 낼 요소는 없지만……, 어째서일까. 그저 앱 게임을 하고 있을 뿐인데 아마노의 표정이 정말 즐거워 보여서…….

'뭐야……, 재수 없게…….'

나도 모르게 인상을 찌푸린 그때, 갑자기 마사야가 나에게 이야기의 화살을 돌린다.

"그렇지, 타스쿠! 진짜 너무하지 않냐? 다른 것도 아니고 닭튀김이라고, 닭튀김!"

"아……. 응, 그, 그러게. 식은 닭튀김은 맛이 확 떨어지는데."

"바로 그거야! 역시 타스쿠는 이해해주네. 네가 거기서 아르바이트 좀 해라~."

"싫어, 귀찮아."

억지웃음을 지으면서 아무런 영영가도 없는 이야기에 호응을 한다. 딱히 지루한 건 아니다. 수다스러운 마사야의 바보 같은 이야기에 다 같이 적당히 맞장구를 치고 호응하는 시간은 그 나름대로 즐겁다. 그렇지만…….

힐끔, 아마노의 모습을 살핀다.

'왜……, 네가 나보다 더 즐거워 보이는 거야?'

인생의 패배자인 저 녀석이 친구와 수다를 떨고 있는 나보다 훨씬 더 즐거워 보이는 것이 묘하게 거슬린다. 뭐냐고. 대체 뭐가 그렇게 즐거운 건데.

"? 왜 그래, 우에하라. 어디 아파?"

일그러진 내 얼굴을 보며 레이나가 말을 건다.
나는 내심 굉장히 당황하면서도 얼른 상황을 얼버무렸다.
"아니, 마사야의 이야기를 듣고 있자니 어쩐지 나까지 짜증이 났을 뿐이야."
단순한 마사야는 알기 쉽게 화난 표정을 짓는 나를 보며 몹시 감동했나 보다.
"오오, 타스쿠! 마음의 벗이여! 넌 진짜 좋은 녀석이야!"
"그걸 이제 알다니. 그래, 나는 언제나……, 블랙 컨슈머의 편이라고."
""사악해!""
아이들이 일제히 나에게 한소리를 하며 낄낄 웃는다. 반 아이들이 무슨 일인가 싶어 우리를 쳐다보는데도 아랑곳하지 않고, 나는 친구들과 함께 바보처럼 웃었다.
'내가 대체 뭘 하고 있는 거람. 아마노 같은 애를 신경 쓰고. ……좋아.'
그 순간, 나는 결의를 새로 다지며.
"웃지 마! 나처럼 선량한 사람이 어디 있다고! 지난번에도 아구리의 부탁에——."
촌스러운 오타쿠 따위는 완전히 의식 밖으로 몰아내고 평소의 떠들썩한 일상 속으로 돌아갔다.

——며칠 뒤, 그 텐도 카렌이 아마노에게 말을 건, 그때까지는.

*

쉬는 시간을 맞이한 2학년 F반에는 크고 작은 그룹이 만들어지고, 각 무리에서 쏟아져 나오는 잡담이 혼연일체가 되어 시끌벅적한 분위기를 형성한다.

그 가운데에서도 특히 영향력을 가진 것이 우리 여섯 명이 있는 그룹이다.

단순히 수가 많은 이유도 있지만 우리 여섯 명은 반 안에 다른 친구도 많기 때문에 자연히 「2학년 F반 분위기의 중심」으로 기능하고 있다.

우리가 웃으면 실내 분위기도 덩달아 밝아지고, 우리가 화를 내면 희한하게 다른 아이들도 정색한다.

거의 우리의 의해 결정된다고 해도 좋을, 그런 2학년 F반의 분위기는.

현재.

교내 아이돌, 텐도 카렌이 갑자기 강림함으로써 물을 끼얹은 듯이 조용해졌다.

'왜……, 텐도가…….'

교실 입구에 서 있는 금발 머리 여학생을 보며 나도 모르게 숨을 삼킨다. 맨 먼저 그녀를 발견한 사람은 항상 바쁘게 두리번거리는 버릇이 있는 미카였다. 각도상 텐도가 복도를 걷고 있는 시점에서 발견한 모양인데, 발견했을 때는 어디까지나 잡담의 일환으로 우리에게 "저기 텐도가 간다, 좀 봐봐……." 하고 복도 쪽을 가리켰다.

미카의 말에 우리도 아무런 생각 없이 좀처럼 얼굴을 보기 힘든 미소녀의 귀하신 얼굴이라도 뵙고자 시선을 돌리려고 한……, 바로 그 순간.

우리는 일제히 그 사실……, 텐도가 F반에 들어오려고 한다는 사실을 알아채고 굳어버렸다.

우리의 침묵에 이끌리듯 반 아이들이 하나둘씩 그녀의 존재를 알아채기 시작하는 가운데.

텐도가 입구에서 교실 안을 둘러보더니 마치 잃어버렸던 중요한 물건을 찾은 듯이 환한 미소를 지었다. 그리고――.

"아, 있다. 아마노!"

――아무도 예상하지 못한……, 어떤 의미로 가장 텐도와 거리가 멀어서 의외 중에서도 의외인 학생, 아마노 케이타를 불렀다.

교실 안의 잡담은 순식간에 뚝 그치고 그와 동시에……, 텐도의 움직임에 맞추어 서서히 아마노 쪽으로 시선이 집중되기 시작한다.

그와 동시에, 어째서인지 내 가슴도 묘하게 소란스러워지기 시작했다.

'……왜 아마노 따위에게…….'

며칠 전에 아마노에게서 느꼈던 「짜증」과 완전히 똑같은 감정이 맹렬한 기세로 되살아난다. 그리고 아마노 본인 역시 텐도의 등장과 반 전체의 주목에 몹시 동요한 모양인지, 그렇지 않아도 우울한 얼굴이 더 웃기지도 않게 굳어졌다. ……아주 약간의 동정과 거대한 짜증을 동반한 복잡한 감정이 내 안에서 점점 커져 간다.

한편, 텐도는 사람들의 이목을 전혀 아랑곳하지 않고 자신감에 찬 발걸음으로 아마노의 자리 쪽으로 가서 그의 책상 앞에 서더니……, 어쩐지 묘하게 친한 듯이 아마노가 만지고 있는 스마트폰을 들여다보았다.

""!""

결국 반 아이들 사이에서 동요하는 목소리가 흘러나오기 시작한다. 갑작스레 다시 소란스러워진 실내.

그대로 텐도가 아마노에게 뭐라고 말을 걸고 있는 듯했지만, 여기저기에서 들리는 소곤거리는 소리가 방해되어 잘 들리지 않는다.

유일하게 알 수 있는 것은 텐도가 거의 일방적으로 아마노에게 말을 걸고 있다는 것뿐. 게임, 약속, 도서실……, 그런 몇몇 단어가 들렸지만 아무래도 구체적인 대화 내용까지는 알 수 없었다.

반에 있는 학생들이 모두 애가 타는 가운데. 갑자기 아마노가 텐도를 향해 다급하게 몇 번이나 고개를 끄덕이기 시작했다. 그리고 다음 순간——.

"그래?"

텐도가 보여준 환한 미소에 반 전체가 순식간에 매료된다. 하지만 그와 동시에 그 미소가 아마노라는 사람에게만 향해 있다는 사실에 몹시 동요하며 한층 더 술렁거리기 시작한다.

그러나 마치 그 타이밍을 노렸다는 듯이 쉬는 시간이 끝났음을 알리는 종이 울렸고, 텐도는 역시 묘하게 친근한 말투로 "아, 그럼 나는 갈게. 아마노, 방과 후에 보자!"라는 말을 아마노에게 남기고 허둥지둥 사라졌다.

반 아이들은 모두 할 말을 잃었고 남겨진 아마노 본인도 얼떨떨하게 그녀를 바라보는 가운데.

바로 옆에 있던 쇼지의, 무의식중에 입에서 새어 나오는 듯한 중얼거림이 인상적이었다.

"영문을 모르겠네……."

그야말로 2학년 F반 전원의 심정을 대변하는 말이었다.

그대로 친구들과 이야기를 나눌 새도 없이 선생님이 교실에 들어오고 다음 수업이 시작되는 바람에 반에는 묘한 「찜찜함」이 계속 남아 있는 상황.

나는 교과서와 노트를 책상 위에 펼쳐 놓고, 선생님이 하는 이야기를 듣는 척하면서 아마노에 대해 생각했다. 공교롭게도 자리 위치상 반 한가운데에 있는 내 쪽에서는 창가 뒤쪽에 있는 아마노가 보이지 않았지만, 분명 틀림없이…….

'『봤냐, 이것들아?』라는 말이라도 하는 듯한, 재수 없게 우쭐한 표정을 짓고 있겠지.'

상상하자 속이 부글부글 끓는다.

난데없이 학교 제일의 미소녀의 눈에 든, 평범하기 짝이 없는 외톨이 오타쿠 자식.

심각하게 재미없는, 빌어먹을 라이트노블 전개. 당사자는 날아오를 듯한 기분이겠지만 주위 사람들의 입장에서 보면 불쾌하기 그지없다. 이것이 「질투」나 「시샘」이라고 불리는 감정이라는 것은 아주 잘 알고 있다. 하지만 그게 뭐? 지금 내가 느끼는 거짓 없는 솔직한 마음인데 어쩌라고? 실제로 반 아이들의 대다수가 많든 적든 나와 비슷한 혐오감을 느끼고 있을 것이다.

……뭐.

그렇다고 해도 내 반응이 다른 사람들보다 과하다는 것 정도는 잘 알고 있지만 말이야.

'그렇잖아……, 중학교 시절의 나에게는 그런 기적 같은 구원 따윈……. 젠장!'

생각하면 생각할수록 속에서 천불이 솟았다. 아마노 케이타. 실제로 얼굴이 보이지 않아서 내 안의 그 녀석이 멋대로 더 열 받는 표정을 짓고 있는 경향이 있지만, 그것을 감안하더라도 역시…….

'……아무런 노력도 하지 않은 촌스런 오타쿠 자식에게 감나무에서 감이 떨어지듯 행복이 굴러 들어오는 모습을 보고서 좋아할 사람이 어디 있겠냐고. ……아, 짜증 나!'

나는 난폭하게 필통에서 필기구를 꺼낸 뒤,

새하얀 지우개를 샤프로 몇 번이나 푹푹 찔러 댔다.

*

아니나 다를까, 다음 쉬는 시간이 되자 교실 안은 이상한 분위기에 휩싸였다. 각자 속한 그룹에서 잡담을 나누는 광경은 평소와 똑같지만, 그 화제는 온통 아마노와 텐도에 대한 이야기뿐. 우리 역시 예외는 아니었고, 특히 두 여자가 중심이 되어 이런저런 추측과 망상을 펼치고 있었다.

솔직히 나는……, 「이 이야기에 끼는 것」 자체가 아마노를 우쭐하게 만드는 것 같아서 그다지 적극적으로 대화에 참여하지는 않았지만, 레이나가 변함없이 시원시원한 직구로 "결국 두 사람은 무슨 관계일까?"라고 말을 꺼냈을 때만큼은 나도 모르게 반응하고 말았다.

"레이나가 보기에는 어때 보이는데?"

"응? 나? 음, 글쎄. 연인 관계라면 재미는 있겠는데 말이야. 뭐, 솔직히 그런 분위기도 아니었고, 친구라기에도 어색해 보였어. 왠지 업무적인 연락?"

"위원회나 아르바이트에서 만났나?"

확실히 그에 가까운 분위기였던 것도 같다. 내가 납득하고 있는데, 가십을 좋아하는 미카가 "에이~." 하고 불만스럽게 말을 꺼냈다.

"그러면 재미없잖아. 실제로 텐도는 위원회나 부 활동 같은 건 안 하지 않았어? 솔직히 아르바이트를 할 만한 이미지도 전혀 아닌데."

미카의 의견에 마사야가 고개를 끄덕인다.

"그러게. 텐도네 집, 부자잖아. 게다가 아마노도 아르바이트나 부 활동을 하는 이미지가 아니지."

"아마노에게 이미지가 있기는 해?"

다이키의 장단에 모두 웃는다. 나도 같이 웃어보지만 완전히 억지웃음이었다.

그대로 이야기가 서서히 엉뚱한 방향으로 흘러가면서 농담 대결의 양상을 띠어 가는 가운데.

나는……, 여전히 혼자 짜증을 삭히지 못한 채, 다른 사람들처럼 이 이야기를 온전히 가십으로 즐기지 못하는 자신을 발견했다.

'뭐야……, 아마노 따위를 화제로 삼아서 웃고 떠들다니 바보 아냐? 한심하다.'

아마노 쪽을 힐끗 쳐다본다. 쉬는 시간이 되고 나서 처음에는 반 전체의 시선에 완전히 위축되어 있었지만. 지금은 어째서인지 주위를 아랑곳하지 않고 오히려 초롱초롱 빛나는 눈빛으로 책상을 내려다보고 있었다. 뭔가 하고 보니, 아무래도 게임에 열중한 모양이다. 스마트폰이 아니라 휴대용 게임기로 집중해서 놀고 있다.

'……허, 아웃사이더 주제에. 대체 게임 따위가 뭐 그리 재미있다고.'

나도 한때는 게임에 빠져 있었다. 특히 수험 공부를 하다가 중간에 틈틈이 하는 아케이드 게임은 각별한 재미가 있었다. 그 공간 특유의 묘한 배덕감도 한몫한 덕분에 중학교 시절의 나에게 있어 「마음의 안식처」였다. 그래서 게임 센터에 가면 파블로프의 개처럼 아직도 가슴이 두근거리고 흥분하는 자신의 모습도 분명히 존재한다. 하지만…….

'쉬는 시간 정도는 친구랑 잡담을 하는 게 몇 배는 더 유익하잖아. 그런데 혼자 찌질하게 게임에나 열중하고…….'

동갑이지만 못마땅하다는 말투로 '요즘 젊은 것들은.' 이라며 한탄하고 싶은 심정이었다. 나 참.

……뭐, 솔직히 혼자서 쉬는 시간을 보내는 녀석은 아마노 말고도 몇몇 더 있지만, 신기하게도 그 녀석들을 봐도 그렇게 짜증이 나지는 않는다. 내가 아마노에게만 짜증이 나는 이유는……, 역시 녀석이 게임 화면을 보고 있을 때 짓는 저 표정 때문이다.

돌이켜 생각해보니 저 녀석은 쉬는 시간이 되면 여태껏 저런 표정으로 앉아 있던 것 같다. 큰 소리로 웃지도 않고 작은 행복을 만끽하듯이 게임 화면을 보며 늘 조용히 미소 짓고 있었다. 그렇기 때문에 아웃사이더이면서도 시끄러운 반 분위기에 녹아들어 좋은 의미든 나쁜 의미든 남의 입에 오르지도 않았고, 눈에 띄지도 않았다.

그렇지만 지금의 나에게는……, 그것이 오히려 얄밉게 보였다. 무엇보다 지금 나는 친구에게 둘러싸여 있으면서도 속으로는 대화가 지겹다고 생각하며, 그럴 듯한 「억지웃음」을 짓고 있는 중이었기에.

'……뭐야……, 무슨 불만 있어? 친목 활동을 무시하지 말란 말이야.'

누가 뭐라고 한 것도 아닌데 아마노에게서 시선을 휙 돌린다.

……오늘 방과 후에도 아구리를 데리고 게임 센터에 놀러 가자.

어째서인지 그렇게 결심한 나는 방과 후가 되기만을 기다리며, 텐도와 아마노의 이야기로 가득 찬 하루를 이를 악물고 버터 냈다.

그리고 기다리고 기다리던 방과 후.

청소를 마치고 현관 입구에서 귀여운 여자 친구와 합류.

즐거운 마음으로 게임 센터로 가는 길에 아구리의 입에서——.

"저기, 있잖아. 아마노인가 하는 애, 타스쿠랑 같은 반이지?"

——라는 말이 나온 순간.

나는 마치 악몽 속을 헤매고 있는 것처럼 지독한 현기증을 느꼈다.

표정이 돌처럼 굳어진 내 모습 따위는 안 보이는지, 옆에서 걷는 아구리는 가방을 붕붕 흔들면서 즐거운 듯이 이야기를 계속한다.

"C반에서도 엄청나게 화제였어. 그 텐도가 다른 반의 남학생에게——."

"——시끄러워!"

"어?"

내가 버럭 소리를 지르자 깜짝 놀란 아구리가 걸음을 멈춘다. 나는 잠시 그녀를 노려보다가 이내 내 잘못을 깨닫고 황급히 변명을 했다.

"아, 아니, 아무것도 아니야. 아무것도……. …………."

이상하다. 혀가 잘 움직이지 않는다. 마치 중학교 시절의 나로 되돌아온 것 같다.

얼떨떨해하는 아구리를 보며, 나는 어떻게든 어색한 미소를 짓는다.

"미, 미안. 역시 오늘은……, 게임 센터에 가지 말고 이대로 헤어지자."

"어? 아, 응……. 상관은 없는데……. 타스쿠, 혹시 몸이 안 좋아?"

걱정스러운 얼굴로 들여다보는 아구리. 그렇지만 나는 표정을 숨기며 "그냥 마음이 안 내킬 뿐이야."라는 말만 하고는 서둘러 앞으로 걸어간다.

허둥지둥 따라온 아구리가 눈치 없이 아마노의 이야기를 다시 꺼낸다.

"그래서, 그 아마노라는 아이 말인데, 타스쿠가 보기에는 어떤——."

"알 게 뭐야!"

일부러 강한 어조로 말하며 말을 끊는 나.

"텐도에게 어울리는 남자가 오토부키 같은 곳에 있을 리가 없잖아."

"응? 그런가?"

천진난만하게 곰곰이 생각하는 아구리. 나는 한숨을 푹 쉬면서 말을 이었다.

"텐도는 이런 수준 낮은 학교에 온 것 자체가 기적이라고. 실제로 명문 고등학교 녀석들이나 유명한 고교 야수 선수들에게 끊임없이 고백을 받고 있는 모양이고. 그런 여자가 오토부키에 다니는 덜떨어진 남자를 고를 리가……."

"아, 하지만 타스쿠는 텐도와 잘 어울릴 것 같은데."

여자 친구의 폭탄 발언에 깜짝 놀라서 돌아보는 나. 하지만 아구리는 자신의 발언을 신경 쓰는 기색도 없이……, 평소와 똑같이 맹한 얼굴을 하고 속없이 헤실거리며 말했다.

"그렇잖아~, 타스쿠는 잘생긴 데다가 스펙도 좋고 뭐든 잘하니까. 완벽한 그림이 될 거야."

"……그러냐."

나도 모르게 힘이 빠진다. ……매번 생각하지만 이 여자의 뇌구조는 어떻게 생겨 먹은 걸까. 남자 친구에게 다른 여자랑 잘 어울린다는 말을 순진하게 할 수 있는 사람이 대체 어디에 있냐고. ……제길.

그러고 보니 아구리와 사귀기 시작한 이유도 가벼워서였다. 고등학교에 입학하면서 「암흑의 중학교 시절」이 거짓말인 것처럼 친구가 늘어 가는 가운데. 어느 겨울 날, 처음 본 아구리에게서 "우에하라, 나랑 사귀어줘!" 하고 가벼운 고백을 받았다. 사실 아구리는 귀여웠고 딱히 거절할 이유도 없었기에 어영부영 사귀게 된 것이 약 반년 전.

……그리고 실제로 하고 있는 것이라고 한다면, 이렇게 방과 후에 둘이서 노는 정도. 각자 친구가 많다는 이유도 있어서 휴일까지 같이 있는 것도 아니거니와 데이트다운 외출이나 로맨틱한 분위기 같은 것도 전혀 없으며, 키스도 그 다음 진도도 나간 적이 없다.

……나 역시 신체 건강한 남자 고등학생이다. 욕망 자체는 차고 넘치게 있지만, 어째서일까. 아구리에게 먼저 고백을 받았기 때문인지 내 쪽에서 적극적으로 나가는 것은 아무래도 자존심이 허락하지 않았다. 아구리도 줄곧 이런 모습이라 서로 툭

터놓고 말하는 허물없는 친구 관계로서는 진전이 있었지만, 남녀 관계로서는 진전다운 진전이 하나도 없다. 그 결과, 내 입장에서 아구리와 다른 이성 친구와의 차이를 잘 모르게 되었고, 당연히 진도를 재촉하는 건 완전히 무리.

……그렇지만 일단은 사귀는 사이인데 「텐도와 잘 어울린다」는 발언은 역시 너무 무신경하다.

나는 아구리의 눈을 매섭게 째려보았다.

"너, 혹시. 얼굴로 어울린다, 안 어울린다를 결정하는 거야?"

"응? 맞아! 타스쿠는 멋있고, 아구리와 달리 텐도는 귀엽잖아!"

"……바보 같아."

바보라고는 생각했지만 이 정도까지일 줄이야. 어차피 나에게 고백한 이유도 외모가 마음에 들었다거나 그런 것일 테지. 첫눈에 반했다는 말을 하는 것조차 우습다. 정말이지, 요즘 여자들은……. 잠깐, 아구리를 평균으로 치면 안 되나? 미카나 레이나도 행동이 가볍지만 이 정도까지는 아니니. ……후.

'확실히 텐도 같은 여자와 사귈 수 있다면 행복할지도…….'

외모만 보고 고르라고 한다면 당연히 두 번 생각할 필요도 없다. 아니지, 성격 면에서도, 인가? 최소한 그 텐도가 여자 친구라면 아구리와 사귀는 지금처럼 지지부진한 연인 관계는 되지 않을 것이다. 이야기를 나눠도 즐거울 테고 자신에게만 사근사근한 미소와 수줍음을 보여준다면 남녀 불문하고 누구라도 한 방에 포로가 될 것이다. ……그런 만큼…….

'왜 그런 사람이 하필이면 아마노를 선택했냐고…….'

잘 어울린다는 말을 들은 탓도 있어서인지 또다시 짜증이 솟구쳤다. ……아, 진짜 끝이 없잖아! 아니, 그보다 오늘 대체, 나는 뭐 하는 거야! 하루 종일 아마노, 아마노!

나는 인상을 팍 찌푸리며 아구리의 손을 거칠게 잡아당겼다.

"얼른 집에 가자, 아구리!"

"어? 아니, 타스쿠. 아구리는 여기에서부터 다른 방향인데……."

그 말을 듣고 그제야 우리가 각자 집으로 향하는 갈림길에 있다는 사실을 깨달았다. 얼굴이 화끈거렸지만 이제 와서 물러설 수가 없었기에 민망함을 숨기며 아구리를 잡아당겼다.

"뭐, 뭐 어때! 가, 가끔은 집까지 같이 좀 가자, 아구리!"

뭐 이런 억지스러운 남자가 다 있나 싶어 스스로도 기가 막힌다. 뭐야, 이게. 남자가 여자를 바래다주면 또 몰라도 억지로 집 앞까지 같이 가자니. 시대착오적인 폭군도 아닌 그냥 횡포잖아.

나는 아구리가 거부하면 그 즉시 그녀를 놓아주고 미친듯이 뛰어가기로 결심했다. 하지만 이럴 때에만 분위기 파악을 못하는 여자 친구인지라…….

"……아. 응! 아구리, 타스쿠네 집까지 바래다줄래~!"

도무지 의미를 알 수 없는 환한 미소를 지으며 내 제안을 받아들이고는 방방 뛰는 아구리. ……그렇게 나오니 이제는 물러설 수도 없게 된 나.

"으……, 그, 그래! 나 좀 데려다주라!"

"응! 에헤헤~."

몹시 기뻐하며 내 손을 고쳐 잡는 아구리. ……대체 뭐야, 이 녀석……. 그리고 대체 뭐냐, 오늘의 나…….

'이게 다 아마노 때문이야!'

나는 모든 책임을 전가함으로써 어떻게든 마음의 평안을 유지하면서도……, 축 처진 모습으로 쓸데없이 아구리와 화기애애하게 집으로 향했다.

……정말이지, 뭐가 뭔지 모르겠다…….

*

'아니, 잠깐만. 이게 무슨 상황이야…….'

하룻밤이 지나고 다음 날. 이른 아침, 2학년 F반 교실에서.

나는 어제까지 느꼈던 동요와 짜증과 의문, 그 모든 것을 넘어 황당함을 느끼고 있었다. 나뿐만이 아니다. 이 자리에 있는 반 아이들 전부가 그랬다. 《그 장면》을 보고 반응하지 않는다는 게 말도 안 되는 소리였다.

《그 장면》——다시 말해…….

'아마노가……, 텐도 카렌을 찼어?!'

아마노에게 무언가를 거절당한 텐도가 분한 마음에 눈물을 글썽이며 새빨개진 얼굴로 F반에서 뛰쳐나가는, 믿지 못할 광경.

그런 천재지변의 전조 같은 장면이 펼쳐진 직후, 현재 교실의 분위기는 혼돈이라고밖에 형용할 수 없는 상황에 빠져 있었다.

"뭐야, 뭐야? 텐도가 저렇게 분한 표정을 짓는 건 처음 봐……."

"완전히 사랑싸움이잖아!"

흥분한 미카와 마사야가 아마노에게까지 들릴 만큼 큰 소리로 떠들었고, 다이키와 쇼지, 레이나까지 덩달아 장단을 맞췄다. 저건 부 활동 이야기 같았다느니, 그렇다 해도 텐도의 반응은 이상하다느니, 아마노에게 말을 걸어보자느니.

당연히 나에게도 의견을 물었지만 나는 건성으로 대답했고, 그러는 동안에도 줄곧 무심하게 아마노를 쳐다보았다.

'……너, 진짜 무슨 생각이냐……'

아마노는 그런 일이 있은 직후임에도 여느 때와 변함없이 스마트폰으로 게임을 즐기고 있었다. 처음에는 침울해하기도 하고 뭔가 후회하는 듯한 기색을 보였지만, 중간에 스마트폰을 보고 미소를 지었다. 그러더니 평소의「혼자 게임을 하면서 만족스러운 듯이 히죽히죽 웃는 아마노」로 돌아왔다.

'……텐도의 제안을 거절해 놓고 어떻게 저런 표정을 지을 수 있지……?'

나도 모르게 침을 꿀꺽 삼켰다. 이제는 아마노를 보면 짜증보다 꺼림칙한 감정이 먼저 솟았다. 두 사람의 관계나 사정은 대충 짐작이 가는데도 말이다.

아마 텐도가 어제부터 아마노를 어떤 부 활동으로 끌어들이려고 했던 모양이다. 오늘은 텐도의 목소리가 묘하게 컸기 때문에 우리도 그 정도는 알 수 있었다.

하지만……, 아마노는 그 제안을 단칼에 거절했다. ……거절한 것이다.

텐도 본인도 그 결과는 예상 밖이었던 모양이다. 중간부터 얼굴이 새빨개지더니 결국 나중에는 지금껏 보지 못한 표정으로 떠나버렸다. ……그러니 비록 연애 문제가 아니더라도 반 전체가 술렁거리는 것이 당연하지 않은가.

한참 동안 떠들더니, 미카가 아마노 쪽을 보며 작게 중얼거린다.

"왠지……, 조금 짜증이 나네……."

"뭐?"

미카가 한 뜻밖의 말에 나는 무심코 아마노로부터 시선을 돌린다. 미카는 조금 당황한 모습으로,

"아, 아니, 별로 심각한 이유는 아니지만……." 하며 자신 없는 듯이 서두를 꺼내더니 이어서 말했다.

"왠지 거만하다고나 할까……? 그, 그렇잖아. 남이 호의를 가지고 권하는데 보통은 거절하나?"

놀랍게도 미카의 말에 나머지 세 사람도 동의를 했다. 처음부터 아마노에게 짜증이 나 있던 나지만, 어째서인지 혼자 그 분위기에 따라가지 못하고 엉겁결에 그를 두둔하는 듯한 발언을 하고 말았다.

"아니, 뭔가 우리가 모르는 사정이 있겠지."

하지만 내 말을 듣고 이번에는 레이나가 "그럴까?" 하고 의문을 표했다.

"깊은 사정이 있어서 거절하는데 텐도가 그런 표정을 지었겠

어?"

"그건……."

"결국 아마노의 감정적인 문제로 거절한 것 같은데, 아까 그건."

레이나가 사람을 관찰하는 눈은 날카롭다. 확실히 맞는 말이다. 부득이한 사정이 있다면 아쉬운 표정을 짓기는 해도 그런 반응을 보이지 않을 테지.

그룹 안에서도 좀처럼 나서지 않는 쇼지가 한심하다는 듯이 탄식을 하면서 중얼거린다.

"나 원, 기어야 하는 을의 입장이면서 자존심이 어쩌고저쩌고, 정말 주제 파악을 못 하네."

그 말을 들은 나는 어째서인지 이상하게 화가 났다. 나도 모르게 쇼지에게 강하게 따지고 들었다.

"……같은 학년인데 갑이 어디 있고 을이 어디 있는데."

"어? 뭐, 뭐야. 왜 그래, 타스쿠."

살짝 동요하는 쇼지를 보고 제정신으로 돌아온 나. ……무슨 꿈같은 말을 하는 거냐, 나. 바보야? 당연히 있지, 갑과 을. 실제로 나만 해도 아마노 녀석을 아래로 보고 있었잖아. 그래 놓고 뭘 새삼스레…….

내 동요를 눈치챘는지 머리 회전이 빠르고 냉정한 다이키가 상황을 정리한다.

"하지만 오늘 아마노는 확실히 『갑』인 것처럼 거만해 보였어."

교묘한 말이었다. 그 덕분에 방금 내가 한 말이 『거만하게 갑질하는 아마노』에게 화가 났다는 듯한 해석이 되었다. 솔직히 구멍투성이에 부연 설명은 전혀 없었지만, 나도 쇼지도 그 해석을 적극적으로 받아들임으로써 다시 분위기가 화기애애하게 흘러가기 시작한다.

나는 휴, 가슴을 쓸어내리면서 다시 대화에 끼어들었고, 종이 울리기 직전까지 텐도와 아마노에 관한 추측으로 열띤 대화를 나누었다.

나는 잠시나마 분위기를 망쳤다는 죄책감을 느끼고 필요 이상으로 가십 같은 망상이나 바보 같은 추측을 내놓으며 웃음을 유도했지만…….

여전히 틈만 나면 나도 모르게 혼자서 즐겁게 게임을 하는 아마노 쪽으로 시선이 쏠리고 말았다.

*

방과 후, 아구리가 갑자기 약속을 취소하는 바람에 하는 수 없이 혼자서 게임 센터로 향했다. 한번 발걸음을 하고 나니 버릇처럼 계속해서 들르게 된다. 원래부터 나는 한번 꽂히면 쉽게 질리지 않는 성격이었다. 빠질 때에는 정신없이 빠져들어 거기에만 정신이 쏠리고 만다.

'그래서 수험 때 게임과는 거리를 뒀지…….'

길을 걸으면서 새삼스레 그런 일을 떠올린다. 왜 나는 얼마 전까지 게임에서 멀어진 이유를 「질렸다」든가 「졸업했다」는 식으로 생각했을까. 사실은 엄청 좋아했기 때문에 거리를 두며

참았을 뿐이면서.

그런 의미에서 아구리와 게임 센터에 간 뒤로 다시 불이 붙기 시작한 것은 당연한 흐름이었을지도 모른다.

센터에 도착한 나는 일단 센터 안을 어슬렁거리며 한 바퀴 돌았다. 최신 기종은 별로 들여 놓지 않지만, 상품을 따는 게임의 경품은 아주 가끔씩 바뀐다. 아구리와 달리 캐릭터 상품에 별로 관심이 없는 나지만, 오늘은 조금 흥미로운 것을 발견하고 걸음을 멈췄다.

'게임……, 소프트?

한 세대 전의 휴대 게임기용 게임 소프트였는데, 중고 판매처럼 여러 개 묶여서 한 판당 500엔짜리 크레인 게임의 경품으로 들어 있었다. 꽤 신기한 상황이다. 살펴보다가 경품 안에 중학교 시절에 하고 싶었지만 수험 공부 때문에 꾹 참았던 소프트가 있는 것을 발견하였고, 정신을 차렸을 때에는 이미 500엔을 투입하고 있었다.

스스로의 행동을 의외라고 생각하면서 크레인을 조작하여 위치를 정한다. 한물간 게임인 만큼 원가가 낮은지, 상당히 양심적으로 확실하게 걸리는 부분을 만들어 놓았다.

그 결과, 기계 팔 끝에 상표를 거는 데 성공한 내 크레인은 경품을 대롱대롱 흔들면서 배출구까지 가져왔다. 덜컹 소리와 함께 경품이 떨어진다. 솔직히 게임 소프트를 참 험하게 다룬다고 생각했지만, 그런 일에 일일이 불평을 할 수는 없다.

경품을 꺼낸 나는 왜 이제 와서 이런 게임을 뽑았나 싶어서 탄식——.

"와, 굉장해."

——한 직후, 바로 근처에서 들리는 어쩐지 귀에 익은 목소리. 반사적으로 돌아보니, 그곳에는 묘하게 기시감이 있는 광경……. 나에게 감탄한 기색인 아마노가 눈을 반짝반짝 빛내며 서 있었다. 내가 뭐라 형용할 수 없는 미묘한 얼굴로 바라보자 그제야 자신이 소리를 낸 사실을 깨달았는지, 그는 얼굴을 새빨갛게 붉히며 허둥대기 시작했다.

'……도저히 텐도의 제안을 단칼에 거절한 녀석으로는 안 보이는데…….'

그러고 보니 이 녀석, 게임을 하지 않을 때는 그냥 거동이 수상한 평범한 아웃사이더 녀석이었던 것 같은데. ……게임과 관련된 일에만 사람이 바뀌는 건가?

그런 식으로 생각하며 보자, 아니나 다를까. 아마노는 굉장히 허둥대면서도……, 어쩐지 용기를 짜낸 것 같은 모습으로 나에게 다가오더니 그대로 고개를 꾸벅 숙였다.

"가, 같은 반의 아마노예요!"

"알고 있어."

대단히 무뚝뚝하게 대답하는 나. 하지만 아무래도 녀석은 눈치가 없는 사람인 모양이다. 내 태도를 신경 쓰지 않고 한 발짝 더 다가오더니 내가 들고 있는 경품……, 게임 소프트를 가리켰다.

"이, 이거! 굉장해요, 우에하라! 지난번에 인형도 뽑았고!"

"어, 어어? 아니, 뭐……, 우연일 뿐이야……."

뭐야. 왜 내가 이 녀석하고 이야기를 나누고 있지? 너무 뜻밖이라 어떻게 대응해야 할지 감이 안 잡힌다.

그러고 있는 사이에도 아마노는 계속 말을 걸었다.

"저, 저기, 우에하라. 혹시 게임을 좋아해요? 이, 이건 왜……."

"어? 아……, 아니, 그러니까 우연이라고. 하고 싶은 게 하나 있어서……."

"엇, 어떤 거? 어떤 거요?!"

"어어?"

아마노가 거침없이 다가온다. 뭐야, 이 녀석. 기분 나쁘잖아. 골수 오타쿠 기질이라는 건가?

나는 상당히 귀찮게 생각하면서도 하는 수 없이 질문에 대답한다.

"여기, 『패러다임 오브 판타지아』라는 건데……."

"오, POF!"

어째서인지 눈을 반짝이는 아마노. 나는 살짝 뒤로 물러나면서도 뭐, 아마노 같은 타입이라면 좋아할 만한 게임이지, 하고 납득한다.

판타지아 시리즈는 꽤 유명한 RPG 시리즈 중 하나다. 기본적으로는 드래곤 ○스트처럼 각 작품마다 독립된 이야기로 되어 있으며, 타이틀은 넘버링이 아니라「○○ 오브 판타지아」라는 이름에서「○○」 부분이 다르다. 참고로 제1탄은「슬레이 오브 판타지아」. 몇 번이나 리메이크된 명작이다.

참고로 전투는 횡 스크롤 액션. 격투 게임을 그럭저럭 좋아하는 나에게 딱 맞는 게임이라 자주 시리즈를 플레이하고 놀았다. 하지만 수험 공부를 하던 중에 출시되는 바람에 플레이를 포기했고, 그대로 완전히 멀어지게 되었다.
또한 패키지나 PV를 보면 최근에는 일러스트나 시나리오가 아무래도 오타쿠 취향에 맞추는 느낌이 없지 않아 있었다. 그래서 그런 것에 조금 어색함을 느끼는 나는 다소 멀리하게 되었다. 도무지 요즘 일러스트에는 익숙해지지 않아…….
하지만 나의 그런 복잡한 감정을 알 리가 없는 아마노는 내가 이 시리즈를 굉장히 좋아한다는 것을 전제로, 엄청 적극적으로 나서서 말을 건다.
"이건 명작이야! 시리즈를 좋아하는데 아직 못 해봤다면 꼭 해봐, 우에하라!"
"그, 그래?"
"응! 시리즈가 절정일 때 『게임의 개념을 혁신한다』는 문구로 나왔지만, 막상 뚜껑을 열어보니 전형적인 판타지아 시리즈여서 당초에는 혹평을 받았지. 그래도 사실 완성도는 아주 뛰어나! 그러니까 이 게임은 내가 자신을 가지고 추천할게!"
"아니, 네가 보증한다고 해도……."
아마노의 감성보다는 아마○의 리뷰를 더 참고하고 싶다. 당최 어떻게 해야 할지 몰라 뒤통수를 긁적이자, 아마노는 그제야 제정신이 돌아왔는지 갑자기 다시 얼굴을 붉히며 풀이 죽더니 나에게서 훽 멀어진다.
"미, 미안해! 나도 모르게 흥분해서……."
"아니, 상관은 없는데……. ……아, 미안, 나도 그냥 좀 놀랐을 뿐이야."
나는 나대로, 호의를 가지고 말을 거는 반 친구에게 보여줄

태도가 아니었다고 살짝 반성하며 한 발 물러선다. 아마노는 "하하……." 계면쩍어하며 면목이 없다는 듯이 나를 쳐다보았다.

"아, 저기, 내가 최근에, 그, 게임 친구가 생길 기회를 바보같이 뻥 차버렸거든……. 그런데 크레인 게임으로 소프트를 뽑은 우에하라를 두 번이나 보니까, 왠지 내 멋대로 좋은 기회라는 느낌이 들어서 흥분했다고나 할까……. 미안해."

"아니, 뭐, 사과할 필요는 없어. …………아……, 그, 일부러 말 걸어줘서 고맙다."

"아? 으, 응……."

우리는 그대로 마주 본 상태로 침묵한다. ……뭐야, 이거. 무슨 소개팅이냐?

내가 어떡해야 할지 몰라 굉장히 난감해하고 있는데, 분위기를 파악한 아마노가 "아, 그럼 나는 이만 갈게……." 하고 고개를 꾸벅 숙이더니 나에게서 등을 돌렸다.

다른 게임 코너로 허둥지둥 가는 아마노. 나는 어쩐지 복잡한 심정으로 잠시 동안 그의 모습을 지켜본다. ──그런데.

'뭐 하는 거야……, 저 녀석…….'

최근에 나온 최신 격투 게임에 손을 대려고 하다가 반대쪽에 사람이 앉자 겁을 먹고 후퇴. 일인용 기계를 찾지만 운이 안 좋게도 전부 다 차 있어서, 결국 메탈 ○스3 기계 앞에 서서 할지 말지 고민을 하고 있다. 재미있는데, 메○ 맥스…….

'저 녀석 혹시……, 게임은 좋아하는데 게임 센터는 잘 모르는 거 아냐?'

확실히 게임 센터를 좋아하는 것과 가정용 게임을 좋아하는 것에는 조금 차이가 있다. 나는 어쩌다 보니 양쪽 다 하는 사람이지만, 둘 중 하나만 하는 사람도 많다. 아마노는 이미 보다시피 가정용 파다.

아마노가 또다시 허둥거리며 방황하기 시작한다. ——그러다가 이번에는 별로 방해가 될 만한 행동도 하지 않았는데 다른 학교 학생이 눈치를 주자, 완전히 풀이 죽은 기색으로 어깨를 축 늘어뜨렸다. ……뭐, 뭐 하는 거야, 저 녀석.

그대로 계속 보고 있는데, 결국 아마노 녀석은 아무런 게임도 하지 못한 채 터덜터덜 가게 밖으로——.

"잠깐! 잠깐만 기다려봐!"

"?"

나도 모르게 아마노 쪽으로 뛰어가 그의 어깨를 꽉 잡았다. 의아하다는 듯이 나를 돌아보는 아마노. 마, 마치 부모에게 버림받은 아기 토끼 같은 눈빛이잖아!

나는 내 머리카락을 마구 엉클어뜨리다가……, "아, 진짜!" 하고 소리를 버럭 지른 뒤 아마노의 눈을 똑바로 응시했다.

"야, 아마노. 너, 나랑 놀자. 괜찮지?"

"어?"

내 말에 눈을 크게 뜨는 아마노. 순식간에 그의 뺨이 발그스름해지더니…….

"아, 나, 나는 남자에게 관심이——."

"그런 웃기지도 않은 개그로 말 돌리지 말고. 어쩔래? 같이 놀래, 말래?"

"……같이 놀아주세요."

간청하듯이 고개를 숙이는 아마노.

나는 어깨를 으쓱이며 한숨을 쉰다.

그나저나 곰곰이 생각해보면 나는 나대로 대체 뭐 하고 있는 것인지……. 나도 모르게 두통을 억누르듯이 이마에 손을 댔다.

*

아마노가 노린 게임은 원래 가정용 RPG였던 것이 엄청난 캐릭터의 인기에 힘입어 새로 제작된, 아케이드용 대전 격투 게임이었다. 그리고 그 게임에서 진행되는 스토리는 가정용 RPG 스토리의 후일담인 모양이라, 원래 그 게임을 좋아했던 아마노는 큰마음을 먹고 평소에 오지 않는 게임 센터를 방문했다고 한다.

아마노는 나와 함께 순서를 기다리며 쑥스러운 듯이 머리를 긁적인다.

"지난번에도 한 번 왔는데 역시 최신 게임인지라 자리가 안 나더라고. 자리가 나더라도 금방 다른 사람이 오니까 어쩐지 데모 영상이나 이야기를 천천히 보기가 굉장히 미안하고."

그러고 보니 지난번에도 여기서 만났지. 그럼 그때는 그대로 돌아간 건가? …………이렇게 적극성이 부족한 성격은 또 처음 보네. 정말 기가 막힌다. ……하지만…….

"…………."

"? 우에하라?"

"아, 아니……."

아마노가 갑자기 대화를 멈춘 나를 들여다본다. ……솔직히 이 녀석, 성격을 알면 알수록……, 역시 텐도에게 보였던 그 모습과는 갭이 너무 크다.

결국 참지 못한 나는 무의식중에 궁금한 것을 솔직하게 물었다.

"아마노. 그……, 너랑 텐도 말이야, 무슨 사이냐?"

큰일이다. 왠지 얼굴이 화끈거려. 무신경한 줄 알면서 던지는 질문은 질문하는 쪽의 기력 소모가 장난이 아니구나. 아구리였다면 아무렇지 않게 물었을 텐데. 하지만 줄곧 내 마음에 걸려 있던 것 또한 사실.

나의 무례한 질문에 아마노는……, 조금 난처한 듯이 쓴웃음을 지었다.

"그, 그렇지, 참. 우에하라도 봤겠네……, 쉬는 시간에……, 그 일."

"응. ……미, 미안, 혹시 사적인 문제라면 말하지——."

"아니, 괜찮아. 그런 이야기는 절대 아니니까!"

황급히 손을 내젓는 아마노. 나는 마음을 굳히고 한 발짝 더 들이밀어 보기로 했다.

"왠지 부 활동 권유를 거절한 것 같던데……."

"아, 이미 거기까지 들켰구나. 음……, 저기, 그 부의 활동 특성상 우리끼리만 아는 이야기로 해줬으면 하는데……."

그렇게 서론을 늘어놓은 아마노는 텐도와 있었던 일을 대략적으로 이야기하기 시작했다. 실제로 듣고 보니 아무것도 아니었다. 우연히 만난 텐도가 부 활동을 권유했다는 것이 다였다. 일단 그 부 활동이 「게임부」라는 것이 의외이기는 했지만, 그 외에는 아주 평범한 흐름. 부 활동을 권유받고 견학하러 갔다. 하지만 딱 한 가지, 이 이야기에 특이한 요소가 있다고 한다면 그것은…….

"그래서, 너는 결국 뭐 때문에 게임부에 안 들어간 건데? 솔직히 그게 제일 중요한 설명인데 이해하기 좀 힘들다. 게임부에서 하는 게임하고 네가 하고 싶은 게임이 뭐가 어떻게 다른 거야?"

아직 앞 사람의 대전이 끝나지 않은 것을 곁눈으로 확인하면서 묻는다. 그러자 아마노가 또다시 난처한 표정을 지었다.

"음……, 뭐라고 할까. 음……, 역시 말로 설명하기 힘드네……."

"너는 게임에 대해 함께 이야기를 나눌 친구가 필요한 거 아니었어?"

"그, 그렇기는 한데. ……음……."

계속 답답하게 구는 아마노를 보니 내 안에 잠들어 있던 그를 향한 「짜증」이 다시 깨어나려고 한다. ……아, 제길. 왜 나는 아마노를 보고 있으면 이렇게 짜증이 나지? 스스로 뭐 때문인지 명확하게 알 수 없어서 더욱 짜증이 난다.

"아, 우에하라! 마침 정면으로 붙어 있는 두 자리가 났어! 하자!"

"어? 아……, 응."

내가 입을 다문 것과 거의 동시에 자리가 났고, 우리는 후다닥 의자에 앉는다. ……솔직히 다행이었다. 그대로 있었으면 내가 아마노에게 무슨 말을 했을지 모르겠다. 아마노를 향한 짜증이 거의 불합리한 「화풀이」에 가깝다는 것 정도는 스스로도 자각하고 있다.

일단 게임을 하면서 마음을 가라앉히자.

주위를 보니 우리 말고는 현재 이 게임을 기다리는 사람은 없다. 나는 아마노가 데모 영상과 캐릭터 소개를 다 볼 때까지 기다렸다가 100엔을 넣고 난입했다.

"스토리 모드는 안 해도 되겠어?"

기계 너머로 아마노에게 말을 건다. 그는 큰 목소리로 대답했다.

"응. 그건 가정용이 발매되면 할래. 시작하자, 우에하라!"

"좋았어. 이 몸의 화려한 기술에 반하지 말라고."

"살살 부탁해."

우스개로 한 소리인데 묘하게 진지한 대답이 돌아오니 어쩐지 창피하다.

'아구리였다면 바보처럼 깔깔 웃으며 받아쳐줄 텐데……. 응? 잠깐만.'

뭐냐, 나. 지금 게임 센터에서 그 녀석의 바보 같은 반응이 없다고 묘하게 서운해한 거야? 농담하지 마. 게임 센터에서 아구리를 보면 짜증 날 뿐이라고.

나는 다시 화면에 집중한다. 아마노는 이미 캐릭터 선택을 마쳤다. 무난하게 주인공 캐릭이다. 뭐, 처음 하는 게임이니 당연하겠지…….

'그럼 나는……, 음.'

잠시 고민한 끝에 나도 커서를 움직여 보기에도 컨트롤이 어려울 듯한 파워 타입 캐릭터를 골랐다. 반대쪽에서 의외라는 듯한 반응이 나온다.

"어? 우에하라, 이 게임을 해본 적이 있어?"

"아니, 처음인데? 캐릭터는 그냥 비주얼이 마음에 들어서 골랐을 뿐이야."

"그……, 그렇구나."

어이없는 듯한……, 그러면서도 어쩐지 기뻐하는 것처럼 들리는 아마노의 목소리. 나는 그 반응이 무슨 의미인지 알 수 없어서 고개를 갸웃하지만, 바로 대전이 시작되는 바람에 정신을 게임 쪽으로 돌렸다.

아마노는 게이머답게 아구리에 비해서 훨씬 조작을 잘했다. 아구리처럼 버튼을 마구 눌러 공격하지 않았다. 하지만 그렇기 때문에…….

'……오히려 아구리보다 약할지도…….'

대전 격투를 할 때 막무가내로 조작하는 상대는 의외로 까다롭다. 강하지는 않다고 해도 방어나 수를 읽는 것을 완전히 포기했기 때문에 기술은 잘 못 쓰지만, 이상한 공격을 퍼붓다가 우연히 맞는 경우가 꽤 있다.

그렇기 때문에 실제로 제일 약한 플레이어가 어떤 타입이냐면, 그것은 바로…….

'알기 쉬운데……, 아마노…….'

조작 방법은 알아도 그 행동이 매우 전형적인 플레이어만큼 밥이 되기 쉬운 사람은 없다.

실제로 아마노는 전형적이었다. 그의 행동 패턴은 이렇다.

· 기술을 확인하기 위해 우선 한 번씩 써보려고 한다

· 간단한 원거리 기술만 기억한 다음 일단 그것에만 의지한다

· 가드나 회피를 계속하면 기다리지 못하고 다가온다

· 어째서인지 쓸데없이 점프를 하며 다가온다

· 큰 기술이 맞기만을 노리지만 계속 막힌다

· 어째서인지 들어서 내던진다는 선택지를 완전히 까먹고 있다

· 카운터를 먹으면 당황해서 무조건 가드만 한다

· 당연히 내동댕이쳐진다

· 그제야 내던지는 기술의 존재를 기억해 낸다

· 이번에는 무리하게 던지려고 하다가 흠씬 두들겨 맞는다

· 체력 게이지가 간당간당한 상태에서 운에 모든 것을 맡기고 초필살기를 시도한다

· 복잡한 커맨드 입력에만 신경 쓰는 바람에 이상한 타이밍에 기술을 쓰고 멋지게 헛방

· 마지막에는 하늘에서 내려찍는 약한 킥으로 아주 시시하게 죽는다

"우와! 우, 우에하라, 세다!"

"네가 약한 거야!"

나도 모르게 기계 너머로 반박한다! 아니, 무슨 게임을 이렇게 정직하게 하는 녀석이 다 있어! 요즘 초등학생도 너보다는 잘하겠다!

반대편에서 아마노가 "으……." 하고 신음하는 가운데 제2회전이 시작되었다. 이 게임은 3판 2선승제다. 여기서 내가 이기면 끝.

1회전에서 아마노의 허접함을 경험한 나는 2회전에서는 적당히 봐주면서 여러 가지 기술을 시험 삼아 섞어 쓴다. ──그런데.

'어어, 뭐야? 이 기술 모션은……, 아, 도발이구나.'

요즘 격투 게임에는 이런 종류의 시스템이 흔하다. 도발 모션. 이렇다 할 의미는 없지만 그 캐릭터만의 특징이 잘 드러나서 재미있는 동작이 많다.

'칫, 약한 주제에 건방지게……. ……좋아.'

이쪽도 도발 모션으로 받아쳐준다. ……하지만.

'뭐야, 두 번째 도발 모션으로 받아쳤어?! 이 게임, 그런 응용이 있었냐!'

기계에 붙어 있는 조작 설명 스티커를 보자, 한쪽 구석에 작지만 분명히 「도발 모션2」의 조작 설명이 쓰여 있었다. ……아니, 기억하는 사람이 이상한 거라고, 아마노!

황당해하면서도 나 역시 도발 모션2로 받아친다. 그러자 기계 너머로 들리는 아마노의 중얼거리는 소리…….

"제법이네……."

"뭐가! 대체 이 승부의 기준이 뭔데! 이제 시간도 얼마 안 남았으니 간다, 각오해!"

"아, 아앗! 에, 에잇, 필살 『절대 방어』!"

"으악!"

아마노가 내민 약한 주먹에 온몸이 튕겨져 나간다! 아마노는 묘하게 의기양양했다.

"이게 바로 필살기 게이지를 몽땅 사용해서 펼치는, 모든 공격을 반사하는 방어야!"

"굉장하지만 사용하는 타이밍이 완전히 틀렸잖아!"

쓸데없이 게이지를 다 쓴 아마노를 쉴 새 없이 공격하는 나. 그대로 마지막에는 보란 듯이 이쪽의 초필살기로 승부를 결정짓는다. 기계 너머에서 아마노가 "으악!" 하고 소리를 질렀다. ……평소에는 조용하면서 게임할 때의 반응만큼은 요란하네, 이 녀석…….

승부를 마치고 승자인 내 캐릭터의 스토리 모드가 재개된다. 하는 수 없이 나는 대충 게임을 진행하며——.

《도전자가 나타났다!》

"왜 또 돈을 넣는데!"

소리를 버럭 지르면서 반대편 기계 쪽을 내다본다. 그러자 아마노가 쑥스러운 기색으로 이쪽을 쳐다보았다.

"아니, 기다리는 사람도 없고 우에하라랑 하는 게임이 굉장히 재미있어서 나도 모르게 그만……."

"너……."

이 녀석, 게임에 관련됐을 때에만 묘하게 고집이 세잖아? 나는 하는 수 없이 포기하고 다시 자리에 앉았다.

'오, 이 게임은 난입하면 이쪽 캐릭터도 바꿀 수 있구나. 좋았어…….'

좋은 기회인지라 나는 캐릭터를 변경하고 아마노의 선택을 기다린다. 대전이 시작되고 보니 아마노 역시 주인공 캐릭터가 아닌 녀석을 선택했다.

아마노가 내 캐릭터를 보고 조금 놀란 듯한 반응을 보인다.

"어? 우에하라, 캐릭터 바꿨네?"

"어, 바꿀 수 있더라고."

"하지만……, 아까 하던 캐릭터의 비주얼을 마음에 들어 하지 않았어? 무엇보다 조작도 익숙해졌을 텐데, 괜찮아?"

? 이 질문은 뭐지? 나는 의도를 알 수 없었지만 있는 그대로 대답한다.

"그야 여러 캐릭터를 해보는 편이 즐겁잖아. 아마노도 바꿨으면서."

"…………."

"아마노?"

"아, 으, 으응. 아무것도 아니야! 그, 그래, 맞아. 여러 캐릭터를 써보고 싶지!"

"으, 응……."

뭐지? 아마노의 목소리가 묘하게 들떠 있다. 내가 무슨 이상한 말이라도 했나? 흠.

우리는 그대로 두 번째 대전에 돌입했다. 변함없이 아마노의 실력은 형편없었지만, 대체 어디서 찾았나 싶은 이상한 모션과 실용성이 낮은 묘한 기술까지 내보이며……, 마치 나에게 이기는 것은 나중의 일이라는 듯한 움직임을 펼친다.

그런 녀석을 상대로 악착같이 이길 마음이 들지 않아서, 나는 나대로 온갖 기술과 움직임을 보이며 대항했다.

정말이지 바보 같고 수준 낮은 시합 전개. 하지만…….

'……의외로 이런 것도 재미있네…….'

집에서라면 또 몰라도 게임 센터에서는 진지하게 싸우기만 한 나였지만, 아마노와의 승부도 그다지 나쁘지 않았다. 애당초 아구리를 상대로 익숙해진 점도 있지만 장난도 이렇게까지 전력으로 해보니 썩 괜찮은 발견을 한 것 같다.

두 번째 대전은 나도 대충 놀면서 했기에 결국 지지부진한 대결이 되었고, 마지막에는 아마노의 승리로 끝났다. 아마노는 자리에서 일어나자마자 몇 발짝 되지도 않는 거리를 서둘러 뛰어오더니, 살짝 뺨을 붉히며 나를 바라보았다.

"재미있었어, 우에하라!"

"어, 응……, 그러게."

아마노만큼 흥분하지는 않았지만 즐거웠던 것은 사실이었기에 시선을 피하면서 대답한다. 아마노는 아주 행복한 듯이 씩 웃었다.

'아아……, 평소의 그 표정이다. 쉬는 시간에 짓는……, 그 표정.'

이렇게 정면에서 보니 이 녀석이 얼마나 행복해하는지 잘 알 수 있었다. 생각보다 더 헤벌레한 얼굴을 하고 있었다. ……어쩐지 이쪽이 창피해졌다.

나는 주위를 둘러보며 아마노에게 말했다.

"그럼 다음은 뭐 해볼까?"

"어?"

"아."

말하자마자 바로 내 실수를 깨닫는다. 미쳤다. 왜 내가 아마노에게 다른 게임 이야기를 꺼냈지? 아마노의 목적은 이미 달성했는데. ……아무래도 게임 센터라는 공간 때문에 아구리와 함께 있을 때의 내가 나온 모양이다. 아마노의 맹한 얼굴이 아구리의 얼굴과 조금 비슷했기 때문일 수도 있다.

나는 민망함을 얼버무리듯이 먼저 말했다.

"지……, 지금 한 걸로 전적이 1대1이잖아. 이대로는 분하지."

"아……, 으, 응! 그래, 맞아! 맞는 말이야, 우에하라!"

내가 한 판 더 하자고 제안한 순간 진심으로 기쁜 미소를 짓는 아마노.

'나 원……, 나한테는 이런 표정을 짓는 녀석이 왜 텐도의 제안은 거절했을까.'

그런 감상을 품은 것과 동시에. 그러고 보니 게임부를 사퇴한 이유를 아직 자세히 듣지 못했다는 것이 문득 생각났다.

그렇지만 웃고 있는 아마노의 얼굴을 보고 있자니, 도저히 지금 그 이야기를 꺼내기가 힘들어서…….

"자, 우에하라! 다음에는 저걸 같이 해보자!"

"저거라니……. 야, 저건 건 슈팅이잖아. 대전도 뭣도 아니잖아!"

"아, 그러네. ……뭐, 하지만 둘이서 하면 재미있을 것 같으니까 하자!"

"그건 또 무슨 논리냐? ——잠깐만, 야!"

나는 쯧, 혀를 차며 여전히 게임에 관한 일만 되면 사람이 변하는 아마노의 뒤를 따라간다.

결국 나는 그 후로 한 시간 내내 신이 난 아마노에게 끌려다니며 게임 센터를 섭렵하는 신세가 되었다.

*

"좋아! 다음에는 뭘 할까, 우에하라?"

나는 시간이 지나도 여전히 쌩쌩한 아마노를 매섭게 노려보았다.

"야, 아마노. 너 말이야, 나와의 승부는 핑계고 이 기회에 지금까지 해보고 싶었지만 혼자서는 하지 못한 아케이드 게임을 죄다 해보는 중이지?"

"어? 그, 그렇지 않아!"

고개를 돌리며 소리가 나지도 않는 휘파람을 부는 아마노. 어이가 없어진 나는 고개를 절레절레 흔들면서도 더 이상의 저항은 포기한 채 아마노와 함께 다음 게임을 물색하기 시작했다.

사실 아마노와 게임하는 것은 희한하게 즐거웠다. 딱히 잘하지도 않고, 솔직히 말하면 실력은 남자판 아구리지만 반응이 좋다고 해야 하나……. 진심으로 게임을 즐기는 느낌이 들어서 어쩐지 나까지 분위기에 전염되고 말았다.

그리고 아마노와 실컷 놀다 보니 신기하게도, 그가 게임부에 들지 않은 이유가 어렴풋이 이해되기 시작했다.

'솔직히 뭐라고 할까……, 묘하게 순수하네……. 아구리도, 이 녀석도.'

대체 무엇이 두 사람을 그렇게 만드는 것일까. 솔직히 놀라울 정도로 공통점이 적은 두 사람인데 희한하게 마음속 한가운데에 동일한 「무언가」를 가지고 있는 것처럼 느껴진다. 그렇지만 그것이 무엇인지 구체적인 정체까지는 알 수 없다. 그리고 그것이……, 어쩐지 답답하다.

나를 끌고 게임 센터 안을 신나게 배회하는 아마노를 바라본다.

'나도……, 옛날에는 이런 표정을 지은 적이, 있던 것 같은데……'

그때가 언제였는지, 그리고 무엇 때문이었는지는 전혀 기억이 나지 않는다. 그렇지만 아마노의 미소에 이정도로 마음이 흔들리는 것은 몸이 무언가를 기억하고 있기 때문이 아닐까?

아마노가 무언가를 발견했는지 내 소매를 휙휙 잡아당긴다.

"우에하라! 이번에는 저거 해보자, 저거! 제발!"

"뭐? 나 참, 어쩔 수 없구만. 어디——."

투덜거리면서도 싫지 않은 마음에 대답을 하려고 하는 순간——문득 시야 끝에 상당히 눈에 띄는 금발 미소녀의 모습이 들어왔다. 각도상 옆얼굴밖에 안 보이지만 틀림없이 우리 학교가 자랑하는 아이돌 텐도 카렌이다. 게임 센터의 분위기와 어울리지 않게 붕 떠 있었고, 플레이어들이 넋을 잃고 그녀를 바라보느라 여기저기에서 게임 오버 소리가 들려왔다. ……뭐야, 저건.

텐도 카렌은 아까부터 무언가를 찾듯이 바쁘게 시선을 움직이며 두리번거렸다. ……어쩐지 그 이유에 짐작이 간 나는 아직 텐도를 못 본 듯한 아마노에게 알려주기로 했다.

"야, 아마노, 저기――."

"아, 우에하라."

"?"

아마노가 느닷없이 내 말을 가로막으며 묘하게 긴장감이 감도는 목소리로 나를 부른다. 무슨 일인가 싶어 쳐다보니 그는 내 뒤쪽……, 게임 센터 입구를 보고 있었다. 그 시선을 따라 돌아본다.

――그러자 거기에는…….

"아……."

오토부키 교복을 입고 사이좋게 게임 센터로 들어오는 다섯 명의 학생들.

자세히 보니 그 학생들은 나와 늘 함께 다니는 같은 반 친구인 다이키, 마사야, 쇼지, 그리고 미키와 레이나였다.

나도 모르게 반사적으로 몸이 움찔거리며 굳어졌다. 곰곰히 생각해보면 같은 반 친구인 아마노와 같이 게임 센터에 있다고 해서 내가 부끄러워할 이유는 전혀 없었지만……, 순간적인 반응만큼은 어찌할 수 없었다.

그리고 그것은……, 아마노의 미소를 흐리기에 충분한 반응이기도 했다.

다섯 명이 눈치채기 전에……, 그리고 내가 무슨 말을 하기 전에 아마노는 황급히 나에게서 등을 돌리더니 고개를 숙인 채 걸음을 옮겼다.

"오, 오늘은 고마웠어, 우에하라. 그럼 나중에 봐."

"잠깐, 야."

나는 즉시 아마노를 잡아 세우려고 했지만 이미 때는 늦었다. 그는 거부하듯이 내 옆을 슥 지나가더니, 다섯 명이 오는 방향과는 반대의 뒷길로 이어진 출구 쪽을 향해 빠르게 사라졌다.

멍하니 그 모습을 바라볼 수밖에 없는 나와 침통한 표정으로 자신의 눈앞을 지나간 아마노를 본 뒤, 할 말을 잃고 말을 걸 타이밍을 놓친 금발 미소녀.

그가 사라진 출구 쪽을 보며 우두커니 서 있자 뒤에서 친구들의 목소리가 들렸다.

"오, 우연이네, 타스쿠! 우리 지금 노래방 갔다 왔는데! 왜, 전에 이야기한!"

"아, 응……, 거기?"

"그래, 거기! 그런데 오늘도 역시 점원이 해도 해도……, 응? 그러고 보니 아구리는? 오늘은 안 만났어?"

"아, 응. 오늘은 다른 친구랑 논다더라……."

"그렇구나. 그럼 여기서 너 혼자 논 거야? 외롭게 혼자 뭐 하는 거야!"

"아니……."

부정하려고 하지만 아이들이 마사야를 따라 깔깔거리며 웃는 바람에 묘하게 말하기 어려워졌다. 말이 목구멍에 걸려 아무 말도 못하고 있자, 마사야가 침묵을 못 참고 떠들기 시작했다.

"그래서, 오늘도 다 같이 노래방에 갔거든? 그랬더니 말도 안 되게 지난번과 똑같이——."

솔직히 전혀 흥미롭지 않은 마사야의 노래방 체험 리포트를 들으면서도, 내 가슴속에서는 여러 가지 감정이 울컥울컥 솟아오르고 있었다. 특히…….

'아마노 녀석……, 왜 급하게 사라진 거야……!'

자책과 후회와 짜증이 전부 뒤섞인 가운데 주체할 수 없는 짜증이라는 감정이 제일 먼저 떠올랐다.

나도 모르게 마사야의 말을 가로막듯이 크게 소리친다.

"미안! 내가 지금 좀 바빠서! 나중에 보자!"

"어? 아, 그래, 그럼. 잘 가라."

마사야를 포함한 다섯 명이 어리둥절해하는 가운데, 나는 맹렬한 속도로 텐도의 앞을 지나 아마노가 나간 출구 쪽으로 뛰어간다. 그대로 사람이 적은 뒷길로 나오자마자 나는 가방을 단단히 고쳐 메며 주택가 방향으로 목표를 정하고 뛰기 시작했다. 아마노가 집으로 향했다면 그리로 갔을 것이다.

'제길! 내가 지금 뭐 하는 거야! 영문을 모르겠네! 뭘 하고 싶은 거야, 난!'

감정은 여전히 정리되지 않았다. 아마노에게 사과하고 싶은 것일까, 화를 내고 싶은 것일까. 감정이 정리되기는커녕 이대로 계획도 없이 아마노를 쫓아도 되는지조차 알 수가 없다.

그렇지만……, 이렇게 답답함이 가시지 않은 채 응어리져 있는 것만은 참을 수 없다!

'그러면 중학교 때와 똑같아! 약간의 용기도 내지 못해서 친구를 만드는 일도, 부모님에게 진짜 장래 희망을 말하는 것도 못 했던 그때와!'

발이 걸려서 하마터면 음식점의 음식물 쓰레기통을 뒤엎을 뻔했지만, 그래도 인적이 드문 골목길을 계속 달렸다.

그렇게 1분 정도 전력 질주 하다가 건물 모퉁이를 돈 순간. 드디어 앞쪽에서 반 친구의 초라한 뒷모습을 발견했다.

"아마노!"

나도 모르게 큰 소리로 부르며 달려간다. 그러자 그가 크게 흠칫거리며 반응하더니 조심스럽게 이쪽을 돌아보았다. 숨을 헐떡이며 자신에게 다가오는 나를 보더니 의아하다는 듯이 고개를 갸웃거렸다.

"어? 우에하라? 무, 무슨 일이야?"

종종걸음으로 나에게 다가오는 아마노. 그의 앞까지 간 나는 잠시 말없이 숨을 고른 뒤……, 매섭게 노려보며 물었다.

"너, 왜 도망쳤어."

"어? 도, 도망쳤다니, 그런 거창한……."

"도망쳤잖아."

아마노가 실실 웃으며 말하지만 여유가 없는 나는 딱 잘라 몰아붙인다. 그 말에 아마노도 조금 기분이 상했는지 노골적으로 표정을 굳혔다.
한동안 두 사람 사이에 침묵이 내려앉았고……, 그리고…….
아마노는 참기 힘들다는 듯이 나에게서 시선을 돌리더니 어쩐지 비굴한 표정으로, 마치 자기 자신에게 말하듯이 음울하게 중얼거렸다.
"하지만……, 나 같은 거랑 같이 있으면 난처하잖아. ……우에하라는 학교생활에 충실한 사람이니까……."
"————."
그 말을 들은 순간, 나는 아마노의 멱살을 힘껏 틀어쥐었다.
피가 끓어오를 것 같은 분노가 뱃속에서 부글부글 끓는다.
이제야 알았다. 나는……, 이 녀석이, 이 같은 반 친구가.

구역질이 날 정도로 싫다.

"으, 윽……. 뭐……, 하는……, 거야……. 우에하라……."
아마노가 괴로운 듯이 신음을 흘린다. 그렇지만 나는 아랑곳하지 않고 정면으로 얼굴을 획 들이민 뒤.
지금까지 아마노에게 느꼈던 복잡한 감정, 그것을 전부.
정리하지 않고 일제히 쏟아 냈다.
"웃기지 마, 이 음침한 오타쿠 동정 자식아! 네가 뭔데! 뭐가 『현실에 충실한 사람』이야! 그런 말로……, 그런 말로, 사람을 함부로 정의하지 마! 알았냐!"
"무슨………, 말을……."
내가 하는 말을 전혀 이해할 수 없다는 듯이 끙끙거리는 아마노. ……나도 내가 무슨 말을 하는지 모르겠다. 그렇지만 한번 흘러나온 감정은 무너진 둑처럼 고여 있던 온갖 것을 쏟아 낼 때까지 멈추지 않는다.

"내가 지금 현실에 충실한 것처럼 보인다면 그건 오로지 내 노력의 산물이야! 공부벌레 안경잡이였던 내가 고등학교에서 필사적으로 자신을 바꿨으니까! 네가 인생에 충실하지 못한 것은 전적으로 네 책임이잖아! 아니야?! 적어도 나는, 현실에 충실하다면서 은근히 사람을 깔보고 비웃는 너의 말을 들을 이유가 없어!"

"깔보지……, 않았……."

"않았다고는 하지 마! 잘 들어, 너는 분명 마음속 어딘가에서 이렇게 생각했을 거야. 『쓸데없는 인간관계를 유지하기 위해 노력할 바에는 혼자서 재미있게 게임을 하며 지내는 편이 몇 배는 더 유익하지 않나?』 하고 말이야."

"……그, 그건……."

아마노의 얼굴이 창백해진다. 나에게 멱살을 잡힌 상태라 머리로 피가 가지 못하기 때문에……, 라는 이유가 아닐 것이다.

나는 그의 멱살을 잡은 오른손에 힘을 살짝 빼며 말을 계속했다.

"그래, 그 말에도 일리는 있어. 그것만큼은 공감해. 매 순간을 즐기고자 하는 자세는 나도 똑같으니까. 하지만 똑같이 즐긴다 해도 너랑 나는 하늘과 땅 차이야. 나는 이제 너에게 『현실에 충실하다』는 말을 들을 정도로 청춘을 만끽하고 있어. 친구도, 여자 친구도 있고. 그렇지만 네 학교생활은 어떤데? 게임이 있으면 즐겁다는 건 괴로움을 숨기기 위한 타협이잖아."
"…………."
그렇게 말하면서도 그러는 나 자신은 고등학교 생활을 하면서 아무것도 타협하지 않았냐고 스스로에게 물어본다. ……답은 나오지 않았지만 불쾌한 짜증만이 울컥울컥 솟아올랐다.
나는 모든 것을 뿌리치듯이 지금은 아마노에게만 정신을 집중한다.
"……야, 아마노. 너, 동화 중에 『개미와 베짱이』라는 동화 아냐?"
"……?"
내 뜬금없는 질문에 아마노가 순간 동요하지만……, 이내 멱살을 잡힌 채 고개를 끄덕거린다. 나는 씩 비틀린 미소를 지었다.
"거기 나오는 베짱이가 바로 지금의 나야. 중요한 것만 요령있게 처리하고 청춘을 최대한 만끽하지. 그리고 막상 곤란한 일이 닥치면 적당히 누군가에게 의지하고 머리만 꾸벅 숙이면 마지막에는 맛있는 것만 가져올 수 있다고. 최고 아니야?"
필사적으로 공부하느라 시간을 다 보내고, 게임만이 피로 회복제였지만 결국 마지막에는 아무런 결과도 남기지 못했던 끔찍한 중학교 시절의 나. 그 모습이 눈앞에 있는 오타쿠 자식과 겹쳐진다.
"그런 점에서 너는 어떤데, 아마노! 게임이 즐거워? 그것만 있으면 돼? 정말이지, 한심한 『도망』이야! 나는 너의 그런 점이……, 그런 점이, 줄곧 마음에 들지 않았어!"

옛날의 나와 끔찍하게 닮은 점이. 옛날의 나와 끔찍하게 닮았음에도……, 다른 점이.

아마노가 괴로운 듯이 신음을 흘린다.

"그런 점이라니……, 우에하라는 나에 대해 아무것도 모르잖……."

"모르긴 뭘 몰라! 너 정도로 멍청한 사람의 이야기는 이제 와서 들을 필요도 없어! 아마노, 너, 오늘 텐도가 모처럼 제안한 걸 거절했지? 아무런 노력도 없이 베짱이가 될 수 있는 기회를……, 게임을 하는 자세가 다르다는 말도 안 되는 이유로 간단히 차버렸잖아!"

아까는 그 일을 후회하는 듯이 말했지만 실제로는 아니겠지! 사실은……, 사실은 네 마음속 어딘가에서 고고함을 관철한 자신이 『멋지다』고 생각했을 거야!"

"! 그, 그건……."

아마노의 눈동자가 흔들린다. 나는 계속해서 말을 이었다.

"방금 내 친구들을 보고 도망친 것도 그래! 너 좋을 대로 비극의 주인공인 척하고 만족했겠지! 나는……, 나는 너의 그런 점이 도저히 용서가 안 된다고!"

"…………."

아마노의 처연한 눈동자가 나를 담는다. ……마치 과거의 나 자신이 보고 있는 것 같았다. 나는 나도 모르게 필요 이상으로 감정적이 되어버렸다.

"애당초 게임 같은 시시한 오락에 왜 진지하게 구는 건데, 한심하게. 아무리 놀아도 결국 현실에는 아무런 이득도 없어. 그게 게임이잖아. ……정말이지 시시해. 아, 그런 의미에서라면 나도 게임부라는 곳이 마음에 들지 않는다는 네 말에 동의한다. 쓸데없는 일에 잔뜩 힘이나 주고 말이야. 바보 같아. 그러니까 텐도 녀석도 외모는 괜찮은데 최근에 보인 기행으로 점점 평판이 떨어지는——."

하고, 생각나는 대로 주절주절 떠들던……, 그때였다.

"어, 어어?!"

——아마노가 내 멱살을 마주 잡은 것은.

자세히 보니 겁을 먹고 떨던 아마노의 눈빛이……, 지금은 화가 머리 꼭대기까지 난 사람의 눈빛으로 변해 있다.

아마노 자신도 괴로울 텐데 익숙하지 않은 서툰 손길로 내 멱살을 있는 힘껏 잡은 채……, 내 눈을 매섭게 노려보았다. 나는 나도 모르게 그 모습에 감탄한다.

'뭐야, 이런 눈빛도 할 수 있잖아. ……그래, 뭐에 꼭지가 돌았지? 자신이 성실하게 사는 사람을 부러워하기만 하는 쓰레기라는 지적에 화가 났나? 텐도의 제안을 거절한 자신이 멋지다는 말에 정곡을 찔려서 화가 난 건가? 아니면…….'

어쨌든 내 입장에서는 나의 신념을 바탕으로 한 말이다. 어떻게 반박을 해도 절대로 물러설 생각이 없고, 또 질 마음도 없다.

내가 이제나저제나 하고 아마노의 반박을 기다리는데.

아마노가 내 멱살을 잡은 오른손을 불안하게 부들부들 떨면서 금방이라도 울 것 같은 눈으로……, 그렇지만 그와 동시에 필사적으로 그 눈동자에 기백을 담으며…….

꼭 하고 싶어 보였던 반론을——드디어 나에게 말했다.

"개미를 바보 취급 하지 마!"

"…………뭐?"

너무나도 예상 밖인 말에 화내는 것도 잊은 채 눈을 동그랗게 뜨고서 멍하니 서 있는 나. 엉겁결에 아마노의 멱살을 잡은 힘도 풀려 가는 가운데, 아마노는 필사적으로 나에게 따졌다.

"화, 확실히 나는 아무런 노력도 하지 않는 게임만이 취미인 못난 사람이야! 그런 건 나도 처음부터 알고 있어! 그러니까 그 점에 대해서는 아무런 반박도 할 수 없어! 미안해! 그리고 충실하다느니 그런 말도 해서 미안! 그 말은 정말이지 나도 좀 그렇다고 생각해! 소, 솔직히 그……, 우에하라랑 못 놀게 됐으니까 삐쳐서 한 말이야! 정말로 미안해!"

"어? 으, 응……?"

멱살을 잡힌 상태에서 내가 비난했던 부분들을 전면적으로 인정하더니 전력으로 사과를 하기 시작했다. ……이게 무슨 상황이지?

아마노의 필사적인 사과는 계속되었다.

"그리고 『텐도의 제안을 거절한 내가 멋있다』는 말도 솔직히 정곡을 정확히 찔렀기 때문에 가슴이 아파! 그 말을 듣고 새삼 깨닫게 돼서 깜짝 놀랐어! 맞아. 정말 짜증 나는 존재네, 나! 그리고 또, 텐도의 제안을 거절한 건 제정신으로 한 짓이 아닌 것 같아! 이상한 자존심 때문에 친구가 생길 기회를 날려버리다니, 나는 진짜 최악이야! 바보도 이런 바보가 있을까! 머리가 어떻게 됐나 봐!"

"그, 그렇게까지는 말하지 않았는데……."

이미 비굴 운운할 수준을 훌쩍 넘기며 이렇게까지 나오니, 이쪽도 독기가 완전히 빠져나간다.

이 녀석이 왜 이러나 싶어 나도 모르게 뒤통수를 긁적거린다.

——그런데 그때, 아마노가 고개를 살짝 숙이더니 가라앉은 목소리로 말했다.

"……게임이 시시하다는 의견도 뭐, 백 번 양보해서 인정할게. 그래, 맞아……. 게임이란 건 기본적으로 가치가 없지. 알고 있어. 그렇기 때문에 재미있다고도 생각하지만……, 솔직히 시시하다는 의견을 정면에서 부정할 자료도 없어. 인정할게. 그렇지만……."

한번 말을 끊는 아마노. 한동안 고개를 숙이더니……, 잠시 후에 다시 고개를 들었을 때는 눈동자에 강한 의지를 담고서 내 눈을 똑바로 바라보았다.

"그래도, 그렇다고 게임부나 텐도까지 싸잡아서 바보 취급 하는 건 용서 못 해!"

"!"

조금 의외인……, 그렇지만 어쩐지 정당성이 느껴지는 반론에 나는 할 말을 잃는다.

아마노가 표정을 살짝 풀고서는 핵심 부분을 이야기하기 시작했다.

“우에하라가 말했다시피 『개미와 베짱이』에 나오는 베짱이는 확실히 영리해. 그 요령 좋은 모습에 솔직히 나도 감탄했고 굉장히 부러운 생활이라고도 생각해. 나도 사실은 배짱이가 되고 싶다. 당연하잖아. 하지만……, 하지만 말이야.”

아마노의 목소리가 순식간에 딱딱하고 날카롭게 변한다.

“아무리 베짱이가 영리하다지만……, 그래도 역시 그에게는 열심히 일하는 개미를 비웃을 권리가 없어.”

“! 그건…….”

준비하고 있었는데. 그렇게 자신만만했는데.

반박할 말이 하나도 나오지 않는다.

금붕어처럼 입을 뻐금거리는 나를 보며, 아마노는 성난 파도처럼 더 필사적으로 말을 계속했다.

“나같이 어중간하고 못난 사람은 비판해도 괜찮아. 솔직히 맞는 말이라고 생각해. 우에하라의 말을 듣고 나 자신이 얼마나 저질인지 새삼 알게 되었어. 개미가 다 뭐야, 아무런 노력도 하지 않은 나는 진드기일 뿐이야. 우에하라에게 무슨 말을 할 자격은 손톱만큼도 없어. 정말로 미안해. 하지만 그래도……, 그래도……, 그러니까!”

아마노가 나를 보더니, 이때만큼은 한 번도 혀를 깨물지 않고 진지하게 호소한다.

“아무리 그것이 『게임』이라는 『시시한』 소재일지라도! 무언가에 진심으로 몰두하는 사람들을……, 텐도와 게임부 사람들을 제대로 잘 알지도 못하면서, 나와 게임을 욕하는 김에 덩달아 함부로 바보 취급 해도 되는 건 아니야!"

"……윽."

큰일이다. 뭐라고 반박하기는커녕 아마노의 말에 완전히 납득하는 내가 있다.

맞는 말이다. 흥분해서 여기저기에 대고 차마 입에 담지 못할 욕을 했지만, 애당초 아마노를 향한 짜증은 내 멋대로의 감정이다. 백 번 양보해서 아마노를 비판하는 것은 괜찮다 치더라도 텐도나 게임부, 거기에다 게임의 가치를 쓸데없이 폄하할 필요는 없었다.

내가 완전히 의기소침해 있자, 아마노는 여전히 내 멱살을 잡고 있으면서도 아주 부드러운 표정을 지으며 따뜻한 음색으로 말을 계속했다.

"특히 텐도는 정말로 좋은 사람이야. 이런 나에게 두 번이나 기회를 줬는걸. 귀여운 건 물론이고, 착하고 행동력이 있고, 거기에다 게임 재능까지 있어. 사실 텐도는 굉장히 머리가 좋은데 게임부에 들기 위해 일부러 오토부키에 온 거래. 그런 그녀는 나에게 천사——가 아니라 정말로 존경할 수 있는 사람이야. 그러니까 나를 향한 비판은 전면적으로 받아들이고 몇 번이든 사과하겠지만……."

그는 한 박자 쉰 다음, 다시 나를 바라보며 말한다.

"텐도, 더 나아가 게임부를 바보 취급 하는 발언만큼은 반드시 취소해줬으면 좋겠어."

아마노의, 살짝 두려움이 비치지만 그 이상의 신념으로 가득 찬 올곧은 눈동자.

그런 눈을 보니……, 줄곧 가슴에 응어리져 있던 아마노를 향한 짜증이 어디론가 사라져버리는 것이 느껴졌다.

'아아……, 뭐야. 이 녀석……, 역시 과거의 나하고는 전혀 다르잖아. 과거의……, 아니, 지금의 나보다도, 훨씬, 더…….'

한숨을 내쉰 나는 완전히 힘이 풀린 아마노의 손아귀에서 벗어나 주름을 펴기 위해 교복을 탁탁 치면서 사과한다.

"……미안하다. 게임부나 텐도에 대해 함부로 말한 것은 사과할게. ……그뿐만이 아니라 그……, 너한테 폭언을 한 것도. 이상한 트집을 잡아서 미안하다."

허리를 굽히며 정중하게 사과하는 나. 아마노는 안절부절못하며 손을 내젓는다.

"우에하라……, 아, 아니야! 그럴 필요 없어! 나에 대한 건 전적으로 내 잘못이야!"

이쪽이 사과하고 있는데 오히려 머리를 연신 숙이며 움츠리는 아마노. ……나 참. 정말이지 맥이 풀린다.

나는 다시 마음을 다잡고 농담이 섞인 핀잔을 주기로 했다.

"그나저나 텐도가 직접 한 제안을 단칼에 거절한 장본인이 게임부를 옹호하는 건 좀 웃긴데?"

내 말에 아마노가 눈을 동그랗게 뜬다. 그러더니 얼굴을 새빨갛게 붉히며 머리를 긁적인다.

"아, 그, 그러네! 아, 음……. 저기……, 그러니까……, 그게 말이지……."

"……풉!"

당황한 나머지 대신할 말을 찾는 아마노를 보며 나도 모르게 웃음을 터뜨린다. 그러자 아마노가 그런 나를 보며 어쩐지 안심한 듯이 소리를 내어 웃었다. ……아, 뭐야. 이렇게 허심탄회하게 이야기를 나누어보니 미스테리도 이해 불능도 무엇도 아닌, 그냥 나랑 똑같은 같은 반 친구잖아? 나는 왜 혼자서 멋대로 짜증을 내고 있었을까.

한동안 같이 웃다가 나는 "그럼……." 하고 말을 꺼낸다.

"나는 게임 센터로 돌아갈 건데 아마노, 너는 어쩔래? 뭐하면 애들하고 함께……."

속죄를 겸한 나의 조심스러운 제안에 아마노가 씁쓸하게 웃는다.

"아니, 역시 그건 조금 난이도가 높아서. 집에서 하고 싶은 게임도 있으니까 오늘은 돌아갈래."

"그래? ……그럼……, 어, 월요일에 학교에서 보자."

"아……. 으, 응! 학교에서 봐!"

친구끼리 헤어질 때 하는 일상적인 인사조차 진심으로 기뻐하며 웃는 아마노. ……젠장, 아마노의 이런 모습은 역시 보기 힘들다. 쑥스러워서 똑바로 볼 수가 없어.

나는 재빨리 그에게서 돌아서며 게임 센터 쪽으로 걸음을 옮긴다.

그런데 몇 발짝 걸었을 쯤에…….

"아, 그러고 보니 말이야!"

등 뒤에서 아마노가 부르는 소리에 돌아본다. 조금 떨어진 곳에서 아마노가 무슨 재미있는 것을 생각해 냈다는 듯이 쿡쿡 웃고 있었다.

뭐야, 기분 나쁘게. 조금 꺼림칙하게 생각하며 묻자 아마노는 웃음을 억누르면서 말했다.

"아까 말한 개미와 베짱이 이야기 말이야. 왠지 우에하라가 혼신의 비유라는 듯이 만반의 준비를 하고 의기양양하게 말했지만, 솔직히 그거 별로 안 와 닿았어."

"뭐, 뭐, 인마? 너 이 자식, 지금 나랑 싸우자는——."

"그렇잖아."

창피한 나머지 팔을 걷어붙이고 되돌아가려는 나를 보며, 아마노는 여전히 실실 웃는 얼굴로……, 그 이유를 시원스레 설명한다.

"친구나 여자 친구와 함께 있기 위해 지금도 열심히 노력하는 우에하라는 말이야, 단물만 쏙 빼먹고 좋아하는 베짱이랑은 정 반대인——굉장히 성실하고 귀여운 개미 쪽 사람이니까."

"————."

그 말을 듣고 자리에 멈춰 선 나. 아마노는 그런 나를 보며 "그럼 내일 봐!" 하고 가볍게 인사를 건네더니, 그대로 등을 돌린 채 서둘러 사라져버렸다.

하지만 나는 한동안 그대로 멍하니 서 있었다. 그리고…….

"……하, 하하……, 그렇구나……. 뭐야, 결국 나는 지금도 개미였구나. ……하하하!"

어쩐지 공연히 웃음이 나서 그 자리에서 큰 소리로 웃는다.

……신기하게도 지금은 중학교 시절의 내가 함께 웃어주는 듯한 기분이 들었다.

"……자, 그럼."

한바탕 웃어 젖힌 후. 최근 몇 년 새 가장 상쾌한 마음으로 돌아서며 왔던 길을 되돌아간다. 그렇게 10미터쯤 걸은 후, 나는 건물 모퉁이를 돌았다. ——그 순간.

"…………."

"…………(멍~)."

"…………."

……예기치 않게 건물 뒤에 몰래 숨어 있는 금발 미소녀——텐도 카렌을 발견하고 말았다. 그러나 그녀는 바로 코앞에 있는 나를 전혀 알아차리지 못한 채 마치 지독한 감기에라도 걸린 듯 열에 들뜬 표정으로 한 곳만 멍하니 바라보고 있었다.

그녀의 시선을 따라가본다. ……정확히 아마노가 돌아간 방향이다. ……음.

'아, 큰일 났네. 엄청난 것을 보고 말았어…….'

나는 바로 이 상황의 「심각성」을 인지하고 무심결에 코끝을 긁적인다.

어쨌든……, 저 모습은……, 누가, 어떻게 봐도…….

'우리 학교의 아이돌이 완전히 사랑에 빠지셨구만…….'

뺨을 붉게 물들이고 눈을 반짝이며 남자가 떠난 방향을 바라보는 순정 소녀가 거기에 있었다.

그녀도 아마 내 뒤를 따라 아마노를 쫓아온 모양이다. 당연히 목적은 게임부로의 권유. 하지만 그곳에서 그녀는 뜻하지 않게 나와 아마노의 말싸움을 목격했고, 그리고…….

'지금까지 고집스럽게 제안을 거절한 아마노가 사실은 자신이나 게임부를 필사적으로 생각하고 마음 써줬다, 라는 장면을 보면 그야 당연히 저렇게 되지.'

설마 이렇게까지 알기 쉬운 「극적으로 사랑에 빠진 녀석」이 현실에 존재할 줄이야. 나와 아구리 같은 경우가 보통이라는 말은 하지 않겠지만 뭐, 사실 요즘 연애라는 게 보통 밋밋하게 시작되는 경우가 대부분이지 않나? 그런데 설마, 우리 학교 아이돌은…….

나는 한동안 그 신기한 광경을 실컷 구경하다가, 이대로 넋이 나간 그녀를 뒷골목에 방치하고 가기도 뭐해서 하는 수 없이 말을 걸기로 했다.

"저기…………, 텐도?"

"…………꺄앗?!"

내가 어깨에 손을 올리자 그녀는 노골적으로 화들짝 놀란다. 나를 확인한 그녀는 빠른 두뇌 회전으로 자신이 처한 상황을 확인하더니……, 순식간에 얼굴을 새빨갛게 물들이며 나에게 소리를 질렀다.

"따, 따따, 딱히 아마노한테 아무런 감정도 없어!"

사랑에 빠진 새침한 소녀가 나타났다! 그녀는 아직도 자각하지 못한 듯하다! ……바보 같아.

"아, 네네. 잘 알았습니다. 그럼 부디 행복하시길."

나는 적당히 대답하며 목례를 한 뒤 그 자리를 떠나려고——.

"자, 잠깐만, 잠깐만 기다려!"

"커컥."

——난데없이 목덜미를 잡혔다. 진짜 죽는 줄 알았다. 목이 막혀 켁켁거리는 나.

하지만 텐도는 나를 전혀 걱정하는 기색도 없이 계속해서 잡아당긴다.

"너, 너, 지금, 뭘, 알고서 그런 말을 하는 거야! 해, 해, 행복하라니, 대체……."

"쿨럭, 쿨럭. ……아……. 응, 내가 보기에는 아마노랑 너, 의외로 잘 어울릴 것 같은데?"

"무슨——."

순식간에 지금보다 더 빨개지며 몸에서 김을 내뿜는 텐도. 좋아, 지금이다.

"나는 이만."

나는 손날로 탁 내려치고는 재빨리 그 자리에서 벗어났다. 다행히도 이번에는 텐도가 쫓아오지 않았다. ……휴.

'……왠지 저 초절정 미소녀가 쫓아와도 의외로 기쁘지 않을 것 같은 아마노의 심정, 지금은 조금 이해가 되네. 저 여자는 분명 성가신 여자다. 어떤 의미로 아구리보다 더.'

나는 팔짱을 낀 채 게임 센터로 향하는 길을 터덜터덜 걸으면서 생각했다.

그리고 다시 게임 센터에 도착했을 때. 나는 어떤 한 가지를 결심했다.

'좋아, 아마노를 괴롭힐 겸 저 두 사람의 사랑을 쓸데없이 응원해주자!'

——내 충실한 고등학교 생활에 또 하나, 새로운 청춘 오락이 늘었다.

*

"아, 타스쿠우!"
"어? 아구리?"
아마노와 헤어진 뒤 게임 센터로 돌아와 다섯 명과 주절주절 수다를 떨다가 슬슬 헤어질까 하던 때, 갑자기 아구리가 찾아왔다. 깜짝 놀라서 쳐다보는데, 그녀가 내 팔에 꼭 매달리며 설명을 한다.
"친구들이랑 다 놀고 집에 들어가려다가 혹시 타스쿠가 있을까 해서!"
"아……, 그래."
마사야를 비롯한 다른 친구들의 히죽거리는 시선에 불편함을 느끼면서 한숨을 쉬며 대답한다. ……난 가끔 여자의 이런 직감이 엄청 무섭더라. 딱히 바람을 피운 경험도 없는데 말이야. 앞으로 다가올 공포의 편린을 느껴서 그런가?
그대로 아구리도 함께 한참동안 잡담을 나누다가, 다섯 명은 슬슬 시간이 늦었다면서 각자의 집으로 돌아갔다.

그리고 나는……, 아구리가 "한 번만! 응? 딱 한 번만!" 하고 조르는 바람에 또다시 게임 센터 앞으로 연행되고 말았다.

나는 지친다는 듯이 어깨를 축 늘어뜨린다.

"좀 봐줘라……. 내가 오늘 게임 센터에 얼마나 많은 돈을 썼는 줄 알아?"

"뭐어? 뭐야, 아구리가 아닌 다른 사람에게 인형을 뽑아줬어?"

갑자기 입술을 쑥 내미는 아구리. ……어라? 웬일이래. 이 녀석, 지금 질투를 하는 건가? 그렇지만 나랑 텐도가 잘 어울린다는 말을 아무렇지도 않게 하는 녀석이잖아. 뭐지?

나는 다소 의문을 느끼면서도 지갑에서 100엔짜리 동전을 꺼내며 설명한다.

"뭐래. 남자랑 쓸데없이 게임 센터 안에서 게임 순회를 했을 뿐이라고."

내 말에 아구리가 이번에는 "진짜?!" 하고 몹시 아쉽다는 듯한 반응을 보인다.

"보고 싶었는데! 아구리도 타스쿠가 다른 게임을 하는 걸 보고 싶었어!"

"뭐? 늘 보면서 새삼 뭘……."

크레인 게임에 100엔을 투입한다. ……아구리는 여전히 토라져 있다.

"치……. 아구리가 아닌 사람하고……, 게임……."

'……어째 오늘따라 이상하게 저기압이네, 이 녀석.'

진짜 희한하네. 언제나 바보처럼 아무 생각도 안 하고 헤실거리더니.

……그렇지만 내 감정의 변화라는 점에서 보자면 확실히 여자 친구인 아구리와 있을 때보다 아마노와 보낸 시간 쪽이 더 변화가 컸을지도 모른다. 그런 의미에서라면 질투하는 심정을 이해 못 하는 것도 아니지만, 딱히 아구리에게 그렇게까지 자세한 설명을 하지도 않았는데.

'나……, 진짜 왜 아구리와 사귀고 있는 걸까…….'

싫다거나 그런 것은 아니고 귀엽다고 생각하기는 하지만……, 그것으로 충분한가? 결코 BL쪽 의미는 아니지만, 원래는 그냥 같은 반 친구인 아마노와 그렇게 신 나게 싸우고 난 뒤인 만큼 여자 친구에게 제대로 속내를 보이지 않고 있다는 점이 묘하게 마음에 걸린다.

나는 크레인 게임 안을 훑어본다. 아구리가 오늘은 그때 그 괴상한 고양이의 다른 버전을 원하는 모양이다. 또 한 번 상표에 걸기 위해, 이번에는 신중을 기한다.

나는 천천히 상황을 확인하면서……, 심심한 차에 아무 생각도 없이 아구리에게 질문을 했다.

"있잖아, 아구리."

"왜 부르세요, 바람둥이 타스쿠 씨?"

아직도 삐쳐 있다. 오늘, 이 녀석 대체 왜 이래? 나는 무시하고 질문을 계속했다.

"너 말이야……, 내 어디가 좋아서 고백했냐?"

"응?"

이제야 화내는 것을 잊고 어리둥절해하는 아구리. 그러고 보니 이런 이야기는 처음 하는 것 같다. 연애 초기에는 궁금했지만 내 입으로 그런 질문을 하기가 쑥스러워서. 그리고 정작 친해지고 나서는 대충 어영부영 지내는 바람에 그쪽에 관한 관심을 아예 잃어버렸다.

노릴 위치를 정한 나는 신중하게 버튼을 조작하기 시작한다. 먼저 세로 방향.

"타스쿠를 좋아하게 된 이유? 어라? 내가 아직 말 안 했나?"

"어."

좋아, 세로 방향은 완벽해. 남은 건 가로인데…….

아구리 쪽을 한 번 쳐다본다. ……여전히 아무 생각도 하지 않는 듯한, 마치 게임을 하고 있을 때의 아마노와 비슷하게 맹한 얼굴로 웃고 있다. 연애 이야기를 하면서 기분이 완전히 회복된 모양이다. ……단순한 녀석. 어차피 나한테 반한 이유도 얼굴이 취향이었다든가, 그런 이유겠지.

크레인 게임 쪽으로 다시 신경을 돌린 나는 조심스럽게 가로 버튼에 손가락을 댔다.

"타스쿠를 좋아하게 된 이유는 말이야. 당연히 타스쿠가 멋있으니까야!"

봐, 내 말이 맞잖아. 결국 성공적인 고등학교 데뷔 덕분이네. 그런 의미에서 보자면 내 노력이 틀리지 않았다는 증명이기도 한데…….

나는 내 예상이 맞았다는 것에 대한 만족과, 그와 동시에 어째서인지 약간의 실망을 느끼며 가로 버튼을 눌러 크레인을 이

동시켰다. ……좋아, 조금만 더, 조금만 더 가서 스톱하면 정확히 인형 바로 위——.

"중학교 때 아구리에게 인형을 뽑아준 타스쿠가 진짜 멋있었기 때문이야!"

"————."

인형 위를 한참 지나 끝까지 이동하고 만 크레인. 아구리가 "아, 뭐 하는 거야, 타스쿠!" 하고 항의를 하는 가운데.

나는 이미 헛되이 날아간 100엔 따위는 안중에도 없었고, 그저 멍하니 아구리를 바라보았다.

씩씩거리며 실수한 나에게 따지는 아구리를 보며 내가 조용히 묻는다.

"너랑 내가……, 중학교 때 만났다고?"

내 질문에 아구리가 크레인 게임 쪽을 바라보더니 아깝다는 기색으로 적당히 대답한다.

"만났어! 아, 그 당시의 아구리는 검은 머리를 땋아 늘어뜨리고 동그란 안경을 쓴 촌스러운 아이였기 때문에 지금하고는 전혀 다르지만 말이야! 그렇지만 타스쿠도 변했으니까 피차일반이야!"

"어……, 어?"

검은 머리를 땋아 늘어뜨린 촌스러운 아이? 내가……, 인형을 뽑아줬다고?

'어……, 그러고 보니…….'

그래, 맞아. 그런 일이 있었던 것 같다. 중학교 3학년 여름 무렵. 수험 공부에 지쳐서 도망치듯이 이 게임 센터에 들어왔을 때. 아무 생각 없이 크레인 게임에 도전했다가 인형을 뽑은 것까지는 좋았는데……. 크기가 커서 그것을 들고 집에 갔다가 엄마한테 들키면 혼나겠다 싶어서 이걸 어찌 해야 하나 고민하고 있을 때. 수수하고 얌전해 보이고 딱 봐도 게임 센터에 익숙하지 않은 듯한 귀여운 여자아이가 인형을 가지고 싶다는 듯이 뚫어져라 쳐다보고 있어서. 그래서 나는…….

아구리가 이쪽을 돌아보며 웃는 얼굴로 말을 잇는다.

"그때부터 아구리는 계속 타스쿠를 좋아했어. 그 뒤로도 가끔씩 이 게임 센터에서 타스쿠를 찾아다녔어. 타스쿠가 가끔씩 이 게임 센터에 와서는 어쩐지 굉장히 즐겁다는 듯이 한 게임만 하다가 돌아가더라고. 아구리는 그런 타스쿠가 굉장히 좋아서."

매우 가벼운 말투로 말하는 아구리. 그렇지만 그런 그녀의 모습과 반대로 나는 머리를 한 대 얻어맞은 듯한 충격에 휩싸였다.

그럼……, 그렇다는 말은……. 이 녀석은……, 아구리는……, 지금의 내가 아니라…….

"같은 고등학교에 입학한 건 알고 있었는데, 반으로 보러 갔더니 어쩐지 타스쿠가 엄청난 미남으로 변해 있어서 말이야. 그래서 친구한테 물어봤더니 타스쿠는 가벼운 느낌이 드는 여자를 좋아한다고 하기에……, 아구리도 열심히 노력했어. 아, 지금은 이 모습이 마음에 들지만 말이야!"

여전히 바보같이 배시시 웃는 아구리.

나는 그런 그녀의 미소를……, 미소를——.

——왜인지 갑자기 부끄러워져서 똑바로 쳐다볼 수가 없었다!

심장이 쿵쾅쿵쾅 미친 듯이 뛴다! 나도 모르게 손으로 입가를 막고 아구리에게서 시선을 돌리지만 그녀의 웃는 얼굴이 뇌리에 박혀서 한시도 떨어지지 않는다!

'뭐야, 이거! 대체 뭐야! 왜 내가, 새삼 아구리에게, 심장이 터질 듯이 긴장이나 하고——! 주, 중학교 때부터 계속 보고 있었다고? 그때부터 나를……, 진정한 나를, 좋아했다고? ……이, 이, 아구리가?'

"? 타스쿠? 왜 그래?"

어리둥절한 목소리로 묻는 아구리. 힐끔 그녀를 본다.

……두근.

'미치겠다, 뭐야, 이거. 아, 아, 아구리가 이렇게 귀여웠나?!'

지금까지 아구리를 어떻게 대했는지 하나도 기억이 안 난다.

나는 나도 모르게 아구리에게서 도망치듯이 그 자리를 떠났다.

"오, 오늘은 여기서 그만 헤어지자! 아, 아구리도 얼른 집에 가!"

"뭐어? 타스쿠우, 안 데려다줄 거야?"

"너, 너희 집은 상점가 쪽이라 밤에도 전혀 위험하지 않잖아! 그럼 월요일에 보자!"

나는 아구리의 불만에 찬 목소리를 뒤로하고 서둘러 그곳을

떠난 뒤, 열이 나는 얼굴을 식히고자 빠른 걸음으로 거리를 걸었다.

그렇게 어느 정도 걷다가. 문득 쇼윈도에 비친 나를 쳐다보니 그곳에는…….

'……켁.'

아까 텐도와 똑같이 얼빠진 표정으로 새빨개진 얼굴을 한 사람이——.

다시 말해, 완전히 사랑에 빠진 순정 소년의 얼굴이 떡하니 비치고 있었다.

*

격동의 금요일에서 주말 연휴를 지나 월요일 아침.

이런저런 사정으로 눈 밑에 다크서클을 드리우고 등교한 내가 터덜터덜 2학년 F반 교실에 들어가자, 제일 먼저 마사야네가 "어서 와라!" 하고 활기차게 인사를 건넸다.

나는 하품을 참으면서도 "어." 하고 가볍게 대답한 뒤, 내 자리로 가서 가방을 책상 위에 올려놓는다.

——그리고 나서 문득 교실 한구석을 바라보다가 휴대용 게임기를 만지고 있던 아마노와 눈이 마주쳤다.

어떻게 할까 고민한 것도 잠시, 녀석이 또다시 이상한 배려를 하며 아무 일도 없었다는 듯이 게임기로 시선을 슥 내리는 모습을 보고 울컥하는 나.

……좋아, 결정했다.

쇼지가 여느 때처럼 내 자리에서 비키려고 하는 것을 제지하며 나는……, 다섯 명이 의아하다는 듯이 지켜보는 가운데 아마노 쪽으로 걸어갔다. 평소와 다른 내 행동에 다섯 명뿐만 아니라 반 전체가 주목하는 가운데……, 나는 아마노의 책상에 손을 턱 올려놓았다.

깜짝 놀라 시선을 들더니 게임기에 연결된 이어폰을 빼는 아마노를 보고, 나는 씩 웃으며 말한다.

“좋은 아침이다, 아마노.”

“조……, 좋은 아침, 우에하라.”

그제야 아마노는 내가 저기압인 이유를 알아차린 모양이다. “아하하…….” 하고 계면쩍은 듯이 웃더니 뺨을 긁적거렸다.

“하, 하지만 나 같은 아이가 갑자기 밝게 인사를 하는 것도……, 그렇잖아, 캐릭터라는 것도 있고…….”

“……하아.”

나는 비어 있는 아마노의 앞자리 의자 등받이에 걸터앉으며 “듣고 보니 그러네.” 하고 대꾸한다.

“네가 나를 보고서 씩씩하게 『안녕!』이라고 했다면 그건 그거대로 조금 깼겠다.”

“너무해!”

아마노가 적잖이 충격을 받는 모습을 보인다. 실제로 마사야를 비롯한 다섯 명은 조금 동요한 기색으로 우리 쪽을 살피고 있었으며, 반 전체의 분위기도 조금 어수선했다.

‘뭐 그럴 만도 하지.’

텐도의 방문에 이어 나까지 이러니, 아마노가 이상하게 주목을 받아도 어쩔 수 없다. 조금 미안한 짓을 했나 싶어 계면쩍어하고 있는데, 정작 아마노는 묘하게 기쁜 미소를 지으며 나를 바라보았다.

"하지만 고마워, 우에하라. 지난번에는 같이 게임할 수 있어서 정말 즐거웠어!"

"…………."

변함없이 아구리를 닮은 천진한 미소에 왠지 구원을 받는 나.

이제야 이 두 사람의 공통점이 뭔지 어렴풋이 알 것 같았다.

'항상 이 녀석들의 곁에는 한없이 좋아하는 게 있는 거야…….'

아마노에게는 게임이, 아구리에게는——. ………….

"? 왜 그래, 우에하라? 얼굴이 빨간데?"

"아, 아무것도 아니야! 그, 그런 것보다, 너한테 묻고 싶은 게 있는데 말이야……."

"어? 아, 그래? 뭐, 뭔데……?"

살짝 긴장하며 등허리를 세우는 아마노. ……또다시 내가 무슨 독한 말이라도 하리라 생각한 것일까? ……그러면 이쪽도 말하기가 힘든데.

나는 잠시 침묵한 뒤……, 계속 이러고 있어 봤자 소용없다는 생각에 마음을 다잡고 아마노에게 물었다.

"……패러다임 오브 판타지아의 5장 보스를 못 쓰러뜨리겠더라……."

"어? …………아, 그거!"

시선 끝으로 슬쩍 아마노를 본다. 그는……, 조금 심하다 싶을 정도로 환하게 웃고 있었다. 적극적으로 설명하는 아마노.

"그 보스는 말이야, 아무리 싸워도 못 이겨!"

"지는 이벤트인가? 아니, 그렇지만 지면 그냥 게임 오버가……."

"아니, 그게 아니라 기술을 특정 순서로 써야만 해."

"어……? 아, 맞다! 그러고 보니 초반에 그런 대화가 있었어!"

나도 모르게 흥분한 듯이 책상 위로 손을 올려놓는다. 미치겠네, 지금 당장 시도해보고 싶어! 무엇보다 그건 내가 오랜만에 밤까지 새워 가며 한 RPG라고! 다음으로 넘어갈 방법을 안 지금, 솔직히 수업이고 뭐고 얼른 집으로 가고 싶은 마음이 굴뚝 같다!

아마노는 몹시 즐거운 듯이 웃었다.

"그거 진짜 알기 힘들다니까. 솔직히 나도 인터넷에서 공략을 본 거야."

"아, 나도 그러려고 했는데, 왠지 보면 지는 느낌이 들어서 말이야. 한번 보기 시작하면 저항감이 없어지겠지만……, 그 한 번이 좀."

"아, 뭔지 알 것 같아! 때로는 스포일러도 당하잖아."

"그래, 맞아! 자세한 스토리는 쓰여 있지 않지만, 의외로 던전 이름만으로도 스포일러가 되는 경우가 있지!"

"맞아, 맞아! 그것도 조금 생각해서 글을 썼으면 좋겠는데 말이야. 뭐, 보는 쪽이 잘못이라면 잘못이지만. 또 공략 정보를 검색하는 과정에서 살짝 스포일러를 당하는 경우도 있잖아."

"있지, 있어! 『캐릭터 명 배신』 처럼 검색어 기록으로 나오기도 하고!"

"흔한 일이지!"

시끄럽게 떠들며 게임 이야기로 꽃을 피우는 나와 아마노. 그러다가 반 아이들이 웅성거리는 소리를 듣고서는 두 사람 모두 부끄러워서 작게 기침을 한다. ……어, 잠깐?

"…………."

돌아보니 교실 입구에서 금발 미소녀가 들여다보고 있었다. 나를 보고 어쩐지 분한 듯 이를 악문다.

'아항~. 보아하니 아마노를 게임부로 영입하는 것은 포기했지만 『이 내가 친구가 없는 그 아이와 가볍게 게임 이야기라도 나눠줄까?』 하고 자연스럽게 거만한 생각을 하며 교실에 와보니, 하필 이 타이밍에 『게임 이야기를 나눌 친구』 포지션을 나에게 뺏겼다거나? 뭐, 그런 것이겠지. ……재미있네, 우리 학교 아이돌은.'

"? 왜 그래, 우에하라?"

"어? 아니, 또 텐도가 와 있기에……."

"어?"

내 재촉에 아마노가 교실 입구를 본다. 그러자 텐도가 당황한 기색으로 그 자리에서 쌩하니 사라져버렸다. 아마노가 어리둥절해했다.

"어……. 지, 지금 그건 뭐지? 혹시 나……, 텐도에게 엄청 미움을 받고 있나?"

아무래도 자신이 게임부 입부 권유를 거절한 일이 신경 쓰이는 모양이다. 나도 모르게 웃음이 터졌다. 아마노가 고개를 기울이며 나를 본다.

"아니, 아무것도 아니야. 너희가 진짜 재미있어서."

"재, 재미있긴 뭐가! 남의 일이라고! 아아, 텐도를 화나게 해 버렸어. 사, 사과를 해야겠지……?"

어이쿠, 그러면 곤란하지. 좀 더……, 좀 더 재미있어져야 해!

"아, 됐어, 안 해도 돼. 텐도가 먼저 이야기를 걸 때까지 그냥 내버려 둬."

"우에하라, 갑자기 왜 텐도에게 엄격하게 굴어?!"

"응? 아니, 엄격하다기보다 이런 경우에는 조금 더 애를 태우는 편이 효과적이라고나 할까……?"

"애, 애를 태워? 효과적?"

아마노는 여전히 감을 못 잡는 듯하다. 나는 킥킥 웃은 뒤 의자에서 일어난다.

"뭐, 신경 쓰지 마. 그럼……, 나 간다, 아마노."

"아, 응. 잘 가, 우에하라."

아마노는 빙긋 웃으며 나에게 인사를 건넨 뒤 다시 즐겁게 게임기를 내려다보았다.

………….

"아……, 저기, 아마노……."

"? 어? 왜 그래, 우에하라."

나는 아마노에게 등을 돌린 채 목덜미를 주무르면서, 지금 막 생각났다는 듯이 말을 건넨다.

……사실은 이쪽이 본론이면서. ……굉장히 쑥스러워서.

나는 잠시 뜸을 들이다가……, 이 말이 본론임을 들키지 않도록 조심스레 아마노에게 물었다.

"또 게임 이야기, 물으러 와도 되냐?"

"어……."

슬쩍 얼굴만 돌려 그의 모습을 살핀다. 그러자 아마노는……, 그, 게임을 하고 있을 때 보았던 미소보다 더 행복한 미소를 지으며 힘차게 고개를 끄덕였다.

"응! 대환영이야! 또 와줘, 우에하라!"

"……그래."

손을 휙휙 흔들며 다섯 명이 있는 쪽으로 돌아간다. ……그 후로는 결국 여느 때와 다름없는 우리다. 아무것도 달라지지 않는다. 나는 반 중심에서 신 나게 떠들며 지내고, 아마노는 변함없이 혼자 교실 한구석에서 게임에 매진한다. 친구라고 해도 될지조차 알 수 없는 미묘한 관계. 아구리와의 사이 역시, 연인이라는 우리 두 사람의 관계 자체는 아무것도 달라지지 않았다.

게임에 관한 생각도 그다지 바뀌지는 않았다. 여전히 나에게는 친구를 사귀는 일과 다른 오락의 우선순위가 훨씬 높다. 아마노와는 다르다.

……그렇지만.

"? 타스쿠, 왜 그래?"

"어? 뭐가?"

평소와 똑같이 멍하니 수다를 떨고 있는 가운데, 느닷없이 다이키가 나에게 말을 걸었다.

평소에 묘하게 똑똑한 구석이 있는 그가 지금은 어쩐지 이상하다는 듯이 나를 쳐다보고 있다.

"아니, 왠지 오늘은 즐거워 보여서. 좋은 일이라도 있어?"

"좋은 일? 아니, 그런 대단한 일은 별로……, 아."

"뭔가 짐작이 가는 거라도 있어?"

"어, 있어. 진짜 우스울 정도로 작은 일이지만 말이야."

"? 뭔데?"

고개를 갸웃하며 묻는 다이키에게 나는…….

나는 쑥스러워하며 대답했다.

"요즘 게임이 재미있더라고."

【호시노모리 치아키와 엇갈림 통신】

"으아…………, 굉장하다."

컴퓨터에 연결시킨 게임 패드를 조작하면서 나도 모르게 감탄사를 흘렸다.

화면에 비치는 것은 최근에 나온 화려한 대작 게임……, 이 아니라.

있는 소재와 기본적인 RPG 인터페이스로 구성된 데다가 어쩐지 정겨운 도트 그림으로 표현된, 슈퍼 ㅇ미컴 시대를 방불케 하는 1인 개발 게임.

이른바 프리 게임이라는 것이다.

인터넷에서 무료로 배포되는, 대다수는 개인이 취미로 만든 게임. 그중에서도 현재 내가 하고 있는 것은 가장 대중적인 PRG 제작 툴을 이용해서 만든 어드벤처 게임 중 하나다.

화면 구성은 RPG의 구성과 똑같지만 전투나 성장 요소는 거의 없다. 어디까지나 순수하게 탐색과 수수께끼 풀이, 그리고 시나리오를 즐기는 것이 목적. 프리 게임으로서는 흔히 있는 타입이지만, 그만큼 그 퀄리티는 천차만별. 그리고 이 게임의 퀄리티는 어떠냐 하면…….

"음……, 여기서 이건가?"

주인공인 어린 여자아이를 조작하여 아이템 창에서 아까 입수한 아이템 『죽음의 열쇠』를 사용해 《독의 방》으로 들어간다.

――그러자 그 앞에 펼쳐진 것은 벽 한가득 파묻혀 있는 사람

의 얼굴이 징그럽게 꿈틀거리면서 알아들을 수 없는 신음을 흘리는 공간이었다.

"……오오, 변함없이 제정신이 아니네……."

나는 침을 꿀꺽 삼킨다. 참고로 제정신이 아니라는 표현은 내 나름대로 칭찬이다.

실제로 이 게임……, 이라기보다 이 제작자가 만드는 게임은 정말이지, 매번 이해할 수가 없다. 중반까지는 평범하게 이야기가 전개되며 눈에 뜨이는 버그나 오자도 없어서 참 잘 만든 게임인데…….

애석하게도 「막장 전개」가 많다.

게다가 앞 내용과 이어지는 막장 전개도 아니다. 다른 게임이 시작됐다 싶을 정도로 정말 앞뒤 맥락이 없고, 나중에 무슨 도움이 될 만한 힌트가 있을까 싶어도 결국 부질없는 희망. 전반에 했던 게임 전개는 대체 무엇이었나 생각하게 된다.

당연히 큰 인기는 얻지 못했다. 이 사람이 만드는 게임은 아무래도 호불호가 심하게 갈린다. 다만 두 번째 게임만은 작풍이 비교적 부드럽고 이상한 막장 전개도 없으며, 의외일 정도로 무사히 결말이 났기 때문에 한순간 프리 게임 부분 인기 랭킹에 올랐었다. 나도 그 게임을 통해 이 사람을 알게 된 것이지만…….

그 두 번째 작품을 제외하면 하나의 예외도 없이 모든 게임이……, 좋게 말하면 독창적. 나쁘게 말하면,

"대체 뭘 말하고 싶은지 하나도 모르겠어."

라고밖에 표현할 길이 없는 산물. 누군가의 악몽을 그대로 구

현한 듯한 세계관이다.

하지만 이런 작품은 오픈 마인드인 프리 게임 세계에서 의외로 컬트적 인기를 자랑하기도 하지만……, 뭐라고 할까. 이 사람의 게임은 그만한 「날카로움」도 없다고 할까.

작품을 들여다보면 「전반에는 그럭저럭 재미있었던 이야기가 중반에 막장 전개로 무너지면서 흐지부지하게 엔딩」이라는 패턴이 반복된다. 그 특색 있는 막장 전개 시나리오는 물론이거니와 고찰해볼 정도의 「깊이」가 없어서 딱히 사람들과 이야기할 마음도 들지 않는다.

절정 없음, 결말 없음, 의미 없음, 기분도 나쁨, 이 네 박자(완전히 내 독창적인 평가)를 고루 갖춘 작풍, 그것이 바로 이 작가――《노베》의 특징.

그렇지만 나는 이상하게도 이 《노베》가 만든 게임이 좋았다.

이유가 뭐냐고 물어도 딱 잘라 대답할 수 없다. 앞서 말한 결점은 나 역시 정말 결점이라고 생각하고 있고, 막장 전개에서 "이건 아니잖아……."라며 두 손을 든 경우도 종종 있으며, 가끔은 악평에 더 공감하는 부분이 많을 정도지만.

그래도 나는 역시 《노베》의 신작을 고대한다.

멍하니 작가에 대한 생각을 하면서 주인공을 조작하여 무시무시한 《독의 방》을 탐색하는데, 벽에 묻혀 있는 얼굴들이 제각각 떠들어댔다.

"휴대전화 회사의 CF는 미묘하게 어긋나 있지." "아이스크림이 맛있어 보이지만 노래는 됐어요." "왜 무턱대고 실사화하는 거야?" "초대 코드 글을 리뷰라고 인정할 수는 없어." "이제 와서 대형 DLC를 내 봤자 소용없어." "프리미엄이라고 붙이면 고가로 인정받는 풍조." "스포츠 만능과 예능감은 완전 별개의 것." "『이 작품에서는 인터넷과의 연동 기능을 강화』라니. 에휴." "네가 인기 없는 건 아무리 생각해도 네 잘못이야."

"독설이라는 의미의 《독의 방》이었어?!"

화면에 대고 혼잣말로 따지면서도 어째서인지 씩 웃고 마는 나.

그래, 이 감각이다. 제대로 설명은 할 수 없지만, 나는 왜인지 이 작가의 게임을 하고 있는 동안 늘 이상하게 실실 웃고 있다.

망작 게임을 좋아한다든가 하는 즐거움과도 조금 다르다. 조금 더 직설적으로 평가하자면 진심으로 이 사람이 만든 게임의……, 세계관이 마음에 드는 것이다.

예를 들면 텍스트의 표현이나 그래픽, 음악 삽입 방식 같은 매우 자잘한 부분인데.

그것들이 하나하나 내 마음에 확 와 닿는다고나 할까?

간소한 개발 블로그에 가끔씩 업데이트되는 내용으로 유추할 수 있는 인간성도 내 공감을 십분 불러일으켜서, 이렇게까지 감성이 맞는 사람이 세상에 존재할 수 있을까? 하고 놀랄 정도다.

분명 나는 이 작가의 「인성」이라고도 부를 만한 부분을 좋아하는 것 같다.

그렇지만 나이나 성별은 철저하게 불명. 인터넷상에서는 자주 있는 일이지만, 사적인 블로그 내용까지 꼼꼼히 얼버무리고 있는 것을 보니 상당히 조심하고 있는 모양이다. 유일하게 알 수 있는 정보라고 한다면 이 《노베》라는 닉네임 정도.

당연히 교류가 있을 리 없다. 가끔 이쪽에서 블로그 댓글란에 신작의 감상(기본적으로 칭찬)을 남기거나 블로그 글에 공감 댓글을 쓰기는 하지만, 그런 댓글에조차 한 번도 반응이 없다. 그렇지만 나는 《노베》의 그런 무뚝뚝한 부분도 좋으니 이미 훌륭한 말기 신자다.

"어디 보자. 다음은……, 이쪽인가?"

《독의 방》을 한 차례 탐색한 뒤에 다시 주인공을 다음 방으로 이동시키자, 그곳은 어째서인지 심해였다. ……평범하게 저택을 탐색하고 있었을 텐데 지하로 내려가는 묘사도 없이 느닷없이 심해의 방. 기막혀하면서도 일단 주위를 탐색——.

——그다음 순간, 갑자기 나타난 거대 해파리에게 먹혀서 죽는 주인공!

"어?"

황당하기 그지없어서 순간 어안이 벙벙했지만, 그래도 이 정도의 즉사 이벤트는 이 작가의 게임에 자주 있는 일이다. 당황하지 말고 조금 전에 세이브한 곳부터 다시 하면 그만이라고 생각하며 조용히 타이틀 화면을 기다린다. ……하지만 아무리 기다려도 게임 오버 표시가 나타나지 않는다. 화면 중앙에는 주인공을 잡아먹은 해파리가 계속 비치고 있다.

"…………"

설마 싶어서 조심스럽게 패드의 십자 키 왼쪽을 누른다. 그러자――.

――거대 해파리가 왼쪽으로 한 걸음, 움직였다.

"이런 주인공 교체가 어디 있어!"

열렬한 신자인 나마저도 화면에 대고 버럭 화를 낸다. 그러자 옆방에서 "혀, 형, 왜 그래?" 하고 걱정스럽게 묻는 동생의 목소리가 들린다. 나는 "아, 아무것도 아니야"라는 말만 하고 다시 게임 화면으로 시선을 돌렸다.

확인을 위해 패드 키를 상하좌우로 눌러본다. 지시대로 움직이는 거대 해파리.

나는 잠시 동안 그것을 어이없이 쳐다보았지만 이내 다시 히죽 웃으며 게임을 재개했다.

그대로 한동안 해파리로 게임을 진행하다가……, 문득 무의식중에 작게 중얼거린다.

"정말이지, 대체 어떤 사람일까……. 《노베》……."

물론 인터넷상에서 하는 활동은 보통 만들어 낸 인격&익명으로 한다는 것을 알고는 있지만.

그래서 더욱 《노베》를 향한 내 관심은 사그라지지 않았다.

*

"야, 아마노! 《노베》의 게임, 진짜 재미없더라!"

어느 날 아침. 교실에 씩씩거리며 뛰어 들어온 우에하라는 자기 자리에 들르지도 않고 바로 내 자리로 오더니 난데없이 큰 소리로 불평을 늘어놓았다.

나는 우선 씩 웃으며 "안녕." 하고 활기찬 아침 인사를 시도해본다. 하지만 우에하라는 그 인사에 대꾸도 하지 않고, 다른 반 아이도 술렁거릴 만큼 험악한 표정으로 나를 추궁했다.

"네가 재미있다고 추천하기에 나는 믿었다고! 확실히 초반의 『호러 탐색물』 단계에서는 마구 투척된 수수께끼나 여러 복선을 보고 기대에 부풀어 있었는데!"

"응, 초반이 꽤 재미있지?"

"그래! 그뿐만이 아니라 중반에 갑자기 게임이 『낚시 게임』으로 변하는 막장 전개에도 상당히 동요하기는 했지만 『뭐, 하지만 아마노가 그렇게 강추했으니까 후반에는 이야기가 다 맞물려서 감동적인 결말로 흘러가겠지…….』라고 내 자신을 다독이면서 꾹 참고 플레이를 계속했단 말이야!"

"오, 나는 곧바로 포기하지 않는 우에하라의 그런 점이 장점이라고 생각해."

나는 최대한 그를 달래고자 칭찬을 해보지만 효과는 없었고, 우에하라는 "그런데……, 그런데!" 하고 부들부들 주먹을 떨더니 내 책상을 탕 내려치며 눈물이 고인 눈으로 소리쳤다.

"마지막에는 제법 큰 블랙 배스를 잡은 아저씨가 우쭐해하는 표정으로 어탁과 사진을 찍고 엔딩이라니, 이게 대체 뭔데!

어?! 초반에 나온 유령 저택의 수수께끼는 어디로 가버렸냐고!"

"이야, 정말로 재미있지."

"뭐가?! 네 감성은 너무 레벨이 높아! 완전히 졸작이잖아!"

"아, 응, 뭐, 그렇기는 해."

천연덕스럽게 대답하는 나. 머리를 쥐어뜯으며 절규하는 우에하라.

"그건 또 인정하는 거냐! 그럼 왜 나한테 추천했어! 악의야? 악의인 거야?!"

"그럴 리가! 10퍼센트는 선의였어!"

"90퍼센트는 악의라는 거잖아! 제길, 돌려 내! 『아메 ㅇ크』를 포기하면서까지 그 망작을 플레이한 내 밤을 그대로 돌려 내라고!"

"아, 진짜 재미있더라, 어제 『게임을 좋아하는 연예인』."

"너는 봤냐!"

우에하라가 목을 꾹꾹 조른다. ……아아, 하지만 행복하기 그지없다. 완전히 포기하고 있던 고등학교 생활인데, 이렇게 친구끼리 하는 것처럼 투닥거릴 수 있다니. 꿈만 같다. 정말로 꿈같아……, 꿈같……, 이렇게 주변에 꽃밭이 펼쳐져 있고……, 어? 저쪽에 있는 사람은 사진으로만 봤던 증조할머——.

"잠깐, 진짜로 죽겠어!"

나는 허겁지겁 우에하라의 손을 뿌리친다. 그러자 그는 분노한 얼굴로 "진짜로 열 받았다고!" 하고 대답했다. 그, 그렇구나, 진짜로 화가 났구나. 큰일이네, 친구와 거리를 재는 감이 완전히 녹슬었어.

나는 조금 시무룩한 모습으로 우에하라에게 사과했다.

"미, 미안. 아니, 90퍼센트 정도의 확률로 안 맞을 줄은 알았지만 뭐라고 할까, '우에하라라면 혹시나…….' 하는 기대감에."

"뭐? 아……, 뭐, 원인을 따지자면 대화 도중에 내가 너한테 『마니악한 추천 게임』을 물은 게 발단이기는 하지……. 나도 심하게 화내서 미안하다."

머리를 긁적긁적 긁으면서 그렇게 말한 우에하라는 내 앞자리에 털썩 앉는다. 나는 스마트폰을 책상에 올려놓고는 다시 한 번 우에하라에게 "미안해." 하고 사과했다.

우에하라는 "됐다." 하고 한숨을 푹 쉬면서도 "그래도 말이야." 하고 말을 이었다.

"그런 거에 매력을 느끼는 네 감성을 진짜 손톱만큼도 이해할 수가 없다."

"아……, 뭐, 그럴지도……."

굳이 반박은 하지 않는다. 사실 인터넷에서도 나 말고 《노베》의 작품을 절찬하는 사람을 본 적이 없으니.

나는 쓴웃음을 지으며 대답한다.

"아니, 사실은 나도 진짜 너무한 게임이라고는 생각해."

"그렇지? 기본적으로 네 게임 취향은 나랑 별반 다르지 않잖아. 사실 네가 지금까지 추천해준 건 전부 딱 내 취향이라 재미있었고. 그래서 그 부분에서는 엄청 신용하고 있었거든?"

"고마워."

게이머에게 그보다 더 과분한 칭찬은 없다. 하지만 우에하라는 내 책상에 팔꿈치를 올려놓으면서 나를 빤히 쳐다보았다.

"하지만 그래서 더욱 그 게임을 추천한 의도를 모르겠어. 심술로밖에 안 보인다고."

"아……, 그러네……."

"야, 야야, 부정은 안 하는 거냐?"

한 방 먹은 표정을 짓는 우에하라. 나는 뺨을 긁적거린다.

"음……. 뭐, 부정할 수가 없네. 뭐라고 할까, 그 매력을 말로 설명할 수 없어. 조금 건방지게 말하자면 아는 사람만 한다고 할까? 음식의 호불호와 마찬가지로."

"음식이라……. 내 생각에는 호불호를 논할 수준이 아니라 이미 음식인지조차 의심스럽다. 애당초 게임의 기본이 안 돼 있어."

"그럴지도. 하지만 나는 좋아해."

"……블랙 배스를 낚은 수염 난 아저씨를?"

"그게 아니라. 좀 더 세세한 부분들이 전부 좋다고 할까? 세계관 같은 거 말이야."

"이해가 안 간다……."

우에하라는 그렇게 말하더니 의자 등받이에 체중을 싣고 머리 뒤로 깍지를 끼며 몸을 앞뒤로 흔들거린다. ……뭐, 솔직히 나도 더는 설명할 길이 없다. 하지만 굳이 아직 사용하지 않은 아름다운 비유를 든다면…….

나는 "풋." 하고 웃은 뒤 조금 멋있는 척을 하며 말해본다.

"말하자면 이건 사랑 같은 거야, 우에하라. 머리로는 이해할 수 없지."

"……동정이 여자 친구가 있는 사람에게 뭘 우쭐대며 말하는 거야?"

"윽!"

아마노 케이터의 마음에 1억 대미지! 나는 부끄러운 나머지 홍당무가 되었다!

"그, 그런 게 아니야! 더 순수하게 이어진 마음을 이야기하는 거라고! 그, 그야, 우에하라는 여자 친구와 그……, 더 깊게 이어져 있겠지만 말이야."

"어?"

"응?"

내 말에 어째서인지 우에하라가 어리둥절해하더니……, 잠시 후 나와 막상막하로 얼굴이 빨개지기 시작했다. 그대로 시선을 휙 돌리는 우에하라. ……설마…….

"어……. 내가 알기로는 우에하라, 지금 여자 친구와 벌써 반 년 정도 사귄 걸로……."

"아, 그래! 중요하지, 마음을 잇는다는 건! 그게 전부지, 암!"

"…………."

어라? 혹시 우에하라는 굉장히 가벼워 보이지만 의외로――.

"그, 그러는 너는 어떤데, 너는!"

우에하라가 부끄러움을 무마하려는 듯 불쑥 묻는다. 나는 무심코 고개를 갸우뚱했다.

"나? 아니, 그러니까 《노베》하고는 아무런 교류도……."

"그게 아니라! 텐도하고 말이야, 텐도!"

난데없이 생각지도 못한 인물의 이름이 튀어나와 진심으로 어리둥절해하며 고개를 갸웃하는 나.

"텐도? 어? 텐도가 왜? 게임부와의 교류라면 가끔씩 복도 같은 데서 미스미랑 만나서 인사한 다음에 가벼운 잡담 정도는 하지만……."

3학년들과는 만날 일이 없고. 당연히 원래부터 구름 위의 존재인 텐도는…….

"텐도하고는 조금 우울할 정도로 접점이 없는걸?"

뭘 이제 와서, 라는 어투로 내가 대답한다. 그러자 어째서인지 우에하라는 노골적으로 어이가 없다는 표정을 지었다.

"너, 지금……, 진심으로 하는 말이냐?"

"응? 진심인데……, 혹시 나보고 부딪쳐서 깨지고 오라는 소리야?"

"아니, 그런 이야기가 아니라. ……너 말이야, 그 뒤로 텐도를 자주 보지 않았어?"

"? 아, 응. 그야 일방적으로 보기는 하지. 이상하게 한 번 교류를 해서 그런지 전보다 더 눈에 잘 들어오더라고. 아……, 나 너무 여자 같다."

기분 나쁜 자신의 모습을 깨닫고 조금 침울해진다. 나는 여전히 마음속 어딘가에서 텐도에게 미련이나 가능성이라도 느끼고 있는 것일지도 모른다. 참 답도 없는 중2병 환자다.

내가 한심한 미소를 지으니 우에하라는 더 어이없다는 기색을 보였다.

"너……. 둔감한 건 아니지만 자기 자신에게 자신감이 너무 없어서 감성이 약간 빗나간 것 같다."

"? 빗나가? 어……, 아. 《노베》의 게임에 대한 견해를 말하는 거야?"

"아니, 그런 이야기가 아니라 텐도의……. 뭐, 됐다. 그건 그것대로 재미있으니. 하지만 엇갈림이 지나쳐서 그대로 멀어지지는 말아라."

"? 엇갈림? 아, 괜찮아, 최근에 게임에서 멀어진 우에하라는 모르겠지만 3DS의 엇갈림 통신 대응 거리가 생각보다 길어."

"……아, 그러냐."

우에하라는 별로 관심이 없다는 듯이 대답한다. ……뭐지? 대화가 묘하게 어긋나 있는 것 같아. 이게 오타쿠 게이머와 현실에 충실한 사람 사이에 있는 메우기 힘든 구멍이라는 것일까?

——그때, 문득 아래를 내려다보니 스마트폰 소셜 게임에서 구원 요청이 와 있었다. 우에하라에게 잠시만, 이라고 말한 뒤 확인하자 역시 《MONO》에게서 온 요청이었다. 가볍게 퀘스트를 깨면서 우에하라와 대화를 계속하려고 하자, 그가 살짝 흥미로운 듯이 화면을 들여다보았다.

"아, 우에하라. 혹시 관심 있어? 그럼 초대해줄 테니까——."

"아니, 아니야. 내가 관심 있는 건 그쪽이라고, 그쪽. 그……, 뭐더라. 텐도의 제안을 거절한 요인 중 하나인……."

"응? 아, 《MONO》 말이야?"

"그래. 얼굴이나 프로필을 모르는 상대와 묘하게 마음의 교류가 있다는 것은 뭔가 그, 운명처럼 느껴지잖아."

우에하라는 의외로 로맨틱한 성격인 듯하다. 나는 쓴웃음을 지으면서 대답한다.

"상대가 미소녀였다거나 그러면 꿈은 있겠지. 뭐, 하지만 나는 《MONO》만큼은 아저씨라도 전혀 상관없어."

"어……, 너 혹시 그쪽 취향……."

우에하라가 진심으로 깬다는 표정을 짓고 있다. 나는 황급히 정정했다.

"아, 아니야! 나는 그저 게임 이야기를 즐겁게 할 수 있다면 상대가 남자든 여자든 상관없는데……, 오히려 남자인 쪽이 더 의식하지 않고 떠들 수 있겠다 싶어서."

"아하……, 과연. ……정말 너한테는 게임이 전부구나……."

"그렇지 않아. 나도 하늘에서 미소녀가 떨어지지 않을까 늘 생각하고 있다니까?"

"그건 그것대로 너무 게임 감성이야."

"그렇다고 두근두근 메○리얼처럼 내 파라미터를 올리는 데 애쓰는 근성 같은 건 전혀 없지만 말이야! 어느 날 뿅 하고 나타난 상대가 무조건적으로 좋아해주기를 기대하고 있어!"

"이거, 완전히 쓰레기잖아!"

우에하라는 기가 막히다는 듯이 깊게 탄식하더니 내 스마트폰 화면을 멍하니 바라보았고, 잠시 후 구원 요청 퀘스트를 깨자 질문을 툭 던졌다.

"……그런데, 네가 쓰는 그 닉네임 같은 건 왜 《춋치》야? 나는 아마노(雨野)니까 당연히 《레인》이나 그런 걸로 지을 줄 알았는데."

그 질문에 나는 이런 것을 보이면 부끄럽구나, 하고 쑥스러워하면서 대답한다.

"솔직히 RPG에 나오는 용사에게는 레인이라든가 케이타라는 이름을 붙이기도 해. 하지만 인터넷상에서는 뭐라고 할까, 나 자신과는 조금 멀리하고 싶어서……."

"아, 그 마음이 뭔지 알겠다."

"그래서 엄마의 옛날 성이 《츠치야마》라 츳치로 한 거야. 《야마》도 쓰기는 써."

"아하……. ……어쩐지 대화 주제로 쳐도 이상하게 발전이 없는 유래구만. 재미없다."

"내버려 둬!"

우에하라가 또다시 한숨을 푹 쉬며 고개를 절레절레 흔든다. 그리고…….

"역시 너희의 러브 코미디를 즐기려면 일단 아마노, 너의 재활 훈련이 시급해 보인다."

"응? 러브 코미디? 재활 훈련?"

무슨 이야기지? 우에하라가 눈을 깜박거리는 나를 묘하게 진지한 눈빛으로 바라본다.

"잘 생각해보면 텐도는 나조차도 넘보기 힘든 상대야. 하물며 지금의 너로는……, 아무리 텐도가 먼저 적극적으로 다가온다해도 이렇게까지 한쪽이 떨어지는 관계라면 바로 와해될 것이 뻔하다. 네가……, 너무 벌레 같아."

"응, 무슨 이야기인지는 모르겠지만 일단 시비를 건다는 것만큼은 잘 알겠어. 잠깐만 밖으로 나와, 우에하라. 마리O 파티로 승부다!"

"네 대결 방법은 너무 미적지근해! 자자, 오해하지 말고 진정해봐, 아마노. 나는 그냥……, '텐도에 비해 너는 진짜 민달팽이 이하다' 라는 이야기를 했을 뿐이라고."

"응, 지금 그 뉘앙스는 전혀 오해할 수가 없네! 자, 마○오 파티로 승부──."

"헐? 너, 혹시 네가 텐도와 대등하다고 생각하는 거야?"

"아, 죄송합니다. 확실히 저는 텐도에 비하면 진드기의 배설물 이하였네요."

처음으로 생긴 친구가 들이댄 잔혹한 현실에 시무룩해진 나. 이런 모습을 보고 나서야 우에하라는 조금 당황한 기색으로 위로했다.

"아니, 너보고 풀이 죽으라고 한 말은 아니야. 아까도 말했듯이 재활 훈련……, 다시 말해 서서히 아웃사이더 생활을 청산하기를 바라는 거지."

"어?! 그 말은 그럼, 드디어 우에하라의 여자 친구나 다른 친구들에게 나를 소개한다는──."

"…………."

어쩐지 딱 봐도 굉장히 어색하게 눈을 피했다. ………….

우에하라가 헛기침을 하며 말을 잇는다.

"아, 아니, 사실 너한테도 엄청 어려운 일일 거 아냐."

"뭐, 그건 그렇지."

사실 아까 한 말은 반쯤 농담이다. 이 내가 우에하라가 있는 그룹에서 즐겁게 떠들고 있는 광경은 도저히 상상이 안 된다.

사람과 사귀는 일에는 서로 양보하고 다가가는 노력이 필요하다고 생각하지만, 노력이나 고통만 가득한 인간관계라는 것은 역시 이상하다.

그럼 대체 우에하라는 내가 어떻게 하기를 바라는 것일까.

도저히 알 수가 없어서 내가 가만히 있자……, 우에하라는 은근슬쩍 짓궂게 웃으면서도 지극히 가벼운 말투로 제안을 내놓았다.

"너와 마찬가지로 게임이 취미인 얌전한——《여자아이》랑 이야기를 해보자, 아마노!"

"…………."

그 무섭도록 현실에 충실한 사람다운 발상에, 나는 떨림과 현기증을 느낄 수밖에 없었다.

*

"좋아, 아마노. 목표는 A반의 《호시노모리 치아키》다. 듣자하니 그 여자도 너와 동류이고 게임을 좋아하는 오타쿠 계열 아웃사이더인 모양이더라."

방과 후. 종례가 끝나자마자 독자적인 사교 네트워크로 빠르게 여자에 대한 정보를 입수한 우에하라가 내 자리로 찾아왔다.

나는 노골적으로 질린다는 태도로 우에하라를 노려본다.

"아침에도 말했지만 무조건 싫어. 그런 헌팅 같은 건……."

그러나 우에하라도 질세라 인상을 찌푸리며 나를 노려보았다.

"야, 인마. 무슨 소리를 하는 거야. 친구를 사귀기 위한 첫걸음은 생판 남과 대화하는 것이라고. 누구나 기본적으로 다 똑같아. 그야 어느 정도는 헌팅 같은 느낌도 나겠지."

"그, 그야 그렇지만……. ……그, 그렇다고 해도 왜 여자인데!"

"응? 그야 당연히 네 최종 목표는 텐도와의――."

거기까지 말하다 말고 우에하라가 갑자기 화들짝 놀란 기색으로 머리를 긁적인다.

"아……, 아니……. 그래, 맞아. 왜냐하면 게임과 관련된 동성 친구는 이미 미스미라고 하는 친구가 있잖아. 나하고도 잘 놀고 있고."

"그야……, 그렇, 지만."

하지만 마스미는 「친구」라고 딱 잘라 말하기에는 솔직히 조금 먼데. 우연히 만나면 대화를 나눌 뿐, 일부러 연락을 주고받는 사이도 아니니.

그렇지만 그런 미묘한 뉘앙스를 알 도리가 없는 우에하라는 쉴 새 없이 떠든다.

"왜, RPG에서도 같은 적만 계속 쓰러뜨리면 습득 경험치가 줄잖아. 그것과 마찬가지야. 새로운 적에게 도전함으로써 더 크게 성장할 수 있는 거라고, 아마노."

"왠지 그 『좋았어, 게임을 좋아하는 아마노에게 RPG를 비유로 들어 멋지게 설명했다』라는 느낌이 여실히 드는 뿌듯한 얼굴이 엄청 열 받는데."

"너는 왜 그런 비굴한 부분에서만 날카로운데! 차라리 평범하게 둔감한 주인공보다 더 안 좋은 특성이라고, 그거!"

"어차피 나는 학생1 같은 엑스트라 캐릭터니까. 우에하라 같은 주인공 캐릭이 아니랍니다람쥐."

"짜증 나! 자기 비하만 하는 아웃사이더 오타쿠 동정 자식, 짜증 나! 너, 그러다가는 백 년, 만 년이 지나도 텐도에게――."

"? 텐도에게?"

왜 여기서 텐도의 이름이 나오지? 하고 나도 모르게 고개를 갸웃하는 나.

그러자 우에하라는 순간 아차 하는 표정을 보이더니 시선을 피하며…….

"……테, 텐도에게 계속 《거대 민달팽이》라고 불린다!"

"텐도가 뒤에서 나를 그렇게 불러?!"

엄청난 쇼크다! 특히 저렙 몬스터 중에서도 가장 약하면서 귀여운 《슬라임》이 아니라 굳이 《거대 민달팽이》를 선택했다는 점에서 명확한 악의와 경멸이 느껴진다!

나는 경악하면서도 우에하라에게 대답했다.

"그, 그건 조금 슬프네……. 하다못해 《거대 쥐》 정도까지는 승격시켜 줬으면 좋겠는데……."

"그, 그래, 그렇지? 그 기준은 잘 모르겠고……. 뭐, 솔직히 거짓말이지만…….”

“어? 뭐라고?”

“아니, 아무것도 아니야.”

“거짓말이라는 말이 들렸는데.”

“여기서는 그냥 난청이 있는 주인공으로 있으면 된다고! 왜 들리는데! 러브 코미디로 성립이 안 되잖아! 플래그도 자각했으면서 꺾어버리고! 넌 진짜로 주인공 《적성》이 없어! 이벤트를 일으키는 주인공 《특성》은 쓸데없이 많으면서!”

“나, 나, 지금 왜 혼나고 있는 거지?”

혹시 뭔가 잘못 들었나? 그런가 보네. 우에하라가 굳이 그런 거짓말을 할 필요가 어디에 있어. 게다가 바로 「거짓말이지만」이라고 중얼거릴 이유도……, 양심의 가책 같은 게 아니고서야 없지. 응, 반성하자.

나는 기합을 넣은 뒤 다시 진지하게 우에하라의 눈을 바라보았다.

“아, 알았어, 우에하라. 아무리 그래도 《거대 민달팽이》는 아닌 것 같아. 그러니까 나는 우에하라를 믿고서 재활 훈련을 해볼게! 그……, 호시노모리? 그 사람하고 말해볼래!”

“그, 그래! 알아주는구나, 아마노! 그럼 얼른――.”

“응! 자, 그럼 우에하라, 나에게 그 여학생을 소개…….”

“――얼른 가서 호시노모리라는 애한테 말 걸고 와, 아마노!”

“……어?”

우에하라는 어째서인지 어깨에 가방을 메고 이쪽을 향해 손을 척 든다. ……어라? 저 모습은 마치 평소에 하는 작별 인사

같은데…….

"나는 아구리랑 게임 센터에서 놀면서 성공을 빌어줄게! 그럼 내일 보자!"

"…………어?"

우에하라는 얼이 빠진 나를 거들떠보지도 않은 채, 어느새 교실 밖에 와 있는 피부가 살짝 가무잡잡한 귀여운 여학생……, 아구리인가 하는 여자 친구로 보이는 사람(어째서인지 늘 멀리서 노려보고 간다)과 같이 쌩하니 교실을 떠나고 말았다.

……다시 말해……, 나는 지금부터 혼자 모르는 여학생에게 말을 걸러 가야만 한다. 단순히 친해지기 위해. ……음음, 뭐야. 그러면 결국…….

자리에 혼자 오도카니 남겨진 나는 가방을 꽉 쥐면서 무의식 중에 중얼거린다.

"뭐야, 그건 누가 봐도 이미 헌팅이잖……."

………….

그 무섭도록 현실에 충실한 사람다운 발상에 나는 떨림과 현기증과――.

――추가로 메슥거림과 두통, 덤으로 경직까지 느낄 수밖에 없었다.

*

'큰일이다. 배가 뒤틀리기 시작했어.'

복도를 나와 A반으로 향하는 길에 무심코 아랫배를 문지른다. 마치 납을 흘려 넣는 것 같은 둔통. 그렇지만 이 통증만큼은 정로환이나 위약으로도 낫지 않을 것이다.

'왜 내가 이렇게까지 하면서 헌팅에 도전하려고 하는 걸까…….'

신발장이 아니라 A반 쪽을 향해 멋대로 움직이는 다리를 나 스스로도 이해할 수가 없다. 그렇게 강한 결의가 있는 것도 아니고 진심으로 싫은데도 내 다리는 도무지 설 기미를 보이지 않는다.

그래도 걸음을 옮기면서 필사적으로 이유를 생각하니 동기로 추측되는 것이 몇 가지 짚였다.

'우선 우에하라가 한 제안이라는 점이 컸어. 간신히 생긴 친구니까. 게다가 그 나름대로 나를 생각해서 한 제안이고. 또……, 타이밍이 안 좋게도 오늘은 취향에도 맞지 않는《노베》의 게임을 하게 만든 빚도 있으니…….'

틀림없이 그는 내일 학교에 오면 맨 먼저 나에게 결과를 물으러 올 것이다. 그러면「결국 시도조차 못 했다」라는 대답은 친구로서 답답할 정도로 한심하다. 적어도「A반에 가봤지만 이미 돌아갔더라」정도는 말하고 싶다.

'그리고 또……, 텐도 때문인 것도 있나…….'

그것이 두 번째 큰 이유.

그녀의 호의를 무시한 일은 아직도 내 안에서 질척거리고 있는데. 그런 가운데 다시 게임과 관련된 인간관계를 만들 수 있는 기회가 생긴 지금, 이번에는 도망치면 안 된다는 느낌이 든다고 할까? 게다가 우에하라의 이야기를 곧이곧대로 받아들이는 것은 아니지만, 다시 한 번 텐도와 만나 사과한다고 해도 《거대 민달팽이》 취급을 받는 관계성으로는 제대로 된 이야기를 할 수 없다. 조금은 더 나은 내가 되지 않으면 안 된다.

마지막으로 앞의 두 개에 비하면 아주 사소한 마음이지만…….

'단순히 게임을 좋아하는 사람과 대화를 나누고 싶다는 마음은 있어.'

우에하라와 대화를 나누면서 실감했는데, 역시 다른 사람과 게임 이야기를 하는 것은 즐겁다. 실력을 키운다거나 고급 정보를 교환한다거나 하는 것이 아니라……, 어떤 게임을 좋아한다, 재미있었다 하는, 그런 「사소한 게임 이야기」를 주절거리는 시간이 얼마나 행복한지.

문득 깨닫고 보니 뒤틀리던 복부의 통증이 조금 가라앉았다.

……응, 이 상태라면 갈 수 있겠어. 힘내자, 아마노 케이타. 무슨 나쁜 짓을 하러 가는 것도 아니잖아. 고등학교 생활을 성공적으로 시작한 우에하라를 본받아서 당당하게 가자!

가슴을 펴고 구부러진 등을 곧추세우며 어찌어찌 A반 앞까지 온 나는 침을 꿀꺽 삼킨다.

방과 후라 문은 열려 있고, 한 걸음만 내딛으면 안에 있는 학생들의 시야에 들어가는 거리. ……지금 생각났는데, 내가 다른 반에 방문하는 일조차 처음이다. ……다리가 떨린다.

'괘, 괜찮아! 방과 후라 학생이 그렇게 많지도 않을 테고, 텐도와 달리 나 같은 게 교실에 들어가도 아무도 주목하지 않을 거야! 응! 얼른 들어가자!'

나는 결심을 굳히고 씩씩하게 한 발을 내딛어 입구에서 교실 안의 모습을 들여다보았다. 예상대로 교실 안에 남아 있는 학생은 적었고, 또 일부러 이쪽에 주목할 만한 사람도 거의 없었다.

내가 휴, 가슴을 쓸어내리며 다시 교실을 둘러보는데, 그 순간——.

"아." "아."

——금발 벽안의 초절정 미소녀와 눈이 마주치고 말았다. 그제야 나는 그곳이……, 2학년 A반이 텐도도 속해 있는 반이라는 사실을 기억해 낸다.

교실 한가운데 자리에서 다른 학생들에게 에워싸여 있는 학교 아이돌. 놀라는 그녀의 표정을 보고 다른 학생들의 시선이 슬금슬금 내 쪽으로 모이기 시작한다. ……큰일이네.

나와 텐도에 관한 소문은 이 반에도 어느 정도 퍼졌는지, 갑자기 교실이 소란스러워졌다. 나는 반사적으로 뒤로 물러나며 몸 절반을 감춘다.

그러자 늘 당찬 인상의 텐도까지 묘하게 동요한 표정으로 내 쪽에서 시선을 돌리나 싶더니, 어째서인지 허둥지둥 머리를 정리하고 작게 기침을 한 뒤 평소보다 더 새침한 표정을 지었다.

'? 어어……, 저건 어떤 반응이지?'

우에하라가 말한 대로 《거대 민달팽이》로 인식해서 보이는 반응인가? 가만히 보니 텐도는 「아마노 따위 전혀 신경 쓰지 않아!」라는 듯한 노골적인 태도로 주위 사람들과 잡담을 계속하면서도 이따금씩 눈만 이쪽으로 돌려 힐끔힐끔 살핀다.

'뭐, 뭐지? 저 모습을 어떻게 해석해야 하는 거야?'

이, 일단 굉장히 민망한 것만큼은 확실하다. 텐도는 물론 그녀가 그런 보기 드문 반응을 보이니 둘러싼 사람들까지 예민한 모습을 보이기 시작했다. ……나, 요즘 적이 점점 늘고 있네.

시무룩해졌지만 나는 이제부터 어떻게 해야 할지 고심한다.

'뭐, 오늘은 목적이 다르니……. 그래, 학교 아이돌을 건드려서 괜히 긁어 부스럼을 만들 필요는 없지.'

빠르게 결론을 내린 뒤 다시 교실 안으로 들어가 주변을 둘러보며 호시노모리를 찾는다. 하지만 당연하게도 「게임을 좋아하는 얌전한 여자아이」 정도의 정보만으로 알아볼 수 있을 리가 없다.

나는 잠시 망설이다가 눈을 딱 감고 가장 가까이에 있는 여학생 두 명에게 말을 걸어본다.

"저, 저기요……?"

"네, 네……?"

필요 이상으로 흠칫거리는 반응을 보인다. 조금 침울하지만 이것은 내가 기분 나빠서가 아니라 주목을 받고 있기 때문이라고 스스로 다독이며, 용기를 내어 상대의 눈을 본다.

――그런데 내가 질문하기도 전에 다른 여학생 한 명이 먼저 질문을 던졌다.

"호, 혹시 텐도에게 무슨 볼일이 있어?"

"어?"

그녀의 질문에 교실 안에 있는 여학생 몇 명이 새된 소리를 지른다. 텐도의 모습을 살펴보자 그녀는 여전히 새침한 표정을 지으면서도……, 아까보다 훨씬 더 자주 내 쪽을 힐끔거리며 묘한 기대를 품은 듯한 강렬한 시선을 보내고 있었다.

나는 그 의도를 알 수 없었지만……, 텐도에게 최대한 폐를 끼치지 않고자 황급히 쓴웃음을 지으며 손을 내저은 뒤 살짝 힘주어 강하게 부정한다.

"아, 아뇨, 아니에요. 나는 텐도에게는 일절 관심이나 볼일이 없어요!"

순간, 교실 한가운데서 쿵, 둔탁한 소리가 울려 퍼진다. 뭔가 싶어 봤더니 놀랍게도 텐도가 책상에 이미를 찧고 있었다! 어, 뭐야?! 왜?!

나뿐만이 아니라 교실 전체가 동요하는 가운데, 텐도가 천천히 머리를 들더니 아무 일도 없었다는 듯이 평소와 똑같은 아케익 미소를 주변에 흩뿌린다. ……어쩐지 무섭다. 테, 텐도가 왜 저러지? 혹시 몸이라도 안 좋은가?

일단 텐도가 일어나자 교실 분위기는 원래대로 돌아왔다.

그 타이밍을 노려 여학생이 생각났다는 듯이 나에게 되묻는다.

"아, 저기, 텐도에게 볼일이 있는 거 아니었어? 소문으로는 분명……."

그 질문에 고개를 끄덕인 내가 있는 힘껏 미소를 지으며 대답했다.

"네. 오늘은 텐도가 아니라 다른 여자아이를 만나러 왔어요."

〈쿵!〉
아까보다 더 묵직한 타격음이 교실 안에 울려 퍼진다! 돌아보니 텐도의 이마가 책상에 살짝 박혀 있었고, 그곳에서 연기 비슷한 것까지 올라오고 있다! 테, 텐도?!
이제는 그 자리에 있는 사람들이 모두 숨을 죽인 가운데, 그녀가 이번에는 가면을 연상시키는 비틀린 미소를 지으며 천천히 고개를 들더니……, 주위에 있는 반 친구들에게 "잠시만 실례할게."라고 말하고는 자리에서 일어났고……. 믿을 수 없게도 웃으면서 나에게 다가왔다!
'으엑?! 왜, 어째서?! 왜 텐도가 내 쪽으로 오는 거야?! 지난번 만남이 그랬던 만큼 어색한데! 아직 《거대 민달팽이》에서 벗어나지 못했는데!'
전혀 예상치 못했던 상황——안전지대 주변에서 경험치를 올리려고 했더니 느닷없이 보스전에 들어간 듯한 상황에 몹시 혼란스러워하는 나.
A반 학생들이 뚫어져라 지켜보는 가운데 텐도가 내 앞까지 오더니, 더욱 입꼬리를 끌어 올려 웃으며 말했다.
"오랜만이네, 아마노."
"오, 오, 오, 오랜만이에요, 텐도……."
덜덜 떨며 긴장하는 나. 어째서인지 식은땀이 멈추지 않는다. 그녀는 처음 만났을 때보다 더욱 어려운 존재로 느껴졌다. 들떠서 하늘에 날아오를 것 같았던 그때의 마음이 몽땅 사라지고 이제는 암울한 쪽으로밖에 상상할 수 없는 것이 지금의 나다. 무서워.

마치 교칙 위반의 현장을 선생님에게 걸린 듯이 꼿꼿하게 서 있는 나.

텐도는 그런 나에게 여유로운 미소로……, 그렇지만 왠지 약간 긴장한 것 같기도 한 표정으로 물었다.

"그런데 A반에 무슨 일이야? 여, 여자아이를 만나러 왔다는 말이 들리던데……."

"아, 네. 잠시 A반 여학생을 찾으러……."

"……아, 그래."

"? 네."

어째서인지 잠시 비틀거리는 텐도. ……역시 몸이 안 좋나?

그런데 갑자기 뭔가 떠올랐다는 듯이 그녀가 밝은 표정을 짓더니, 멋대로 이해한 것처럼 들뜬 목소리로 확인을 했다.

"아, 아, 그거네! 아마노는 성실한 사람이니까 분명 위원회 일이라든가, 그런 지극히 사무적인 용무로 우리 반 여학생을 찾아——"

"아, 아니, 그런 게 아니라."

왠지 오해하는 분위기에 나는 당황하며, 엉겁결에 머릿속에서 말을 정리하지도 않고 있는 그대로 목적을 밝혔다.

"그 아이랑 친하게 지낼 목적으로 용기를 내서 A반에 왔어요! 텐도와는 상관없이!"

"…………(비틀)."

"테, 텐도?!"

갑자기 텐도가 웃는 얼굴 그대로 뒤로 쓰러진다! 내가 황급히 끌어안다시피 등을 받히자 반 전체에서 새된 비명이 터져 나왔다. 아니, 아니. 지금은 그런 반응을 보일 때가 아니잖아! 텐도의 지금 이 모습은 누가 봐도 아픈 거잖아! 왠지 이제는 가까이 있는 나를 보고서 얼굴까지 붉히고 있고! 그뿐만이 아니라 입은 공기를 원하는 금붕어처럼 빠금빠금…….

"으! ~~! 흑~~! 바, 바……."

"바?"

텐도가 무슨 말을 했다. 내가 고개를 기울이며 귀를 가까이 대자, 그녀는…….

그녀는 눈에 눈물을 그렁그렁 매달고서 느닷없이 크게 소리를 질렀다!

"바람둥이이이이이이이이!"

"으악?!"

나를 밀치고 교실에서 빠르게 뛰쳐나간 텐도. ……어? 뭐지? 데자뷔가 느껴지는데. 뭐지, 이거.

'그나저나……, 지금 뭐라고 한 거야? 파란 양동이? ……무슨 말이지?'

가까운 거리에서 느닷없이 울먹이는 소리를 들은 거라 그런지 제대로 알아들을 수가 없었다. 아니, 솔직히 말해 사실은 「바람둥이」라고 들린 것 같지만, 나를 상대로 나올 말은 절대 아니니. 음……, 진짜로 무슨 말이었는지 궁금하다.

그렇지만 주위에 물어보고 싶어도 어째서인지 아까부터 굉장히 따가운 눈총을 받고 있어서 그럴 분위기가 아니다. ……혹시 내가 텐도와 사랑싸움이라도 했다고 생각하나? 사실은 그냥 텐도의 몸 상태가 심각하게 안 좋았을 뿐인데. ……정말이지, 그런 것도 제대로 살피지 못하는 사람들을 같은 반 친구라고 할 수 있겠냐고!

나는 「남의 마음을 제대로 살피지 못하는 둔감한 주인공 같은 감성」에 다소 분노를 느끼면서도 그 덕분에 긴장이 탁 풀렸기 때문에 다시 여학생에게 물었다.

"아, 저기, 그래서 《호시노모리 치아키》라는 사람을 찾고 있는데……. 여기 있나요?"

내 질문에 여학생이 입을 떡 벌리더니 영문을 알 수 없는 말을 한다.

"테, 테, 텐도보다 호시노모리를 선택하는 거야?!"

"네? 어……, 네. 텐도가 아니라 호시노모리예요."

왜 텐도의 이름이 나오는지 모르겠지만 일단 그렇게 대답한다.

어째서인지 또다시 반 전체가 술렁였다. ……뭐지? 뭔데?

여학생은 왠지 감탄한 기색으로 나를 훑어본다.

"지, 진짜로 호시노모리면 돼? 텐도의 저런 모습을 보고도?"

"? 아니, 그러니까 내가 볼일이 있는 사람은 어디까지나 호시노모리뿐이라니까요."

이쯤 되니 어째 짜증이 나네. 나 참, 무슨 말만 하면 텐도, 텐도. 그야 그녀가 인기 있는 사람인 줄은 알지만 말이야. 거기다

가 대체 뭐야, 이 반. 아까부터 내가 말할 때마다 비명 소리가 자꾸 높아지잖아. 텐도의 몸 상태나 걱정하라고! 쳇!

그런 이유로 화가 난 표정을 짓고서 지금 내 안중에 있는 사람은 호시노모리 한 사람뿐이라고 단호히 주장하는 나. 어째서인지 점점 고조되어 가는 반 분위기. ……영문을 모르겠다.

여학생은 남의 연애를 놀리는 친척 아줌마 같은 표정으로 교실 한구석……, F반이라면 정확히 내가 앉는 자리 쪽을 가리켰다.

여학생의 재촉에 시선을 돌리자, 그곳에는…….

'이건……. 우, 우에하라의 정보망, 대단하다…….'

이어폰을 꽂은 휴대용 게임기에 시선을 떨어뜨린 채, 지금 교실에서 일어나는 일은 일절 상관없다는 듯이 게임에 열중하며 행복한 듯이 웃고 있는——.

——누군가와 똑 닮은, 화사함이라고는 조금도 없는 학생1 캐릭터 같은 여자가 앉아 있었다.

*

'마치 지난번 일을 재현하는 것 같네…….'

학생들의 시선을 한 몸에 받은 학생이 교실 한구석에서 몰래 게임을 즐기는 학생에게 똑바로 걸어가는 이 구도.

단 한 가지 다른 점은 내가 텐도와 비교할 수도 없는 소심한 사람이라는 것인데.

'텐도는……, 늘 이런 시선 속에 있구나…….'

그 사실에 새삼 감탄이 나온다. 나는 조금 전에 텐도와 잠깐 접촉했다고 쏟아지는 이목에도 노이로제에 걸릴 뻔했는데……. 텐도는 그보다 더 많은 주목을 받으면서도 늘 당당한 모습으로.

'……정말 알면 알수록 멀게 느껴지네. 그러면서도 또 자신이 좋아하는 것까지 제대로 꿰뚫고 있으니 진정한 의미로 구름 위의 사람이야……. ……나도 하다못해 《거대 민달팽이》에서는 벗어나야 하는데.'

요즘 텐도를 생각하면 이상하게 내 몸이 긴장된다. 두루뭉술한 동경이 아니라 한 명의 인간으로서 진심으로 존경할 만한 사람이라는 것을 알았으니까. ……같은 학년이지만.

나는 마음을 굳게 먹은 뒤 시선에 지지 않겠다며 호시노모리 앞으로 걸어갔다.

그녀는 여전히 이어폰을 낀 채 게임 화면에 시선을 떨어뜨리고 있다.

그 모습을 책상 앞에 서서 내려다보는 나.

………….

"…………흠흠!"

"…………."

……큰일이다. 전혀 알아챌 기미가 안 보여. 게임에 완전히 집중해 있으셔.

'어, 어쩌지? 갑자기 여자아이의 어깨에 손을 대기에도……, 좀…….'

솔직히 나는 내가 먼저 남에게 말을 거는 것이 몹시 서툴다.

그뿐만이 아니라 전화나 문자도 가급적이면 먼저 하지 않는다. ……무의식중에 「방해되는 것은 아닐까」 하고 생각하기 때문이다. 아까 크게 결심해서 여학생에게 호시노모리에 대해 물어본, 그것이 한계.

게다가 이 호시노모리는…….

'어째……, 게임에 푹 빠져 있어서 말을 걸기가 진짜 미안하네…….'

내가 게임을 자주 하는 만큼 이해할 수 있다. 진지하게 세계관에 빠져 있을 때 외적 요소로 인해 억지로 돌아와야 하는 것만큼 흥이 깨지는 일은 없다.

보아하니 호시노모리는 몸을 앞으로 쭉 내민 무리한 자세로 게임을 들여다보고 있었다. 미역을 연상시킬 정도로 웨이브진 긴 머리가 방해되는 햇빛을 차단하듯이 손에 든 게임기를 덮고 있다.

'이미 보라는 듯이 혼자만의 세계네! 어떻게 말을 걸어야 할지 모르겠다!'

나도 교실에서 게임을 하고 있지만 아무리 그래도 이 정도까지는 아니다……, 라고 생각하고 싶다. 뭐, 우에하라에게 물으면 「완전히 똑같다」라는 평가를 들을 것 같지만.

그건 그렇고, 이렇게까지 집중하고 있는 호시노모리에게 차마 게임을 중단하라고 할 수도 없다. 사실 용건이라고 해도 「친하게 지내자」와 같은 실없는 말이고.

나는 호시노모리의 앞자리 의자를 당긴 뒤 등받이에 팔꿈치를 대며 옆으로 돌아앉았다. 솔직히 내 멋대로 남의 자리에 잘

앉지 않는 나지만, 자리의 주인은 이미 돌아간 것 같으니 오늘만큼은 특별이다.

가만히 게임 화면을 들여다본다. 다행히 정면 쪽에는 미역 머리가 별로 없어서 시야 양호.

'어? 저번 주에 나온 《이지스 Ⅷ》이네. 나도 마침 하고 있는데…….'

화면에서는 2D화가 된 주인공 캐릭터가 검을 휘둘러 적을 쓰러뜨리면서 필드를 탐색하고 있었다. 이른바 액션 RPG라는 장르다.

스포일러를 당하는 것만큼은 사양이라고 생각하면서도 조심스럽게 확인하자, 나보다 진행도가 조금 느려서 가슴을 쓸어내리며 다시 그녀의 게임 진행을 지켜본다.

"…………♪"

가까이서 보니 그녀는 생각보다 더 즐거워 보였다. 머리카락 사이로 슬쩍 들여다보이는 입은 즐거운 나머지 방심하여 반쯤 벌어진 상태다. ……솔직히 조금 꺼림칙하기도 하지만 내 입장에서는 정말로 동지라는 느낌이 들어서 어쩐지 매우 기뻤다.

'뭘까……, 나는 다른 사람이 웃으면서 게임을 하는 모습을 좋아하는 걸지도 몰라.'

행복해 보이는 호시노모리의 표정을 봤기 때문일까? 내 긴장도 완전히 풀렸다.

나는 그대로 한동안 그녀가 게임을 하는 모습을 잠자코 지켜보았다.

주인공이 필드를 다니며 저렙 몬스터를 사냥하고 던전을 구석구석까지 탐색한다.

그러다가 문득 주위를 둘러보니, 어느새 석양빛이 가득한 교실에 우리 두 사람만 남아 있었다. 가방은 아직 몇 개 남아 있으니 마침 우연히 사람이 없는 타이밍인데…….

'음……. 말을 걸려면 지금이 가장 좋은 기회……, 겠지…….'

주위의 시선이 없는 이 상황이라면 헌팅의 부담감이 상당히 낮다. ……잠깐, 아니, 아니지, 헌팅이 아니라고!

그나저나 고민되네. 이상하게 들리지 않게끔 첫 마디에는 신중을 기해야 해.

일단 결론을 뒤로 미뤄 두고 다시 그녀가 하는 게임 화면으로 시선을 떨어뜨린다. 그러자…….

'오, 드디어 보스전이네. 오래 걸렸어. 이 던전은 요즘 게임이라고는 생각할 수 없을 정도로 불친절하지. 적도 강한데 세이브 지점이 입구 근처에밖에 없고.'

게임의 마지막 장면을 보니 내 안에서 호시노모리에게 말을 걸어야 한다거나 헌팅이 어쩌고 하는 마음이 확 날아간다.

호시노모리는 긴장으로 침을 꿀꺽 삼켰다. 확실히 여기서 진다면 오늘 방과 후에 플레이했던 부분이 거의 수포로 돌아간다. 게다가 보아하니 호시노모리는 레벨을 상당히 적극적으로 올리지 않아서 던전 안에 있는 저렙 몬스터에게도 약간 고전하는 참담한 상황. 플레이어 스킬도 나와 비슷하니, 게임을 할 줄 알기는 하지만 그렇게까지 잘하는 건 아니다.

'그 보스를 이길 수 있을지 어떨지는 반반 확률일까. 나는 호시노모리보다 레벨을 올린 다음에 도전했기 때문에 오히려 쉬

웠지만 그래도 고전했으니.'

보스 방을 앞에 두고 일단 멈춰 서는 호시노모리. 나도 엉겁결에 등을 똑바로 편다.

그렇게 5초 정도 기다린 뒤……, 호시노모리는 드디어 보스 방으로 들어갔다. 시끄러운 경고 표시 후, 거대한 암석 거인이 주인공 앞을 가로막는다.

"“……(꿀꺽).”"

두 사람은 똑같은 타이밍에 숨을 삼킨다.

먼저 공격 패턴을 확인하고자 보스에게서 거리를 벌리는 호시노모리. 액션 RPG에서 보스를 처음 봤을 때 보이는 정석이라고도 할 수 있는 행동이지만…….

〈쿠릉!〉

"?!"

이어폰 밖으로도 희미하게 들리는 효과음과 함께 동굴의 벽에서 돌로 된 창이 튀어나온다. 이 보스의 짜증 나는 능력 중 하나다. 암석으로 된 벽이나 오브젝트에 다가가면 회피할 수 없는 속도로 창을 만들어 공격한다.

'처음 봤을 때는 꼭 당하지, 이거. 그리고 처음에는 그냥 함정인 줄 알고 다른 벽 쪽으로 이동하다가 또 한 번 당하고.'

그런 생각을 하고 있자니 아니나 다를까, 호시노모리도 다시 한 번 당했다. 자신과 거의 똑같은 행동 패턴이라 무심결에 쿡쿡 웃고 만다.

가만히 생각해보니, 확실히 호시노모리가 지금까지 보여준 플레이는 놀랄 정도로 나의 생각과 일치했다. 동생의 게임 플레이나 인터넷에서 실시간 플레이를 보기도 하지만, 이렇게까지 「나와 생각이 일치하는」 사람은 본 적이 없다. 실제로 이 게임은 자유도가 꽤 높아서 무기 선택이나 파라미터 분배, 기술 취득도 임의대로이다. 그런데 그 배분까지 거의 일치한다.

'아아, 그리고 처음에는 오브젝트에서도 창이 나오리라고는 생각도 못 하다가 또 한 번 당하나.'

"으~!"

호시노모리의 표정에 초조함이 배어 나오기 시작한다. 지금 당한 공격으로 주인공의 체력은 이제 절반 정도. 그리고 이 게임, 기본적으로 보스 전 때에는 회복 수단이 부족하다. 아이템은 사용하지 않고 마법으로만 회복이 가능한데, 소비 MP가 엄청 많이 들고 영창 시간도 길다.

그만큼 레벨 업으로 인한 공격력과 최대 HP 성장은 매우 중요하다.

'큰일이네, 이래서야 힘들겠는걸.'

호시노모리보다 레벨이 높았던 나도 보스 격파는 아슬아슬했다. 그렇게 되면 나와 거의 비슷한 플레이어 스킬&스타일을 가진 그녀의 승률은……, 지극히 낮다.

'그나저나 각오를 다지고 품으로 파고들어 깔짝깔짝 공격을 하는 것은 좋은데. 대미지 판정이 말도 안 되게 넓은 브레스 공격은……. 윽, 역시 당했네.'

마치 내 분신인가 싶을 정도로 같은 실수를 하는 호시노모리.

그녀는 오늘 투자한 모험 시간이 허무하게 날아가는 것이 두려운지 거칠게 숨을 쉬기 시작했지만, 그래도 플레이는 신중하고 치밀해서 한 번 본 공격은 여유롭게 회피하면서도 공격을 퍼붓는다. 보스의 HP가 야금야금 줄어들고 반격에 들어가지만 이미 주인공의 체력은 한 방만 더 맞으면 게임 오버가 되는 상황.

'나와 거의 똑같은 상황 재현! 다만 내 경우에는 레벨이 높았기 때문에 한 번 더 공격을 당해도 아슬아슬하게 버티고 쓰러뜨릴 수 있었지만……, 이 아이의 경우에는…….'

손에 땀을 쥔다는 말은 바로 이런 경우를 두고 하는 말인 것 같다.

나는 이미 호시노모리와 거의 얼굴이 맞닿을 정도로 몸을 앞으로 쑥 내밀고 화면을 들여다보고 있었지만, 여전히 그녀는 집중하느라 알아채지 못한다.

'호시노모리, 한 번 본 공격은 잘 피하지만……. 이 보스는 체력이 줄면 새로운 공격을 퍼붓는데…….'

그것은 한 번 보면 회피하기 쉬운 공격이지만, 이것 역시 처음 보면 죽을 수밖에 없는 공격이라……. 적어도 나는 그 공격에 당했다.

'칫, 여기까지 와서 게임 오버라니. 절대로 그럴 수야 없지!'

나도 함께 게임 진행을 본 탓인지 감정이입하는 게 장난이 아니다!

호시노모리의 표정을 힐끗 쳐다본다. 이 긴장감을 즐기고 있는 기색도 엿보이지만, 그래도 역시…….

'그야 그렇지. 진땀을 빼는 게임 밸런스도 일종의 묘미라지만……, 그 많은 모험 시간을 허공으로 날리는 일은 가능한 피

하고 싶겠지.'

게다가 그녀의 경우에는 무슨 사정이라도 있는지 사람들의 시선이 쏠리는, 쾌적하다고는 할 수 없는 교실에서 플레이를 하고 있다. 실제로 A반 학생들에게 그녀에게 보내는 시선은 그렇게 고운 것이 아니었다. 그런 상황에서 플레이한 모험이 헛고생으로 끝나다니……, 정말 슬플 것이다.

암석 거인이 만세를 하듯이 두 팔을 위로 들어 올리더니 힘을 모으기 시작한다.

"?!"

처음 보는 공격 패턴에 경악하는 호시노모리. 그도 그럴 것이, 기본적으로 이 암석 거인의 공격을 피하려면 오른손 공격에는 왼쪽으로, 왼손 공격에는 오른쪽으로 대응해야 회피가 성립된다.

그렇지만 이제 와서 「두 팔 들기」는……, 순간적으로 몇 가지의 회피 패턴이 떠오르지만 확실한 정답이라는 확신 없이, 결국…….

'무난하게 거리를 벌리고자 뒤로 물러서나?! 나도 그랬어! 하지만——.'

이제 곧 암석 거인의 기 모으기가 끝난다.

호시노모리는 잠시 주저하면서도 조작 스틱을 힘껏 아래로 밀며 긴급회피 버튼을 눌러 뒤로 스텝——.

"앞으로!"

——하기 직전에 나는 무의식중에 소리쳤다!

"!"

그 순간, 호시노모리는 스틱을 반대쪽인 앞으로 밀며 빠르게 앞구르기. 암석 거인의 가랑이 사이로 들어갔다! 그와 동시에 거인의 두 팔이 바닥에 떨어지고, 그 충격파는 화면 전체에 동심원 모양으로 퍼져 나간다.

그렇다……. 거인의 다리 사이라는 유일한 안전지대만 빼놓고.

"지금이야! 공격해, 어서어서!"

"으! ~~~!"

내가 소리 내어 응원하는 가운데, 호시노모리는 큰 공격 직후라 허점투성이인 거인에게 맹렬히 버튼을 연타하며 공격을 퍼붓는다. 그러다가 드디어 거인의 경직 시간이 풀리고 다음 공격 활동으로 들어가려는 그 순간——.

""!""

——마침내 보스의 체력이 다 깎였다.

한순간 정적이 내려앉은 후 요란하게 폭발하며 사방으로 흩어지는 암석 거인.

그렇게 클리어 표시가 나타난 순간……, 우리는 벌떡 일어나서.

서로 눈을 휙 바라보며, 저도 모르게 외쳤다.

""깼다아!""

내 오른손과 호시노모리의 오른손이 짝 마주친다.

꺾이다시피 고개를 든 호시노모리는 다시 보니 의외로 천진난만한 얼굴을 한 귀여운 여학생이었다. 하지만 이내 미역 같은 앞머리가 풀썩 내려오자 순식간에 원래의……, 어쩐지 정체를 알 수 없는 분위기로 돌아오고 말았다.

아, 왠지 조금 아쉽네. 조금만 더 자세히 얼굴을 보고 싶었는……, 잠깐.

"".…………""

정신을 차리고 보니 우리는 서로 손을 마주하고서 멍하니 쳐다보고 서 있었다.

그녀의 왼쪽 귀에서 이어폰이 주르륵 흘러 떨어지고, 흘러나오는 게임 음악이 조용한 교실에 울려 퍼지는 가운데.

호시노모리는……, 모기만한 가냘픈 목소리로 묻는다.

"…………저기……. 저, 누, 누구, 세요?"

"아……, 저, 그러니까……."

그녀의 시점에서 생각해보니.

게임에 몰두하다가 막상 현실로 돌아와 보니, 그곳에 있는 것은 어느새 아무도 없는 교실에서 자신과 매우 스스럼없이 손을 맞대고서 웃고 있는 생판 처음 보는 남자.

이미 헌팅이 어쨌다느니 하는 수준이 아니라 「사건 발생」이라고 보도되어도 전혀 이상하지 않은, 이 쓸데없이 깊게 파고든 첫 만남에.

"…………아…………. 저기, 그러니까…………. 그……, 저……. ……음……."

"…………."

그녀를 위기에서 멋지게 구했던 나의 게임 브레인이었지만……, 지금은 사소한 공략 정보 하나도 제공해주지 않았다.

*

"'…………."'

호시노모리와 둘이서 한산한 버스 정류장 벤치에 나란히 앉는다. 석양빛을 받은 등이 은은하게 따뜻하다.

그 후, 간신히 내 방문 의도를 전하자 그녀는 당황하면서도 집에 가는 버스가 오기 전까지라면 괜찮다는 조건으로 이야기를 들어주기로 했다. 그녀가 늦게까지 남아 있던 이유는 아무래도 동네로 가는 버스가 몇 대 없기 때문인 모양이다.

이렇게 해서 나도 함께 버스를 기다리게 되었는데…….

'큰일이다……, 교실에서 가볍게 대화를 나눈 이후로 제대로 말을 못 꺼내겠어…….'

걸을 때는 그나마 다행이었지만, 막상 앉으면서 마음이 차분해지자 이제야 침묵이 무겁게 느껴진다. 그렇지만 느닷없이 게임 이야기를 꺼내는 것도 조금 그럴 것이다. 나는 일단 무난한 이야기부터 해보기로 했다.

"버스……, 얼마나 더 있어야 오나요?"

내 질문에 호시노모리는 어째서인지 흠칫 떨더니 조금 더듬거리면서 대답한다.

"……아, 그게, 15분 정도, 걸려요. ……하지만……, 그때그

때, 달라서…….”

“저런, 몇 대 없는데 도착 시간까지 일정하지 않다니 힘들겠네요.”

끄덕. 말없이 끄덕이는 호시노모리.

““…………..””

………음. 어쩐지 대화가 끝나버렸다. 호시노모리의 말수가 굉장히 적은 데다가 말도 짧게 한다는 이유도 있지만, 그 전에 대화 주제를 던진 나의 대화 스킬이 몹시 절망적이다. 텐도나 우에하라와 대화를 나누면서 어느 정도 나아진 줄 알았는데 착각이었던 모양이다. 그 두 사람이 위대할 뿐이고 나는 조금도 성장하지 않았다.

아무튼 뭐가 됐든 자기소개가 맨 처음이라며, 나는 어색하게 말문을 연다.

“아, 미, 미안해요. 너무 늦은 인사지만, 나, 나는, F반의, 아마노 케이타라고 해요.”

“아마노……, 라고요?”

“아, 네. 그리고 또……, 음…….”

……매끄러운 도입부가 전혀 떠오르지 않는다. 당연하다면 당연한 이야기다. 친해질 목적이라는 말을 어떻게 하겠어! 부드러운 표현을 쓰려고 해도 내 대인 스킬을 비웃을까 봐 겁난다.

……고심한 끝에 나는 그냥 포기하고 솔직하게 직구로 본론을 꺼내기로 했다.

“호시노모리는……, 게임을, 좋아……, 하지요?”

같은 학년이니 사실은 말을 놓아야 마땅하지만, 나에게는 그런 주변머리가 없다.

질문받은 호시노모리는 고개만 끄덕이며 대답했다. ……미역을 연상시키는 머리카락에 감춰진 눈동자가 어째서인지 나를 의심스럽게 쳐다본다.

그 시선에 안절부절못하면서도 내가 어떻게 대화를 이어 갈지 고민하고 있는데.

뜻밖에도 이번에는 호시노모리가 먼저 나에게 질문을 던졌다.

"저기, 저기요! ……여, 역시, 게임부 사람, 이죠?"

"응?"

정말 예상하지도 못한 말에 반응도 못 한 채로 있자, 호시노모리는 어째서인지 나에게 머리를 숙인다.

"죄송해요. 아무리 찾아와도……, 나, 나는, 게임부에 들어갈 마음이……."

"어? 아, 아니, 잠깐만요!"

"?"

내가 당황한 모습을 보고서 고개를 갸웃거리는 호시노모리. 나는 일단 오해를 풀고자 큰 소리로 말한다.

"나는 게임부가 아니에요. 저기, 입부 권유를 받은 적은 있지만……."

"? 그럼 효부나……, 텐도하고는 관계없다, 는 말이에요?"

"? 효부라는 사람은 모르지만……, 텐도에게서는 나도 전에 게임부 권유를 받았어요. 하지만 호시노모리와 마찬가지로 그,

거절해서…….”

“…………어, 나랑 마찬가지로…….”

조금 놀란 듯이 눈을 동그랗게 뜨는 호시노모리. 그렇지만 놀란 사람은 오히려 나다. 설마 그런 부분에서까지 공통점이 있었을 줄이야.

일단 서로 게임부와의 관계에 대해 자세히 확인하기로 한다. 내가 먼저 텐도와 만난 경위를 대략적으로 설명하자, 그 말을 들은 호시노모리가 어쩐지 조금 뺨을 붉히며 적극적으로 반응을 보였다.

“나, 나도 그래요! 1학년인 효부라는 아이가 권유해서……. 저기, 그래서……, 한 번 견학을 하러 갔는데……, 그랬는데, 저기, 그, 뭐라고 할까…….”

“아, 천천히 이야기해도 돼요.”

빙긋 웃으며 진정시킨다. 마치 텐도와 대화를 나누었을 때의 자신을 보는 것 같아서 호시노모리의 모습이 묘하게 흐뭇하다. ……뭐, 내가 더 나은 사람인 양 말하는 것은 주제넘지만 말이다.

호시노모리는 조금 부끄러운 듯이 물러선 뒤 다시 말문을 열었다.

“……나도 게임부를, 거절했는데……. 이유는……, 그…….”

왠지 굉장히 답답하다는 듯이 말을 찾는 호시노모리. 혹시나 싶은 마음에 내가 먼저 묻는다.

“어쩐지 호시노모리가 생각하는 『게임』하고 실제 부 활동 내용이 달랐다……, 든가?”

"! (끄떡끄떡!)"

내 말에 화들짝 놀라더니 몇 번이나 고개를 끄덕이는 호시노모리. 그 반응에 기뻐하며, 나는 나도 모르게 신이 나서 말을 이었다.

"확실히 게임부가 대단히 훌륭하지만 뭐라고 할까, 우리에게는 너무 눈부시다고나 할까……."

"! 마, 맞아요, 바로 그거예요! 다, 다른 사람과 게임을 하는 것도 즐겁고 겨루기도 하지만……. 하, 하지만, 하지만, 내가 최고가 되고 싶다거나 그런 생각은 전혀 없어서……."

"뭔지 알아! 그렇지만 게임부는 역시 훌륭한 『부 활동』이지."

"(끄떡끄떡!) 그래서 권유해준 효부나……, 반 친구라는 인연으로 한 번 더 제안해준 텐도에게는 정말 미안했지만……, 하지만 그래도……."

"응……. 우리의 안식처인 게임에 관해서만큼은 조금 양보하기……, 힘들지."

"……맞아요……."

정신을 차리고 보니, 우리는 어느새 조금 스스럼없는 분위기로 변해 있었다. 우리는 우에하라가 생각했던 것보다 더 근본이 같은 인종이었던 모양이다.

완전히 긴장이 풀린 나는 자연스럽게 이야기를 본론으로 옮긴다.

"나는 말이야, 심심한 게임 같은 것도 꽤 좋아해. 단순 작업 느낌이 물씬 나는 앱이라든지……."

"아, 알 것 같아요. 멍하니 즐겁다는 것도 중요하죠! 하지만,

하지만, 그렇다고 해서 단순한 게임만 좋아한다는 것도 아니고……."

"맞아, 맞아. 빡빡한 게임도 그 나름대로 좋아해. 로그라이크라든지……."

"음, RTS나 외국에서 만든 핵 앤 슬래시라든가, FPS도 굉장히……, 좋죠?"

"당연하지! 아, 실력은 전혀 없지만."

"네, 나도 실력은 전혀 없어요."

무심결에 둘이 함께 킥킥 웃는다.

'이런 식으로 게임 이야기를 할 수 있는 사람이 있다니……, 오늘은 정말 끝내주게 좋은 날이다.'

나는 지금 천천히 행복을 음미하고 있다. 텐도가 처음 나에게 말을 걸었던 날에도 행복해서 하늘을 날 것 같았지만, 오늘의 이 만남 역시 그때와는 다른 의미로 최고의 행복이다.

자세히 보니 호시노모리 역시 처음에는 숙이고 있었던 고개를 들고서 완전히 밝은 표정으로 흥분한 듯이 내 쪽을 바라보고 있다.

"호시노모리는 의외로……, 라고 하면 무례겠지만, 수다쟁이네."

"아뇨, 전혀 그렇지 않아요. 하지만, 하지만, 그, 친한 사람 앞에서만 말이 많아져서……."

어떡하지? 그 점도 나와 완전히 똑같아. 어쩐지 대화하기가 편하더라. 그리고 말버릇인지 가끔 나오는 「저기, 저기」나 「하지만, 하지만」이라는 반복되는 말에서 필사적인 마음이 느껴져서 묘하게 사람의 마음을 누그러뜨린다. 나는 크게 한숨을 쉬면서 말했다.

"이야, 정말이지, 왠지 굉장히 안심이야. 이상하게 호시노모리가 너무 이성으로 느껴지지 않아서——아, 이, 이런 말도 실례인가? 미안해."

내 말에 호시노모리가 쓰게 웃는다.

"아뇨, 아뇨! 내 말투가 이러니 당연해요! 그……, 다른 여자 아이들의 말투에 아무래도 익숙해지지 않아서. 그러는 사이에 입에 붙어버려서……, 이제 와서 바꾸기도 부끄럽고. 그, 그렇지만, 하지만, 그래서 그게 좋다는 말을 들으면 굉장히 기뻐요."

쑥스러워하면서도 빙긋 웃어주는 호시노모리. ……찡…….

'이런 나와 즐겁게 떠들어주다니……. 큰일이다, 눈물이 찔끔 나올 것 같아.'

고등학교에 입학한 이후로……, 아니, 어떤 의미로 인생을 살아오면서 간절히 바라고 또 바랐던 상황에 감동을 금할 수가 없다.

하지만 그 순간, 도로 끝 쪽에서 버스가 오는 모습이 보였다.

"아, 호시노모리. 혹시 저 버스야?"

내가 몹시 아쉬워하면서도 말하자, 호시노모리는 확인을 한 뒤 "아, 네. 저거예요……." 하고 표정을 살짝 흐리면서 대답했다.

'뭐, 어쩔 수 없지. 다음에 다시 만나서 이야기를 나누면 되니까…….'

그렇게 생각하면서 "그럼 오늘은 이쯤에서……." 하고 말하며 자리에서 일어난다. 호시노모리가 "네……." 하고 일어선 것과 동시에 버스가 정류장에 서더니 앞쪽 출입문을 열었다.

너무 격식을 차리고 배웅하면 호시노모리가 어색할까 싶어서 나는 버스를 등지고 학교로 걸어간다.

'아, 용기를 내보기를 잘 했어. 호시노모리가 또 같이 게임 이야기를 해줄까…….'

뒤에서 푸쉭, 버스 문이 닫히는 소리가 나더니, 곧이어 출발한 버스가 나를 추월했다. 호시노모리가 있을까 싶어서 창을 보았지만 반대쪽 자리에 앉았는지 보이지 않았다.

햇볕 때문이 아닌 다른 이유로 따스함을 느끼면서 혼자 학교로 가는 길을 걷는다.

——그런데 문득 등 뒤에서 누군가가 뛰어오는 기척이 느껴졌다. 이상하네, 아까까지 이 주변에는 아무도 없었는데, 하고 돌아보자 거기에는…….

"어……, 어, 어라? 호시노모리?!"

"아, 아마노."

내 쪽으로 뛰어온 호시노모리는 부끄러운 듯이 눈을 내리깔고, 앞쪽으로 모아 가방을 쥔 손을 꼼지락거리면서 용기를 쥐어짜 내듯이 나에게 말한다.

"저, 저기저기……. 우리 집으로 가는 버스는……, 많지 않아서……, 말이에요."

"으, 응. 알고 있어. 그, 그래서 지금까지 버스를 기다렸잖아……?"

영문을 모르겠다는 혼란스러운 마음 절반과, 뭔가 기대하는 마음 절반으로 가슴이 세차게 두근두근 뛴다.

내가 조용히 다음 말을 기다리자, 호시노모리는 긴 앞머리 너머로도 알 수 있을 만큼 얼굴을 붉히며……, 외치듯이 제안했다.

"저기, 저기! 다음 버스가 올 때가지 한 시간 동안 내 대화 상대가 되어주지 않을래요?!"

그 말과 호시노 모리의 사랑스러움에 순간 넋을 잃는다 .

나는 나대로 허둥지둥 얼굴을 붉히며 힘차게 대답한다!

"기, 기꺼이!"

어쩐지 선술집에서 주문을 받는 멘트처럼 되어버렸다. 간 적은 없지만.

""………."""

나도 모르게 서로 어색하게 웃고 만다.

일단 학교로 돌아온 우리는 여전히 A반에 아무도 없는 것을 확인한 뒤 다시 떠들기 시작했다.

역시 이야기하면 이야기할수록 호시노모리와 나의 기호, 그리고 취미는 놀랄 만큼 공통된 것이 많았다. 혹시 헤어진 남매가 아닐까 생각될 정도였다. 뭐, 실제로 피가 이어진 동생은 나와 취미 기호가 전혀 다르지만. 들어보니 호시노모리에게도 비슷하게 스펙이 높은 여동생이 있다고 하는데, 그런 점에서도 우리는 소름이 끼칠 정도로 닮았다.

그중에서도 특히 게임에 관해서 대화해보니, 예전에 했던 게임부터 그에 대한 자세, 플레이 스타일에 이르기까지 쏙 닮았다고 할 정도로 일치했고.

50분이나 떠들었을 때에는 이미 처음에 느꼈던 긴장감은 어디로 갔나 싶을 정도로 친하고 편한 관계로 바뀌어 있었다.

나는 이미 우에하라를 넘어 동생보다 허물없는 태도로 그녀에게 말한다.

"그러고 보니 말이야, 치아키. 아까 《이지스 Ⅷ》를 하고 있었잖아. 역시 이지스 시리즈를 좋아하는 거야?"

이미 놀랍게도 여자를 이름으로 부르고 있었다. 나답지 않은 데에도 정도가 있다. 그렇지만 그에 반응하는 치아키는 치아키대로…….

"물론이에요! 아, 그래, 맞아. 아까는 진짜 고마웠어요, 케이타."

치아키도 이미 내 이름을 편하게 부르고 있었고, 그 광경은 이미 결혼 직전인 원만한 커플 같았다. 뭐, 마음이 맞는다는 건 이런 것이겠지, 응.

………….

……아니, 냉정하게 생각해보면 아무리 그래도 이상한 급진전이지만, 우리는 서로 지금까지 친구가 전혀 없었던 사람들이다. 갑자기 매우 이상적인 대화 상대가 나타난 이 상황에서 두 사람 다 뇌에서 마약이라도 나오고 있는지, 일종의 몽롱한 상태였던 듯하다.

우리는 마치 술이라도 한잔한 것처럼 얼굴에 홍조를 띤 채, 고양된 목소리로 대화를 계속했다.

……어떤 의미로는 이런 것이야말로 진정한 「꿈과 같은 한

때」라고 하는 거겠지.

우리는 다음 버스 시간을 완전히 잊어버리고서 계속 친밀한 대화를 나누었다.

"그나저나, 이지스 시리즈는 걸작이지, 치아키!"

"응응! 그 시리즈는 나도 좋아해요! 특히 멋진 것은 역시……."

"응, 뭐라고 해도……."

얼굴을 마주 본 두 사람은 어차피 여기서도 마음이 일치하겠지? 하는 기대 아래, 동시에 이지스 시리즈의 매력을 외친다.

"음악이죠!" "캐릭터지!"

…………. ……어?

"" "…………." ""

……두 사람은 멍하니 얼굴을 마주 본다. ……이상하네. 지금 뭔가 의견이 안 맞았던 것 같은……. 아, 아니, 그럴 리가 없지, 응.

나는 조금 일그러진 미소를 지으며 일단 치아키의 이야기에 맞춰준다.

"아, 맞아. 확실히 음악도 최고로 좋지, 그 시리즈."

"으, 응응, 맞아요. 그 시리즈의 매력은 뭐니 뭐니 해도 음악! 음악으로 표현되는 환상적이고 멋진 분위기! 그것이 있기에 통일된 세계관이 구축될 수 있는 거예요!"

"맞아, 바로 그거야."

그 의견에는 나도 전혀 이견이 없다. 이지즈 시리즈의 음악은 확실히 멋있다. 그러나 그와 함께 그 세계관의 근간을 지탱해 주고 있는 것은 역시 그 멋진 캐릭터 조형──.

"유일한 결점은 약간의 *『모에』 요소를 섞은 캐릭터 조형이죠."

"어?"

"응?"

순간 시간이 멈춘 것 같은 감각. 나는 어떻게든 미소를 지으며 "아니, 아니지." 하고 웃었다.

"무슨 말을 하는 거야, 치아키. 매력적인 현지 헤로인들이 있기에 이지스 시리즈가 존재하는 거 아니겠어?"

내 말을 이해할 수 없다는 듯이 고개를 갸웃거리는 치아키.

"? 아, 아직도 농담을. 무슨 말을 하는 거예요, 케이타. 헤로인은 이지스 시리즈의 유일한 결점이잖아요. 특히 후기 시리즈에는 『모에』가 너무 들어갔어요. 『모에』 요소란 게임을 망치는 가장 큰 요소잖아요."

"뭐? 무, 무슨 말을 하는 거야? 『모에』는 모든 미디어에서 최고의 향신료라고. 핵심이라고 해도 좋아. 그야 배분이 잘못되면 대참사가 되지만……."

내 말을 듣고 점점 표정이 일그러지기 시작하는 치아키. 그녀는 필사적으로 웃음을 지으면서 말한다.

"자, 잠깐만요, 케이타. 농담은 그쯤 해 두세요. 『모에』라는

*모에: 일본어로 '싹트다', '불타오르다' 라는 뜻. 본문에서는 애니메이션 혹은 게임 캐릭터의 팬서비스적인 매력 포인트를 가리키는 말로 사용됨.

건 게임에서는 백해무익한 요소잖아요."

그 말을 듣고 나 역시 일그러진 얼굴로 대응한다.

"아, 아니지, 아니지. 농담을 그만두어야 할 사람은 그쪽이지. 『모에』란 남녀는 물론 생물이 아닌 것에도……, 그러니까 만물에 깃든 요소라고. 아무리 강경한 작품에서도 찾아낼 수 있는 멋진 엔터테인먼트 요소. 그것이 바로 『모에』잖아."

"……뭐?"

"……어?"

………….

——교실 온도가 갑자기 2도는 올라간 느낌이 들었다.

*

"대, 대, 대판 싸웠다고?!"

우에하라의 괴상한 비명에, 2학년 F반은 아침부터 갑자기 쥐 죽은 듯이 조용해진다.

나는 주위의 시선을 신경 쓰면서도 뺨을 긁적이며 작게 대답한다.

"응……, 뭐……."

"왜, 왜 그렇게 된 건데……."

내 앞자리에 털썩 앉으면서 위압적인 모습으로 책상에 오른쪽 팔꿈치를 대는 우에하라.

반 아이들의 시선이 간신히 흩어질 때쯤, 나는 우에하라에게서 시선을 돌리고는 밖을 보면서 대답한다.

"……가치관이 달랐다고 할까……."

"뭐? 야, 인마. 호시노모리는 게임을 좋아하는 아웃사이더 여자잖아. 뭐야? 설마 저쪽은 BL게임 전문인 동인녀였다거나, 그런 거였냐?"

"아니, 그런 게 아니라……, 좋아하는 게임은 거의 완전히 일치했다고나 할까……. 게임에 대한 기호는 도플갱어 수준으로 똑같았다고 할까……."

"? 뭐야, 그럼 저쪽은 의외로 생활에 충실하다거나, 아니면 성격이 묘하게 별로였다든가……. 그런 거야?"

"아니, 그것도……. 나와 거의 같은 처지라 이것도 역시 도플갱어라고 말할 수 있다고나 할까? 말투는 솔직히 오타쿠 같지만 그만큼 이성으로 의식하지 않을 수 있어서 매우 즐겁기도 했고, 툭 터놓고 말해서 묘하게 장단을 맞춰주지 않는 우에하라보다 더 내 친구 같다고나 할까?"

"뭐?"

"우에하라, 진짜 좋아해."

빙긋 억지웃음을 지어보지만 그것은 그것대로 기분이 나빴는지, 어마어마하게 우에하라의 노여움을 사고 말았다. 그가 인상을 쓰며 묻는다.

"대체 무슨 상황인지 하나도 못 알아 먹겠네. 뭐야, 그럼 너희끼리 엄청 마음이 맞은 거 아냐? 이미 친구를 넘어 운명이라는 수준 아니냐고."

"응……, 뭐, 그렇기는……, 하지. 사실 처음에는 굉장히 이야기가 잘 통했고……."

우에하라가 정말로 이해할 수 없다는 기색으로 고개를 갸웃거린 후, 대화의 방향을 바꿔서 물었다.

"그래서, 너희는 대체 뭘 가지고 싸운 거냐? 중요한 일이겠지?"

"저기……, 그게……."

나는 다시 우에하라에게서 시선을 돌리고는 그가 가볍게 흘려버리도록 작게 말했다.

"…………《모에》에 대한 생각의 차이로……."

"바보냐!"

엄청 큰 소리로 즉각 부정당하고 말았다. 그는 반 아이들의 시선에도 아랑곳하지 않고 엄청난 기세로 나에게 따졌다.

"뭐야, 그게! 어떻게 처음 만난 여자랑 그런 쟁점으로 대판 싸울 수 있는데!"

"아니, 뭐라고 할까……. 이것이 우에하라와 나의, 압도적인 상대성 커뮤니케이션 능력의 차이, 일까?"

"진짜 다른 의미로 존경스럽다! 나한테는 겨우 한 시간 만에 처음부터 마음이 잘 맞은 운명의 사람, 그리고 세기의 큰 싸움을 하기 전까지 관계를 진전시키는 속도는 없다고!"

"미연시에서 나오는 뻔히 답이 보이는 선택지에서도 깊게 생각하느라 맹하게 틀리는 나니까."

"왠지 너에게 친구가 없는 이유를 조금 알겠다!"

격앙된 후 완전히 질린다는 듯이 한숨을 쉬며 책상에 푹 엎드리는 우에하라.

"텐도며, 호시노모리며……. 도대체 왜 너는 게임을 좋아하는 이상적인 여자와 대판 싸워 대냐……."

"아무리 상대가 여자라도, 난 게임에 관한 일만큼은 절대로 양보할 수 없어!"

"뭘 이상한 데서 남자다움을 보이는데! 아웃사이더 오타쿠 동정 자식이 이상한 자존심을 내세우면 이렇게 되는 거냐!"

"……저기, 우에하라. 방금 내가 한 『양보할 수 없다』는 발언 말이야, 왠지 조금 멋있지 않았어? 이게 소설이었다면 한 줄 띄고 강조할 정도의 명언——."

"너, 진짜 그런 점이 기분 나쁘다고!"

왠지 우에하라에게 호되게 혼났다. ……이상하네. 난 요즘 이렇게 쓸데없는 신념을 가지는 부분이 의외로 미덕이 아닐까, 하고 생각했는데. 아무래도 완전히 착각했던 모양이다. 인간이란 참 어렵구나.

우에하라가 완전히 실망한 눈빛으로 나를 보고 있다. 나는 아주 살짝 항의하기로 했다.

"그, 그야, 텐도와의 일은 완전히 내 잘못이라고 인정하겠지만 이번 일은……, 치아키와 나, 반반이라고 생각해."

"뭐야, 이름으로 부르는 거냐? 대체 하루 만에 얼마나 친해진 거야, 너희. ……뭐, 그건 그렇다 치고, 대판 싸웠으니 분명히 저쪽도 반박을 했겠지……?"

"당연하지. 참고로 싸운 내용을 대충 말하자면 요컨대 게임이

나 다른 미디어에서 《모에》 요소가 있어도 되나 안 되나 하는 논쟁. 나는 많이 있어야 한다는 파. 저쪽은 백해무익하다는 파.”

“응. 그 주제로 대판 싸우다니 아주 짝짜꿍이 잘 맞는 사이라는 건 알겠네.”

“그만해라! 그렇게 짝짜꿍이 잘 맞다니 토할 것 같아!”

내가 팔짱을 끼고 삐친 표정을 지으며 입을 다물자 우에하라는 아주 깊게 탄식하더니……, 몹시 귀찮다는 표정으로 바라보았다.

“그, 뭐라고 할까……. 어쨌든 기본적으로는 마음이 맞았잖아? 그럼 네가 먼저 가볍게 머리를 숙이고 가서 화해해.”

“허! 그런 치욕을 당할 바에는 할복하는 쪽이 더 나아!”

“캐릭터로 봤을 때 전혀 어울리지 않는 무사의 각오를 보일 만큼 싫다 이거냐……. 에휴, 알았다, 알았어. 그럼 오늘 방과 후에는 나도 같이 가줄게. 됐지? 중간에 사람이 있으면 너희도 조금은 냉정하게 이야기를 나눌 수 있을 거 아냐.”

“……………………뭐, 우에하라가 그렇게까지 말한다면 흔쾌히 그리하겠사옵니다.”

“음, 지금 나도 네 친구에서 사퇴하고 싶어졌다. 싫어졌는데, 솔직히 너와 대판 싸운 호시노모리에게는 엄청 관심이 가니까 방과 후에 같이 가주지.”

우에하라는 그렇게 말하더니 매우 나른하게 어깨를 주무르며 자신의 자리로 돌아간다.

‘……뭐, 확실히 중간에 우에하라가 있으면 둘 다 조금은 양

보할 수 있을지도……, 몰라.'

나도 딱히 치아키와 싸우고 싶어서 싸운 것이 아니다. 사이가 좋아질 수 있다면 뭐, 그게 제일이지. 응.

나는 방과 후에 있을 일에 대한 막연한 기대를 안고서 다시 소설 게임을 하기 시작했다.

*

결론부터 말하자면, 완전히 실패였다.

"뭐?! 대체 무슨 말을 하는 거야, 케이타! 《모에》에만 치중한 일본의 게임 업계와 게임성 및 드라마성을 추구하는 외국의 게임 업계! 지금 어느 쪽이 대세인지 잠깐만 생각해보면 알 거 아니야! 바, 바보 멍청이! 이래서 시야가 좁은 꼬맹이는……."

"잠깐, 잠깐만, 치아키여. 그럼 하나만 묻자. 외국 게임을 하면서 『여기에 여자아이가 귀엽기만 하면…….』이라고 생각한 적이 단 한 번도 없어? 아니, 있을 거 아냐. 비록 연애와 관련된 것이 아니더라도 『모에』나 『귀여움』은 중요한 요소 중 하나라고! 그런 것도 이해를 못 하다니, 이래서 속 좁은 미역 머리는……."

"말 다 했어?"

"뭐, 어쩔래!"

"잠깐만, 스톱스톱!"

서로 노려보는 나와 치아키 사이로 우에하라가 끼어들었다.

나는 하는 수 없이 투덜거리면서 물러섰고, 치아키는…….

"……네, 네. 우에하라……."

빰을 발그레하게 물들이며 힘없이 물러난다. ……낯을 가린다든가 원래 소심하다든가 하는 이유도 있겠지만, 이 반응은 확실하게 그것만이 다가 아니다. 이건…….

"흥, 《모에》는 인정하지 않으면서 미남에게는 잘도 반하네, 치아키."

"뭐어?! 그, 그, 그것과 이건 아무런 관계도 없잖아! 아니, 그보다 바, 반했다니……. 그, 그런……, 저절……, 절대……."

우에하라를 힐끔힐끔 살피다가 눈이 마주치면 홍당무처럼 붉어져 고개를 숙이는 치아키.

나는 기가 막혀서 탄식했다.

'뭐……, 중립이라고는 하지만 말싸움을 하는 동안에 우에하라는 기본적으로 치아키 편만 계속 들었으니……. 그럴 수 있지. 잘생겼고.'

왠지 재미없다는 생각을 하고 있는데, 우에하라가 딱 봐도 지친 표정으로 한마디를 한다.

"너희는 왜 보자마자 시비냐……. 아니, 그보다 서로 외모 비하까지는 하지 말자. 그건 아니야. 뭐, 아마노는 확실히 동정 꼬맹이지만."

"이보세요."

전혀 중립적이지 못한 친구를 노려본다. 그는 그런 나를 무시하고 치아키에게 빙긋 웃어 보였다.

"호시노모리의 그 머리, 나는 꽤 마음에 들어. 천연 곱슬머리를 한 여자애도 귀엽네. 파마로는 절대로 낼 수 없는 분위기가 있어서. 뭐가 미역 머리라는 거야. 쯧…….”

의외로 진심에서 우러나온 말인지 어이없다는 표정으로 나를 노려보며 머리를 긁적이는 우에하라. ……나, 나도 딱히 그렇게까지 나쁘다고는 생각하지 않았지만, 말을 받아치다보니 나도 모르게 그만…….

치아키는 동경하는 눈빛으로 우에하라를 멍하니 바라본다. ……그 모습은 마치 얼마 전에 내가 텐도를 보는 모습과 다를 바가 없었다.

‘뭐, 마음은 이해해……. 사실 나도 우에하라를 좋아하고.’

뭘까, 그에게 오타쿠를 끌어당기는 매력이라도 있나? 당사자는 전혀 기쁘지 않겠지만.

우리는 현재 F반 뒷자리에서 의자 세 개로 책상 하나를 빙 둘러싸고 앉아 있다. 당연하게도 나와 치아키의 거리는 떨어져 있으며, 그 중간에서는 우에하라가 책상에 팔꿈치를 대고 있었다.

방과 후, 대화를 시작한 지 벌써 40분. 처음부터 격렬하게 어제의 싸움을 이어서 한 우리. 그리고 아무리 우에하라가 중간에 개입해도 그에 대한 호감도가 오르내릴 뿐 전혀 나아질 기미가 보이지 않는 두 사람의 관계.

그런 진흙탕 같은 상황에 결국 우에하라가 못 참겠다는 듯이 신음을 흘렸다.

“너희는 대체 왜 사이가 안 좋은 거야. 이런 말을 하기 미안하지만 내 눈에 두 사람은 완전히 동족이라고. 사실 싸우는 내용을 전혀 이해할 수 없는 내 입장에서는 어떤 의미로 엄청 사이 좋아 보이기까지 한다고 할까…………. 아, 진짜, 그렇게 노골적으로 싫다는 표정 짓지 마!"

우리의 표정을 본 우에하라가 버럭 소리친다. 나는 다시 한 번 치아키 쪽을 바라보았다. 미역 사이로 그녀가 마주 노려본다. ………….

"눈빛으로 싸우지 마! 아……, 진짜!"

머리를 마구 쥐어뜯는 우에하라. 하는 수 없이 우리는 서로를 힐끔힐끔 본 뒤 시비가 아니라 대화를 시도해보았다.

"…………《이지스 Ⅷ》, 어디까지 했는데?"

내가 먼저 말을 꺼낸다. 미역……이 아니라 치아키는 시선을 돌리면서 대답했다.

"……그그……. 저기, 《엘프가 숨어 사는 마을》까지……."

그 말에 나도 모르게 몸을 앞으로 내밀며 반응한다!

"아, 거기까지 했구나! 그곳은 시리즈 중에서도 마을이 멋지기로 유명한 MAP이지!"

내 말에 치아키도 흥분한 듯이 대답한다.

"응응! 그렇지? 굉장히 멋져! 엘프가 사는 마을을 표현하는 방법은 여러 가지가 있지만, 그중에서도 그렇게까지 환상적인 분위기와 이지적인 공기가 공존한 마을 MAP은 쉽게 찾아볼 수 없지!"

"맞아! 그러면서도 어쩐지 인간을 싫어하는 배타적인 마을이라는 요소도 느껴지니 훌륭한 표현이라고 할 수 있지. 거기다 한몫을 더하는 것이 미려한——."

"하지만 유일하게 아쉽다고 할 수 있는 것이 의도적인 모에 같아서 매우 불쾌한――.”

거기서 두 사람의 목소리가 완벽하게 하모니를 이룬다.

““엘프가 서 있는 초상화 그래픽!””

“…………” “…………”

삐걱삐걱 소리를 내는 공기. 교실에는 아직 다른 학생도 있는데, 잡담이 끊긴 타이밍이 같은지 교실 안에 시계 음만 째깍째깍 울려 퍼진다. 그리고――.

““뭐어?””

“왜 그렇게 되는데!”

우리가 서로 노려보는 것과 동시에 우에하라가 큰 소리로 따진다.

그는 우리에게 싸울 틈도 주지 않고 전력으로 주장했다.

“기본적으로 90퍼센트 가량은 마음이 맞잖아! 거기서 이야기를 끝내! 왜 나머지 10퍼센트를 양보하지 못하는 거야!”

그의 주장에……, 우리는 풋, 쓴웃음을 짓는다.

“우에하라는 이해를 잘 못 하네. 우리는……, 충실하게 활동하는 게임부의 제안까지 거절할 정도로 자존심만큼은 누구 못지 않은 아웃사이더 게이머라고. 그런 우리에게 걸리면 게임의 진정한 즐거움에 관한 것에서만큼은――『양보』란 있을 수 없어!”

“케이타의 말대로! 사랑스러운 망작 게임과 욕해야 마땅한 망작 게임 사이에는 말로 설명할 수 없는 명확한 차이가 있듯이! 아웃사이더 게이머에게도 양보할 수 없는 선이라는 것이 엄연히 존재해요!"

"너희, 진짜 성가시다!"

결국 우에하라가 더없이 질린 표정을 지으며 상황을 반쯤 포기한 가운데. 나와 치아키는 그가 중재하지 않는 틈을 기회 삼아 실컷 싸움을 벌였고.

정신을 차리고 보니 그를 방치한 채 또다시 20분 정도 시간이 지나 있었다.

여전히 싸움을 계속하는 중이지만, 나는 복도에서 교실을 슬쩍 들여다보고 있는 우에하라의 여자 친구……, 아구리를 발견하고는 깜짝 놀라 정신을 차린다.

'아, 여자 친구와 약속이 있으니 다섯 시까지만 있어준다고 했던가?'

나는 그 말을 떠올리며 입씨름을 중단한다. 치아키가 고개를 기울이는 가운데 우에하라가 슬쩍 스마트폰을 들여다보며 "야 단났네."라고 중얼거리더니, 내가 아구리가 왔음을 알릴 틈도 없이 서둘러 가방을 챙기기 시작했다.

"미안, 오늘은 여기서 그만하면 안 될까? 아니, 둘이서 계속해도 상관은 없는데——."

""절대로 싫어요.""

"그렇지? 나는 다섯 시에 정문에서 약속이 있거든."

어라? 정문에서? 아구리가 마중을 왔는데……. 아, 우에하라 쪽에서는 안 보이나?

내가 말해주려고 하지만 다급히 서두르는 우에하라는 좀처럼 이쪽을 돌아보지 않는다.

그는 짐을 다 챙기고서 마지막으로 치아키 쪽을 바라보았다. 치아키가 뺨을 붉히며 등허리를 곧게 편다.

'……아. 그러고 보니 우에하라에게 여자 친구가 있다는 말을 하는 게 좋았을까?'

아니, 하지만 느닷없이 그런 소개를 하는 것도 이상……, 하겠지? 쓸데없이 과도한 배려를 해서 기분이 나쁘다고 하려나……. 하지만 이런 이야기는 빨리 하는 편이……. 아니, 내가 신경 쓸 필요는 없지, 응.

아구리에 대해 말하는 것도 잊은 채 생각에 잠겨 있는데, 우에하라가 치아키를 보며 웃는다.

"그럼, 호시노모리. 오늘은 별것 아닌 일로 불러내서 미안하다."

"아, 아뇨, 그런……, 괜찮아요……."

쑥스러워서 눈을 내리까는 치아키. ——그런데 그 순간, 그 모습을 지켜보던 아구리의 표정이 노골적으로 변한다. ……아.

'우에하라가 불러냈다는 발언……, 뺨을 붉히며 호의가 있음을 보이는 치아키…….'

내 마음이 조금 수런거리는 가운데, 우에하라가 시원스러운 미소로 말을 잇는다.

"하지만 꽤 즐거웠어. 호시노모리의 게임 이야기도 상당히 재미있었고."

"아, 저기. 그……, 그러니까……, 고, 고마워요……."

부끄러워하는 치아키. 명백하게 충격을 받은 모습으로 부들부들 떠는 아구리. 아, 저기, 잠깐만, 이건…….

나는 우에하라에게 상황을 전하려고 했지만, 살면서 처음 겪은 아수라장에 당황한 나머지 입이 잘 떨어지지 않는다.

그러고 있는 사이에 우에하라는――미남다운 눈부신 미소와 함께 쐐기를 박고 말았다.

"아, 맞다. 호시노모리, 지금 그 머리도 좋지만 천연 곱슬이라면 솔직히 더 짧은 편이 훨씬 잘 어울릴 거야. 뭐니 뭐니 해도――본판이 굉장히 귀여우니까!"

타앙!

많은 의미를 가진 여러 총알이 산탄총처럼 각 방향으로 날아가는 모습이 보였다.

하나는 치아키의 가슴을 관통한 사랑의 총알.

하나는 내 당황을 더욱 부추기는 공포의 총알.

그리고 또 하나는…….

'아앗! 아구리가 어디론가 비틀비틀 가고 있다아아아아아?!'

또 하나는 아구리의 가슴에 바람구멍을 낸, 핵폭탄급 상심의 총알!

나는 순간적으로 우에하라의 얼굴을 쳐다본다. 정말이지 상큼한 미소다. 사심이라고는 손톱만큼도 느껴지지 않는 눈부신 미소. 당연한 일이다. 실제로 그에게는 사심이 없었으니까.

'나에게 충고하는 것과 같은 방식이야, 이거. 고등학교에서의 생활을 성공적으로 이루어 낸 우에하라 나름대로, 우리와 동류인 치아키에게 건네는 순수한 응원이라고!'

그렇지만 순수하기 때문에 그 미소의 파괴력은 MAX! 치아키를 완전히 사랑에 빠뜨리기에는 충분. 게다가……, 게다가 그가 요즘 어쩐지 서먹서먹해서 난감하다고 말한 여자 친구……, 아구리의 가슴에 못을 박는 데에도 충분한 총알!

"아마노도 내일 보자. 그럼 잘 가라."

그렇게 말하며 시원스럽게 떠나려는 우에하라. ……큰일이다. 이대로 가게 놔둔다면 상심 상태인 아구리와 바로 만나고, 자칫하면 돌이킬 수 없는 사태가……!

"저, 저기!"

무의식중에 나는 크게 소리를 지르며 자리에서 벌떡 일어났고……, 정신을 차리고 보니 가방을 휙 쥐면서 터무니없는 말을 외치고 있었다.

"아, 아구리가 오늘은 역시 못 만나겠대!"

"……뭐?" "?"

고개를 기울이는 우에하라와 치아키. 우에하라가 되묻는다.

"……어, 왜 아마노가 그 말을 나에게……?"

실수다. 완전히 무모했어. 하지만……, 하지만 이대로 두 사람을 만나게 하는 건 절대로 안 돼! 연애에 대해서는 전혀 모르는 나지만, 아무리 그래도 그것만큼은 알겠어! 무엇보다……, 이 오해는 70퍼센트 정도 내 책임인 것 같아!

나는 단단히 각오한 뒤 용기를 내어……, 되는 대로 거짓말을 했다.

"아, 아구리가 오, 오늘은 나에게, 잠시, 상담할 것이 있는 모양이라!"

"?!"

우에하라가 경악한다. 큰일이다. 아무리 그래도 너무 이상한 거짓말이잖아. 이 상황은 위험해.

계속 떠들었다가는 점점 허점이 드러날 것이라고 판단한 나는 허둥지둥 뛰기 시작했다.

"그, 그럼 내일 봐! 혹시 괜찮다면 이제부터 둘이서 대화를 나눠봐!"

"야, 아마노!" "어? 자, 잠깐……."

등 뒤에서 당황한 기색이 역력한 두 사람. 그야 당연하겠지. 나도 영문을 모르겠는걸!

'이, 일단, 아구리부터! 아구리를 쫓아야 해!'

나는 서둘러 복도를 달렸지만 아구리의 모습은 어디에서도 찾을 수 없었다. 큰일이다. 나는 그녀의 연락처를 모른다. 우에하라가 먼저 연락했다가 혹시 헤어지자는 이야기라도 나오는 날에는…………, 으아악! 나는 소중한 고등학교 첫 친구에게 무슨 잔인한 짓으으으을!

초조해하면서 복도를 뛰고 있는데, 문득 멀리서도 눈에 띄는 금발 미소녀를 발견했다.

그녀도 나를 발견하고 어쩐지 동요하는 모습을 보이는 가운데……, 나는 다른 생각을 할 때가 아니라며 용기를 내서 말을 걸었다.

"텐도!"

"아, 아마노. 지난번에는……, 그러니까……, 아마도 내 착각으로 그……."

왠지 그녀답지 않게 머뭇거리며 말했지만 지금은 그런 것에 신경 쓰고 있을 여유가 없다!

나는 초조한 마음으로 그녀에게 물었다.

"텐도! 지금 여자아이가 지나가거나 하지 않았어요?! 이렇게……, 뭐라고 할까, 굉장히 노는 느낌이 드는 모습이지만 그게 묘하게 잘 어울려서 정말 귀여운……."

"어? 아, 응. 그런 외모에 조금 기운이 없어 보이는 아이라면 지금 막 정문 쪽으로……."

"! 고마워!"

나는 인사를 하자마자 총알처럼 튀어 나간다. 하지만 상황을 이해하지 못한 텐도가 등 뒤에서 큰 소리로 물었다.

"아, 아마노! 왜 그 아이를 찾고 있는 거야?!"

왜냐고 물어도 설명하기 어렵다. 게다가 지금은 여유가 전혀 없다.

나는 달리면서도 고개만 돌려 지금 상황을 짧게 설명했다.

"쉽게 말해, 사랑싸움이에요!"

"?!"

……음, 의미가 제대로 전해졌나? 왠지 절규하는 모습으로 가방을 툭 떨어뜨리던데. ……? 뭐, 됐어. 지금은 설명할 여유가 없으니. 사실 텐도도 예의상 내가 서두르는 이유를 물었을 뿐, 그렇게까지 내 방과 후 일정에 관심이 있을 리가 없잖아, 응.

나는 그대로 전력 질주해서 현관 앞까지 갔고, 드디어…….

"아구리!"

"?"

우에하라를 기다리지 않고 신발을 갈아 신은 뒤 집으로 가려고 하는 그녀를 쫓았다.

옆으로 와서 숨을 헐떡이는 나를 노려보며 그녀가 나지막이 중얼거린다.

"아, 타스쿠를 노리는 재수 없는 오타쿠 자식……."

"내가 그런 이미지였어요?!"

어쩐지 항상 멀리서 노려보고 있더라니!

내가 경악하고 있자 아구리가 의아하다는 듯이 이쪽을 쳐다보았다. ……으, 큰일이다. 쫓아온 것까지는 좋았는데 무슨 말부터 해야 할지 모르겠어. 그런 일은 차근차근 순서대로 설명하지 않으면 단순히 우정 차원으로 동성 친구를 두둔하는 것처럼 보일 테고……. 여기서는……, 음.

나는 마음을 굳히고 아구리의……, 의외로 청순한 얼굴을 보며 말했다.

"나, 나와 잠시, 차, 차차, 차라도 한잔하지 않을래요!"

"――――뭐?"

……아무래도 요즘, 나는 자꾸 헌팅만 하는 느낌이 든다.

우에하라 타스쿠

"후암……."

도대체 오늘 몇 번째인지 모를 하품을 참는다. 평소에는 걷거나 자전거로 다니느라 오랜만에 타보는 버스 안에는 아는 얼굴도 없었고 자리도 텅텅 비었다. 나는 등받이에 몸을 깊게 묻은 뒤 눈을 감고 한숨을 쉬었다.

아무래도 요즘 잠이 부족해질 만한 일이 많아졌다. 그 덕분에 몸 상태도 엉망진창. 계속 서 있는 전교생 집회라도 한다면 꽤 위험한 상황이었다. 이 모든 것은 전부…….

'전부 아마노 때문이야…….'

녀석을 생각하면 지난번과 비슷한 듯하면서도 다른 악감정이 울컥울컥 솟아오른다. 애당초 그 녀석이 추천한 게임이 전부 다 재미있다는 게 잘못이야. ……아니, 정정. 《노베》의 게임만 빼고 전부 재미있다는 게 잘못이다. 사실 나는 오락에 관해서는 어느 정도 자제력이 있는 사람이지만, 아무리 그래도 수작 RPG의 후반 전투는 밤을 새워서라도 깨지 않을 수가 없었다.

하지만 오늘 잠이 부족한 이유는 조금 다르다. 아마노가 추천한 게임이 이유가 아니라, 아마노 본인이 문제. ……다시 말해…….

'어제 방과 후에 아마노와 아구리는 대체 둘이서 뭘 한 거야아아아아아!'

나도 모르게 머리를 쥐어뜯으며 몇 번이나 반복했는지 모를 고찰에 또다시 빠진다.

'무엇보다 아마노와 아구리 사이에 무슨 접점이 있었다고! 아

니, 혹시 내가 모르는 곳에서 만났나?!'

원래 아구리는 수수한 아이였던 듯하고 아마노는 중학교 시절에 엄연히 친구가 있었다는 모양이니……. 아, 의외로 있을 법한 일인데? 하지만 두 사람이 같은 중학교에 다녔나?

'하, 하지만 그렇다고 해도 보통은 말하지 않나? 그런 말을 하지 않았다는 것은 역시 아는 사이가……. ……아니, 오히려 순순히 말할 수 없을 정도로 깊은 사이었던 건가?!'

그 대단한 구○링으로도 나오지 않을 어려운 질문 탓에 내 기분은 사정없이 땅으로 곤두박질친다. 생각해봐도 답이 나오지 않는다는 건 알지만, 그렇기에 고심할 수밖에 없다.

가장 좋은 방법이야 둘 중 한 사람에게 직접 묻는 것이지만……, 사실 묻기가 겁난다.

왜냐하면. 어제 아마노가 그렇게 간 뒤에 호시노모리와 바로 헤어진 나는, 붕 떠버린 방과 후 시간을 대충 때우고자 거리 이곳저곳을 돌아다니면서 집으로 향했는데…….

그러다가 나는 보고 말았다.

아마노와 아구리가——카페에서 담소를 나누는 장면을.

'그 아마노가 그 아구리와 담소라고?! 이상하잖아! 너무 이상하잖아! 아마노가 여자와 둘이서 카페에 들어간다는 이벤트가 발생한 시점에서 이미 천지가 개벽할 징조 수준의 사건이라고! 그 상대가 하필 아구리라니…….'

솔직히 어제는 진짜 세상이 멸망하는 게 아닌가 했다. 그 정도로 나에게 그 광경은 있을 수 없는 일이었으며……, 그와 동시에 온갖 안 좋은 추측을 하지 않을 수 없었다.

또, 평소에는 문자나 LONE으로 묻지도 않은 일과 보고를 세세하게 하던 아구리가 어제만큼은 그 수가 이상하게 적었던 데다가 아마노에 대한 일은 완전히 숨기고 있었다.

그러니 내 쪽에서 일부러 새삼스럽게 물을 수 없었고……, 그 결과 나는 어젯밤부터 지금까지 쭉 머릿속이 엉망진창이었다.

창밖에는 학교로 이어진 가로수길이 지나간다. 이제 곧 학교다. 나는 일단 반 아이들을 만나기 전에 평정을 되찾고자 나 자신을 다독인다.

'괘, 괜찮아. 아마노와 아구리는 절대로 그런 사이가 아니야. 인연이 있다고 해도 그건 나를 중심으로 한 인연이야. 어차피 그거겠지……, 쓸데없이 예리한 아마노가 묘하게 눈치가 있는 아구리에게 접촉했다든가, 그런 것이겠지. 어제 그 녀석, 상태가 이상했고…….'

그래, 맞아. 이 얼마나 합리적인 추리야. 이런 사연일 게 뻔해. …………. ………….

'아니, 잠깐만? 아마노와 아구리가 근본적으로 비슷한 점이 있다고, 전에 내가 그렇게 생각하지 않았나? 어쩌면 두 사람이 의기투합……, 한 건가? ……하, 하하, 설마~. 그 가벼운 아구리가 아마노 따위에게 관심이 있을 리가…….'

거기까지 생각한 바로 그 순간, 내 등줄기에 전류가 흘렀다.

'잠깐만. ……아구리가 예전의 나를 좋아했었지? 예전의 나……, 다시 말해 게임을 즐겁게 했을 무렵의 촌스러운 나. ……상당히 아마노와 비슷했던 나를!'

문득 주위를 둘러보니, 버스는 고등학교 앞 정류소에 서 있었다. 나는 유령처럼 흐느적거리며 버스에서 내린 뒤 학교로 향한다.

…………. ……아, 아니아니아니, 설마……. …………. ………….

“어, 어라아? 타스쿠?”

“!”

갑자기 등 뒤에서 익숙한 목소리가 들리는 바람에 나는 호들갑스럽게 놀란 반응을 보이며 돌아선다.

그곳에 있는 사람은 어쩐지 깜짝 놀란 표정을 짓고 있는 아구리 본인이었다.

내가 제대로 된 반응을 보여주지 못하고 있자, 그녀는 나에게 뛰어오더니 기쁜 듯이 웃는다.

“와, 웬일이래. 아침부터 타스쿠를 만나다니!”

“그, 그그, 그러게. 자, 자, 자잘, 잘 잤냐, 아구리.”

“응! 잘 잤어? 타스쿠. 에헤헤.”

아구리가 대답하면서 내 옆에 선다. 나는 「평소처럼」을 가장하며 자연스럽게 걸으려고 하지만……, 이상하게 관절의 움직임이 부자연스럽다. 내, 내가 평소에 어떻게 걸었더라?

아구리가 조금 의아한 듯이 보고 있어서 나는 서둘러 화제를 돌렸다.

“그, 그러고 보니 아구리, 어제는 뭐 했어?”

“어?”

‘아…….’

아무런 생각도 없이 주제를 던졌는데, 생각해보니 그것은 완전히 지뢰였다. 엄청난 선택 미스! 내가 무슨 아마노냐!

내가 흐르는 식은땀을 닦고 있자 아구리는……, 아구리 역시 어쩐지 동요한 기색으로 시선을 쓱 피했다.

"아. 그, 그러니까……, 치, 친구랑 갑자기 차를 마시게 돼서, 미, 미안해, 타스쿠."

"어? 아, 응. 문자에도 그렇게 썼었지……."

"으……, 응……."

"…………."

뭐야, 이 미묘한 반응! 내 안의 의심이 꿈틀거리며 머리를 쳐든다! 실제로 어제 아마노가 아구리를 만난다고 선언을 했는데도 두 사람이 제대로 말을 맞추지 않았는지 아구리는 끝까지 「친구와 차」라는 말밖에 하지 않고, 그 상대가 아마노라는 사실은 절대로 밝히지 않기 위해……. 뭐야, 엄청나게 답답한 느낌!

'어, 어어, 어떻게 된 일이야! 역시 진짜로……, 진짜야?!'

내 안에서 「지금 아구리는 살짝 아마노에게 마음이 있다는 주장」이 급성장하고 있다.

아니, 확실히 아마노는 대화를 해보면 평범하게 좋은 녀석이고……, 외모도 나쁘지 않고……, 여자에게는 한결같을 테고……, 그 텐도마저 반하는, 의외로 남자다운 녀석이지만……. 어? 잠깐?

'어라?! 아마노, 의외로 스펙이 높은데?! 인기가 있나?! 아니, 설마……. 아니겠지?'

이제 뭐가 뭔지 모르겠다.

학교 현관에 도착한 우리는 각자 신발을 실내화로 갈아 신고서 다시 합류하여 2학년 교실이 있는 층으로 간다. 그렇게 한동안 침묵한 뒤. 이번에는 아구리가 웬일로 조금 긴장한 듯이 말을 꺼냈다.

"타, 타타, 타스쿠는, 어제, 방과 후에……, 뭐, 했어?"

"어? 나, 나?"

뜻밖의 질문에 나는 동요하면서도 어제를 회상하며 솔직하게 대답한다.

"음……, 호시노모리랑 아마노랑 떠들다가……. 아, 그러다가 아마노가 먼저 돌아갔고……."

"으, 응. 그래서……?"

"그래서……. 아, 그래. 아구리는 모를 테지만, 호시노모리라는 애는 A반 여학생이야."

"그, 그렇구나. …………어, 어떤?"

어째서인지 호시노모리에게 관심이 있어 보이는 아구리. ……? 텐도나 아마노의 이야기를 한다면 또 이해하겠는데……, 아예 접점이 없는 호시노모리의 이야기를 듣고 싶어하네? 이상한 녀석일세.

"어떠냐면……, 언뜻 보면 어두운 분위기에 수수하고 친구가 없어 보이는 오라를……."

"흐, 흠……. 그렇구나……."

어째서인지 머리를 쓱 쓸며 조금 의기양양한 표정을 짓는 아구리. ……?

"아, 하지만 실제로 이야기를 해보면 정말 좋은 녀석이야. 게임 이야기도 엄청 재미있고. 또, 아, 그래. 전형적인 숨은 미인이더라고. 패션으로 빛을 못 보는 타입.”

“…………그, 그렇구나……. 아하……, 하…….”

이번에는 어째서인지 어깨를 축 늘어뜨리는 아구리. 질투인가? 에이, 설마. 아구리는 텐도와 내가 어울린다고 말할 정도로 묘하게 가벼운 연애관을 가진 여자라고. 실제로 남자 친구라지만 나에게 그렇게까지 집착한 적은…… ………….

“? 어라? 타스쿠, 어쩐지 시무룩해 보여.”

“아니……, 괜찮아.”

시선을 피하는 나. 제길……, 들켰다. 여자 친구가 속박해주지 않아서 서운하다니, 나란 놈은 얼마나 계집애 같은 거야! 하지만 어쩔 수 없잖아. 왠지 요즘 아구리가……, 이상하게 귀여우니까.

“““………….”””

두 사람의 대화가 끊긴다. ……반년 동안 아구리와 함께 있으면서 처음 있는 일이었다.

이거……, 혹시…….

‘파, 파국의 전조 같은 그건가?!’

마음속에서 줄줄 흐르는 식은땀을 닦는다. 이런 이야기, 어디선가 자주 들었어. 서로 어디가 싫어진 것은 아니지만 어쩐지 관계가 어색해져서 그대로 파국을 맞이한다는 패턴. 이게 바로 그건가? 권태기라거나, 그런 거야?!

더는 물러설 수 없을 정도로 벼랑 끝에 내몰린 심정으로 2학년 교실이 늘어선 복도에 발을 디딘다.

——그런데 그 순간, 느닷없이 모르는 여학생이 말을 걸었다.

"저……, 저기저기, 우에하라!"

"어?"

나와 아구리의 앞쪽으로 온 그 여학생은 살짝 눈이 휘둥그레질 정도로 미소녀였다.

천진난만한 얼굴. 그러면서도 뛰어난 몸매 비율. 조금 낡은 교복을 맵시 있게 입었고, 나른함과 요염함을 겸비하고 있으며 무엇보다 구불거리는 머리가 매력적인——잠깐.

"어? 혹시…………, 호, 호시노모리?!"

"(끄떡끄떡!) 마, 맞아요."

빙긋 웃는 건강한 미소녀. ……자, 잠깐만, 야.

'부, 분명히 짧은 머리가 어울린다고 했고, 그 뒤에 교복도 너무 답답하게 입지 않는 게 좋다는 충고를 몇 가지 했기는 했지만……. 아무리 그래도 이 성장 속도는 예상 못 했다고…….'

솔직히 몹시 당황스러워서 뺨을 긁적인다. 실제로 남녀 불문하고 주위 학생들에게서 받는 주목이 대단하다. 신선함도 더해져 텐도 수준의 주목을 받고 있다. 옆을 보니 아구리가 입을 떡 벌리고 있었다.

호시노모리가 내 시선에 쑥스러운 듯이 고개를 슬쩍 숙인다. ……아, 그래도 역시 알맹이는 호시노모리 그대로네.

"저기, 저기……. 미, 미안해요."

"어? 뭐가?"

"그게, 그, 이런 건 아무리 그래도 가벼워 보이고. 기분……, 나쁘죠? 충고해줬다고 덥석 진지하게 받아들이고. ……그, 그렇지만 노, 노력해보고 싶어서…….”

“그, 그랬구나…….”

응, 알맹이는 완전히 호시노모리네. 자기 자신에 대한 절대 평가가 낮은 아마노와 똑같은 타입. 나 참, 이 두 사람은 정말로 처지도 알맹이도 닮았으면서 왜 사이좋게 못 지내는지, 원. 모에에 대한 주장만 양보하면 완전히 운명의 사람——잠깐.

‘이대로 자연스럽게 아마노와 호시노모리가 잘 되면…….’

아구리의 마음이 나에게 돌아오지 않을까, 라는 생각까지 하다가 머리를 붕붕 가로젓는다. 내가 지금 무슨 소리를 하는 거야. 최악이다. 그러면 안 되잖아. 텐도는 어쩔 거야, 텐도는. 그 아이는 그 아이대로 아마노랑 붙여 놓으면 재미있을 것 같고……, 잠깐만. 아니, 왜 내가 아마노의 헤로인을 선택하는 걸 고민하는데! 아니지, 그런 것도 아니잖아!

이제 진짜 내가 나를 모르겠다. 잠이 부족한 탓인지, 아니면 감기 기운이 살짝 도는지, 감정이 격해지자 바로 얼굴이 뜨거워진다. 나 참…….

——그 순간, 문득 옆을 보니 어째서인지 아구리가 내 얼굴을 한 번 힐끗 본 후 어쩐지 넋을 잃은 멍한 표정을 지으며, 자신의 반이 있는 쪽으로 빠르게 걸어가고 말았다. ……어라?

아구리에게 말을 걸려고 했지만 나와 그녀가 아는 사이임을 알아채지 못한 듯 보이는 호시노모리가 계속해서 말을 건다.

“저기……, 우에하라. 이 모습……, 괘, 괜찮아요? 그그, 반 아이들은 물론 부모님이나 여동생까지 누구냐는 듯한 반응을 보여서…….”

아무래도 호시노모리는 그 반응이 좋은 반응인지 아닌지를 판단하지 못하는 것 같았다. 그런 거야 아주 뻔한 일인데. 정말이지 이 녀석들은 왜 이렇게 자신이 없는지…….

“아니, 괜찮은 정도가 아니라 아주 잘 어울려, 호시노모리. 특히 머리는 자르는 게 정답이었어. 이제 아마노도 미역이라고 놀리지 않을 거야.”

“그, 그런가요? 에헤헤……, 고, 고마워요!”

조금 자신감이 생긴 듯이 기뻐하며 수줍어하는 호시노모리. ……이거, 인기 좀 있겠는데?

——그런데. 그러고 있는 사이에 호시노모리 뒤에서 아마노가 터덜터덜 등교했다. 내가 호시노모리 너머로 손을 들자, 그는 멀리서 “안녕, 우에하라.” 하고 인사를 하지만——걸음을 멈추지 않고 F반으로 향한다.

그리고 우리를 스쳐 지나가면서 어째서인지 픕, 비웃음을 짓더니 호시노모리를 향해 작게 중얼거렸다.

“말린 미역.”

“뭐어?!”

호시노모리가 격노하는 가운데 교실로 성큼성큼 들어가는 아마노. 저, 저 녀석, 호시노모리를 얼마나 싫어하면 저러는 거야!

호시노모리도 뭐라고 되받아치고 싶어 했지만 아무리 그래도 아침의 F반……, 남의 반에 들어가는 일이 망설여지는 모양인지 분한 듯이 발만 쿵쿵 구르고 있었다.

"뭐뭐, 뭐예요, 쟤는! 우에하라는 왜 케이타와 친구인 거죠?!"

"응? ……왜냐니……. 게, 게임을 빌려주니까?"

"의외일 정도로 얄팍한 우정이네요!"

그대로 호시노모리는 한동안 나에게 아마노에 대한 원망의 말을 쏟아 냈지만, 종이 울리자 나에게 인사를 하고는 서둘러 A반으로 사라졌다.

나도 교실에 들어가 내 자리에 앉으면서 멍하니 생각한다.

'그런데……, 호시노모리는 눈치 못 챘나? 아마노 녀석, 호시노모리의 뒷모습밖에 안 봤는데도 그게 호시노모리라는 걸 알아차리고 놀랐다는 것을.'

가족조차 누군지 못 알아볼 정도로 변한 그녀를 전과 다름없는 태도로 대한다는 점에서 역시 아마노답다, 하고 묘한 존경심을 품으면서도.

결국 내 머릿속은 아구리와 아마노의 관계에 대한 고민으로 가득 차 있었다.

*

"게, 게임을 만들어?"

"네, 그, 그래요."

학교 근처에 있는 벤치에 앉아 부끄러운 듯이 고개를 숙이면서 홍차맛 두유를 빨대로 빨아먹는 호시노모리.

나는 그 모습을 멍하니 바라보면서 어라, 내가 지금 뭐 하는 거지? 하고 생각한다.

호시노모리의 이미지 체인지 사건이 있은 지 벌써 일주일. 정신을 차리고 보니 어째서인지 이미 나는 그녀의 상담 역할을 맡고 있었다.

아니, 처음에는 그 엄청난 비주얼 변화에 따른 애프터케어라는 의미로 그 외모에 맞는 패션 액세서리가 무엇인지 정도의 상담을 해주었을 뿐인데. 차츰 그 고민 상담은 그녀의 내면적인 부분, 그리고 아마노에 대한 푸념(이것은 처음부터였나)으로 옮겨졌고.

또, 최근에 아무래도 아구리와의 관계가 소원해지는 바람에 갑자기 내 방과 후 예정이 비면서 늘 버스를 기다리느라 시간이 남아돌던 아마노의 상담에 더 매진하는 신세가 되었다.

그런 상태로 어영부영 일주일이 지난 오늘.

드디어 게임 제작 취미를 토로하며, 이제는 내가 어떻게 해줄 수 있는 범위를 훌쩍 지난 상담이 진행되었고.

“그래서, 그그, 우에하라에게 게임 제작에 대한 어드바이스도 받고 싶어서…….”

“아…………”

아니, 의지해주는 것 자체는 기쁘지만 아무리 그래도 슬슬 이상하잖아. 나는 200밀리미터짜리 사이다 캔을 다 마신 뒤 옆에 탁 내려놓으며 말했다.

“저기, 호시노모리.”

“네, 뭐예요? 우에하라!”

초롱초롱 빛나는 눈으로 날 올려다보는 호시노모리. ……미치겠네. 언제부터 이 녀석이 나를 이렇게 따르게 됐지?

나는 슬쩍 물러서면서도 호시노모리에게 말한다.

"게임에 관한 상담이라면 가까운 곳에 나보다 더 적임자가 있다는 걸 너도 알고――."

"……퉤!"

"캐릭터에 어울리지 않는 떨떠름한 얼굴로 침을 뱉을 정도로 싫은 거냐!"

아니, 실제로 침은 뱉지 않았지만 진심으로 싫어한다는 것은 충분히 전해졌다.

나는 무심결에 한숨을 쉰다.

"너희 말이야, 분명히 더 친해질 수 있잖아. 왜 그렇게까지 고집을 부리는데?"

내 질문에 호시노모리가 두유 팩을 우직 찌그러뜨리면서 대답한다.

"고집이라거나 그런 게 아니에요. 양보할 수 없는 주장과 자존심의 문제죠."

"응, 그런 걸 고집이라고 부르는 거야."

"흥, 딱히 나는 케이타 따위는 아무래도 좋아요. 손톱만큼도 관심이 없어요. 얽히고 싶지도 않고요. 차라리 이세계로 전학이나 갔으면 싶을 정도예요."

"본인은 좋아할 만한 전개네."

"하지만, 하지만, 우에하라. ……케, 케이타가 지금 《이지스 Ⅷ》를 어디까지 했는지 혹시 알아요? 흠흠……."

"엄청 신경 쓰고 있구만!"

"시시, 신경 안 써요! 나는 그냥, 그냥, 케이타보다 조금이라도 먼저 클리어하거나 레어 장비 입수나 불가능한 도전 과제를 망라해서 우쭐한 표정을 지어주고 싶을 뿐이에요!"

"그러니까, 엄청 의식하고 있잖아! 호시노모리, 원래 빨리 깨는 것에 연연하지 않는 타입 아니었어?!"

내가 추궁하자 민망해졌는지, 호시노모리는 주머니에서 스마트폰을 꺼내더니 마치 문자라도 왔다는 듯이 황급히 만지기 시작했다. ……너, 아마노와 마찬가지로 기본적으로 문자해주는 친구가 없잖아…….

슬쩍 들여다보니 아니나 다를까, 호시노모리는 소셜 앱을 하고 있었다. ……잠깐, 어? 이 게임은…….

"아마노도 하는……."

"네에?"

"아니, 아무것도 아니야."

몹시 불쾌하다는 듯한 표정으로 돌아보는 바람에 황급히 얼버무린다. 호시노모리가 다시 조작을 하는 가운데, 나는 그 화면을 조용히 관찰한다. ……그러자.

'아, 역시. 아마노가 하는 그 게임이다. 나 원, 이 녀석들은 대체 얼마나 마음이 잘 맞는 거야……?'

그냥 확 결혼해 버리라고 말하고 싶은 수준이다. 이렇게 가치관이 잘 맞는 두 사람이 왜 「모에」에 대한 의견 차이라는, 내 입장에서 보면 한숨이 나올 정도로 한심한 쟁점으로 결렬되는 것일까. 하늘도 무심……하다기보다 그냥 이 녀석들이 바보다.

멍하니 호시노모리가 게임하는 모습을 지켜보고 있는데, 갑자기 아마노도 받았던 구원 요청이라는 것이 들어왔다. 상대의 이름은……, 《춧치》라는 녀석인 모양이다. …………. ……어? 왠지 이 플레이어 네임, 전에 어디선가 본 듯한…….

머릿속 어딘가에 찜찜함을 느끼면서 게임을 계속 지켜본다. 아무래도 호시노모리는 구원 요청을 받을 모양이다. 그 수락 화면에 호시노모리의 플레이어 네임도 보였다.

'《MONO》라……, 오호……. 《MONO》네. 《MONO》. ……. …………?!'

"앗, 우, 우에하라?!"

무의식중에 등 뒤에서 호시노모리의 어깨를 꽉 잡자 그녀가 당황한 기색으로 얼굴을 붉히며 이쪽을 돌아보았다. 나는 "아, 미안." 하고 손을 놓으면서도 나도 모르게 당황하며 묻는다.

"호, 호시노모리. 너……, 그……, 그거……, 《MONO》라는 이름으로……, 하, 하고 있는 거냐?"

"네? 아, 네. 그런데요……."

"그럼……, 그……, 지금 구원 요청이 온 《춧치》라는 플레이어는……, 꽤 예전부터 알던 사이?"

"아, 맞아요, 맞아. 이런 건 기본적으로 한때만 유지되는 얕은 커뮤니케이션이지만, 이 사람은 말이죠, 언제나 딱 필요할 타이밍에 구해주기도 하면서 굉장히 좋은 관계를 맺고 있어요. 현실에서 친구가 없는 나에게……, 몇 안 되는 아주 좋은 이해자 중 한 명이라고나 할까요? ……아, 저기저기, 별로 이야기도 나눠보지 못했으면서 무슨 소리냐고 생각할 수도 있지만……."

"…………후읍."

"우, 우에하라?"

나는 깊이, 아주 깊이 숨을 들이쉰 뒤. 비록 이곳이 공공장소이지만. 그래도……, 그래도 나는 벤치에서 일어나 그녀 앞에 선 다음 그녀의 양어깨를 꽉 잡고서 그 눈동자를 진지하게 바라보며――외치지 않을 수 없었다.

"누가 봐도 운명의 사람이잖아아아아아아아아아아아아아아아아아아아아아아아아아아아!"

"?! 힉, 왜, 왜 그래요?"

눈을 크게 뜨며 동요하는 호시노모리. 그녀가 뭔가 오해했는지 쑥스러운 듯이 얼굴을 붉게 물들이며 시선을 돌리지만, 지금 나에게는 이런저런 배려를 해줄 여유가 없다.

나는 그 기세를 몰아 목소리만 조금 낮추고, 그 대신 진지함을 더하며 물었다.

"너, 너 말이야, 진짜로 아마노를 어떻게 생각하냐?"

"네? 좋아하는 드라마에 기획사가 밀어 넣어서 나오는 아이돌보다 더 싫어하는데요."

즉답이었다. 나는 반사적으로 머리를 감싸며 외친다.

"왜 그러는데!"

"아니, 아니! 우에하라야말로 왜 그래요?!"

"사랑하라고! 거기서는 사랑에 빠지라고! 완전히 해피엔드 아니냐고!"

"네에?! 아니, 그건 아무리 봐도 제 입장에서는 배드 엔드인데요?!"

"……아오! 제길, 주인공 《보정》은 있으면서 주인공 《특성》이 절망적으로 없는 사람들끼리 만나면 이런 웃기지도 않은 상황이 되는 거냐!"

"……저기, 저기저기, 우에하라? 내, 내 두유 좀 마실래요?"

정신을 차려보니, 나의 갑작스러운 기행에 살짝 겁을 먹은 호시노모리가 두유를 권하고 있었다. 나는 그것을 거절하면서 일단 진정하자는 마음에 머리를 식히며 벤치로 돌아간다.

한동안 숨을 고른 뒤, 나는 잠시 생각을 한 다음 호시노모리에게 다시 물었다.

"호시노모리. 한 번만 더 확인하겠는데……. 너, 아마노를 좋아하는데 새침하게 싫은 척하는 건……."

"전혀 아닌데요. 무인도에 두 사람만 남는다면 혀를 깨물 수준이에요."

"아, 그러냐……."

진지한 눈빛으로, 진심으로 하는 부정이었다. 그 대답을 듣고 나는 다시 작전을 검토한다.

'운명적인 이 상황을 설명하는 것은 쉽지만……, 현시점에서 그렇게 해 봤자 서로 혐오감만 쌓일지도 몰라. 대, 대체 어떻게 해야 정답인 걸까…….'

완전히 제삼자이지만, 눈앞에 이렇게까지 「아까운」 상황이 펼쳐진다면 당연히 마음이 다급해진다. 텐도의 일도 마찬가지인데, 만화나 라이트노블 속의 주인공과 헤로인을 응원하는 느낌에 더 가깝다. 그렇게 재미있을 수가 없다.

호시노모리를 쳐다보니 그녀는 나를 다소 신경 쓰면서도, 소셜 게임의 구원 요청 종료시간이 임박했는지 스마트폰에 시선을 떨어뜨리며 조작을 하고 있었다.

나는 일단 넌지시 속을 떠보기로 한다.

"호시노모리 말이야……, 어……. 그래, 맞아. 왜 이름이 《MONO》야?"

"아? 아 이 이름이요? 굉장히 단순해요."

"단순? 아하, 『호시노모리』의 『노모』를 뒤집었다거나——."

"아뇨아뇨, 엄마의 옛날 성이 《모노노베》여서 거기서 따 온 거예요. 왜, 인터넷상에서는 조금 자신과 멀어지고 싶잖아요. 아, 그래서 그런 이유로 《노베》라는 닉네임도 쓰고 있어요. 주로 게임을 만들 때라든가."

"누가 봐도 운명의 사람이잖아아아아아아아아아아아아아아아아아아아아아아아아아아!"

다시 절규하며 일어난 나를 보며 호시노모리가 깜짝 놀라고, 공원에 있던 부모와 아이들은 서둘러 나에게서 거리를 벌린다. 나는 바로 "아, 죄송합니다." 하고 사과를 한 뒤 자리에 앉지만 흥분은 전혀 가라앉지 않았다. 《노베》였어?! 《노베》였냐고, 너!

뭐야, 이거!

이제 구원 요청 퀘스트를 마친 모양인지 호시노모리가 스마트폰을 넣고서 진지하게 나를 보며 동요를 보이는 가운데, 나는 흠흠 기침을 하고서 다시 한 번 물었다.

"호시노모리. 너, 아마노에게 남자로서의 매력이라든지……, 그런 거 못 느껴?"

"남자로서의 매력을 운운하기 전에, 나는 이제 케이타가 가진 인간으로서의 존엄성조차 인정하지 않아요."

"아무리 그래도 그렇게까지 싫어할 건 없잖아!"

대체 뭐야, 이 두 사람! 사람이 이렇게까지 사람을 싫어할 수도 있는 거냐!

"너희, 하나만 빼면 취미가 완전히 똑같잖아……."

"그렇기 때문에 더 그래요! 그렇게까지 같은 경험을 했으면서……. 그래도 《모에》를 옹호하는 그 감성은 정말이지, 믿을 수가 없어요! 나 자신의 어두운 면을 보고 있는 느낌이에요!"

"……아……."

요컨대 동족혐오 중에서도 최상급인가. 공연히 공통점이 많은 만큼, 그것들을 경험하면서 도출한 결론이 다르다며 순식간에 격렬한 대립을 일으킨다.

나는 무의식중에 머리를 긁적거린다.

'미치겠네. 생각보다 더 뿌리가 깊어. 이 녀석들, 게임부 일로 알 수 있듯이 쓸데없이 자존심만은 초일류야. 그렇다면……, 아무리 상황이 운명적이라도 현시점에 그것을 밝혀서 얻을 수 있는 이득은 전혀 없어! 하지만 이대로 서로 경원시하며 접점

을 없애기에는 너무…….'

이렇게까지 운명적인 상황이 갖춰져 있는데 서로 거리를 둔 채 소원해지거나 그러면 절대 안 되지! 정말로! 하지만 이대로 가다가는 두 사람이 적극적으로 만날 일은 절대 없으니.

내가 이래저래 고민하고 있자 염려스러운 건지, 호시노모리가 화제를 전환했다.

"저기저기, 그, 아무튼 그래서 게임 제작에 관한 상담인데요……."

"아……, 아까 그런 이야기를 했었지."

머리로는 어떻게 아마노와 호시노모리를 붙여 놓을까 생각하면서 호시노모리의 상담에 응한다.

그녀는 남은 두유를 빨대로 쪽쪽 빨아 마시면서 말을 꺼냈다.

"원래 취미로 간단한 게임을 만들어서 인터넷에 공개하고 있는데요……. 하지만하지만, 그, 뭐라고 할까, 사실 평가가 별로라서……."

"그래, 알고 있어. 그래, 네가 《노베》였구나……."

이런 얌전해 보이는 얼굴을 하고서 속은 의외로 잔인하네……. 내가 한숨을 푹 쉬며 어이없어하자, 갑자기 호시노모리가 놀란 듯이 벌떡 일어나 나를 바라보았다.

"호, 혹시 우에하라, 내 게임을 알고 있어요?! 완전히 마이너한데?!"

"? 어, 응. 실은 끝까지 해본 건 딱 하나뿐이지만……."

이야기의 흐름에 따라 슬쩍 아마노에 대해 밝힐까, 생각한 그 순간.

호시노모리는 눈동자를 반짝이며 내 눈을 쳐다보았다.

"이, 이이, 이건 정말로 운명이라고밖에 생각할 수 없네요!"

"그렇게 나오기냐!"

아니야! 확실히 운명이기는 하지만 그 대상은 내가 아니라고! 그렇게 설명하고 싶지만 어쩐지 자기 멋대로 들떠 있는 호시노모리를 보니, 도저히 아마노의 이야기를 꺼내기가 힘들다. 나는 일단 가볍게 확인해보기로 했다.

"저기, 호시노모리. 네 프리 게임 말이야. 만약에……, 진짜로 만약에 말이야? 만약 아마노가 네가 제작자라는 것을 알고 나서 플레이한다거나 그러면……."

"……나는 까마귀에게 산 채로 쪼아 먹혀서 자연으로 돌아가겠어요."

역시 눈빛이 진지했다. 나는 머리를 감싸 안는다.

'이, 이 상황에서 어떻게 하는 게 정답인 거야! 객관적으로 보면 아마노와 호시노모리는 완전히 운명의 사람이야! 이대로 서로 거리를 두고 사는 건 진짜로 말도 안 된다고. 너무하잖아. 그렇지만 이대로라면 아무리 상황이 갖추어져도 도저히…….'

내가 머리를 싸매며 고민하고 있자, 호시노모리는 다시 상담을 재개한다.

"그래서 그, 우에하라는 내……, 《노베》의 게임이 어땠어요?"

"어? 아…………, 그……, 뭐라고 할까……. 도, 독창성이 넘치는——."

"아, 그만 됐어요."

뭔가 알아챘는지 물러서는 호시노모리. 너희, 진짜 그런 부분에만 예민하구나!

호시노모리는 깊게 탄식한다.

"저도 처음에는 완전히 취미로 게임을 만들었어요. 누군가에게 보이기 위해서가 아니라 나만의 게임을 만들고 싶었을 뿐이라."

"아, 그런 경험은 누구에게나 있지. 만화를 그린다거나 소설을 쓴다거나."

"네, 맞아요, 맞아. 그런데 막상 만들고 나니 그만 애착이 생겨서요. 그래서 인터넷에 공개할 마음이 들더라고요. ……그랬더니 겨우 몇 건이지만 좋은 감상을 받게 되었고, 너무 기뻐서 두 번째, 세 번째 게임도 만들었는데……."

"즐거워 보여서 좋은데?"

"즐거워……, 보이나요? 확실히 즐겁기는 즐겁지만……."

거기서 호시노모리는 입술을 꾹 깨물었다. 아무래도 여기서부터가 본론인 모양이다.

"하지만하지만……, 요즘은 잘 모르겠어요. 왜냐하면 내가 내 식대로 즐겁게 만든 게임이 그……, 우에하라도 그렇지만……."

"평판이 좋지 않지."

그야 좀 그렇잖아, 하는 생각은 든다. 정말로 과도하게 독창적이다.

"하지만하지만, 반대로 사람의 감상을 의식하고 무난하게 만든 작품은……, 그……."

"평판이 좋지."

고개를 끄덕이는 호시노모리. 그러고 보니 아마노가 뭐라고 했더라? 《노베》의 게임 중에도 두 번째 작품만큼은 비교적 멀쩡하고 랭킹에도 가볍게 오른 적이 있다고 그랬나?

호시노모리는 쓴웃음을 짓는다.

"그, 그, 대단한 제작자도 아니면서 뭘 전문가인 척 고민하냐는 생각은 저도 해요. 그렇지만 그, 해답이 전혀 나오지 않아서. 지금은 결국 좋아하는 것을 만들고 있지만……, 역시 평판은 좋지 않고."

"그냥 만드는 행위가 좋다면 그렇게 해도 굳이 상관없지 않아?"

"……그렇게 수긍할 수 있다면 간단한 이야기겠죠. 한 번 다른 사람에게서 좋은 감상을 들으니……, 그 기쁨을 잊을 수가 없어서……."

"그럼 좋은 감상을 얻을 수 있는 작품을 만들면 되잖아."

"그렇게 생각해서 두 번째 작품은 엄청 무난하게 만들었는데요. 하지만 그 작품은 칭찬을 받아도 별로 뛸 듯이 기쁘거나 하지 않아서요……."

"뭐, 어떤 의미로는 네 본연의 작품을 부정하는 길로 이어지니……."

"맞아요, 맞아! 아니, 전혀 기쁘지 않은 것은 아니에요. 실제로 또다시 멋대로 만든 세 번째 작품이 혹평을 받고 나서 우울해졌으니. 하지만하지만, 언젠가 내 진정한 작품이 받아들여지는 날이 올 거라고 믿으며 지금도 만들고는 있지만……."

"역시 잘 안 되는구나."
"네, 맞아요. 그래서 실은 다음번에 또다시 무난한 작품을 만들어볼까 싶어서."
"왜, 왠지 무한 루프 지옥이네."
세상에 있는 크리에이터라는 존재들은 많든 적든 그런 망설임을 반복할지도 모른다. 실제도 거기에 정답 같은 것은 없으니.
내가 솔직히 아무래도 좋다는 심정으로 "그래서?" 하고 이야기를 재촉하자 호시노모리가 말을 이었다.
"그런데그런데, 실은 내 진정한 작풍을……, 좋다고 해주는 매우 기특한 팬이 한 명 있어서요."
"……아하……. 어차피 그 사람이란 게 《야마》라든가, 그런 닉네임을 쓰는 녀석이지?"
아마노가 말한 닉네임 중 하나를 말해본다. 호시노모리는 긍정했다.
"어? 어떻게……, 아, 아아, 그렇구나. 블로그 댓글 창을 봤나 보네요. 맞아요."
진짜 너희는 왜 아직도 안 사귀고 있냐. 그 붉은 실은 대체 어디서 어떻게 이어져 있는 거야? 혹시 불량품이야?
호시노모리가 전문가다운 진지한 표정으로 말한다.
"그래서 내가 무난한 작품을 만드는 일이……, 그 《야마》를 배신하는 게 되지 않을까 싶어서요. 그래서 상담하는 건데 그, 그, 우에하라, 어떻게 하면 좋을까요?"
"아마노한테 물어봐!"

진짜 그 한마디밖에 할 말이 없다! 그렇지만 호시노모리는 그 말을 농담으로 받아들였는지, “또또, 그런 말을 하고~.”라며 조금 짜증 나는 모습으로 웃었다. 큭, 이 독특한 거리감으로 착각하는 모습도 아마노랑 똑같아!

나는 정말로 이 상황을 어떻게 해야 하나, 다시 한 번 진지하게 생각한다.

이런 게임 관련 고민 상담은 《야마》 당사자라는 사실을 제외하더라도 아마노가 적임이지만, 호시노모리 혼자서는 절대로 그 녀석에게 상담을 할 것 같지 않으니. 그렇지만 두 사람이 그 일로 대화하고 사이가 좋아지면 그보다 좋은 일도 없다.

또 한편으로 나는 텐도의 사랑도 응원하고 싶다. 자연스럽게 호시노모리가 얽히면서 텐도가 질투심에 타오르거나 그럴 수는 없을까, 하는 계획도 있다.

그와는 또 별개로 아마노와 아구리의 관계가 신경 쓰여 죽겠는데도 은근슬쩍 속을 떠보기 힘든 지금 상황에 초조함을 느끼고 있었고.

그리고 또 이렇게 아마노와 호시노모리가 얽혀 있는 이 기묘한 상황 때문에 솔직히 학교생활을 충실히 하던 내 입장이 반에서 조금 이상해지고 있다는 부분도 있어서…….

‘아아, 최근 몇 주 동안 쌓이고 쌓였던 이 고민들을 한 방에 다 해결할 수 있는 좋은 방법이 어디선가 뿅 나타나주지 않으려나.’

그렇게 하늘에 기도하고 싶은 소원을 품으면서 공원 안을 멍하니 둘러본다.

멀리 모래밭에서는 아이들이 신나게 놀고 있고, 그 옆에서는 주부들이 열심히 수다를 떨고 있다. 공원에 인접한 광장에서는 고령의 노인들이 사교 목적으로 게이트볼을 즐기며 웃고 있었다. ……매우 평화롭고 느긋한 광경이다. 아마노에게서 들은, 묘하게 금욕적인 게임부의 자세와는 대조적이라고 봐도 좋을――.

"…………."

――순간, 내 뇌리에 번뜩 섬광이 내리쳤다.

"……이거다……."

반사적으로 튕기듯이 벤치에서 일어나는 나.

"어?"

의아하다는 듯이 고개를 기울이며 그런 나를 보는 호시노모리.

그렇지만 나는 그녀에게 아무런 말도 하지 않고……, 아니, 하지 못한 채 공원 안의 풍경을 찬찬히 바라보며 머릿속에서 「그 계시」를 계속 검토하였고.

그 모든 고민을 한 방에 해결해줄 묘안의 놀라운 완성도를 다시 한 번 깨달으며.

그저 말없이 몸을 떨 수밖에 없었다.

*

다음 날.

""동호회?""

방과 후, 2학년 F반 교실 안에 아마노와 호시노모리의 목소리가 겹쳐서 울린다.

아마노의 책상을 가운데 놓고서 두 사람이 거리를 두고 앉은 가운데, 혼자 당당히 가슴을 편 채 일어서 있던 나는 아직 교실 안에 남은 몇몇 학생들에게 일부러 들릴 만큼 조금 큰 소리로 선언했다.

"그래! 여기에 있는 우리끼리 《게임 동호회》를 만들지 않을래?"

""…………음.""

두 사람은 감이 확 오지 않는다는 듯이 오묘한 표정으로 얼굴을 마주 본다.

나는 두 사람이 또 싸우기 전에 틈을 주지 않고 계속 제안한다.

"들어보니 너희 둘 다 『게임을 하는 집단』에는 관심이 많으면서도 『게임부는 뭔가 아니다』라고 생각하는 동호인들이지."

""……음.""

"그렇다면 이제는 새로운 모임의 장을 만들어야 할 때 아니겠어?! 《게임부》처럼 실력을 갈고 닦는 《부 활동》이 아니라, 멤버들이 느긋하게 즐기는 것을 첫 번째 목적으로 한 게임 활동 집단. 그것이 바로……, 내가 지금 만들려고 하는 《게임 동호회》야!"

""오……""

내 열정에 압도되었는지 서로의 입장을 잊고 작게 박수를 치는 두 오타쿠……. 역시 이 두 사람, 나만 제대로 끼어 있으면 의외로 온순해.

주위를 보니 교실 안에 남아 있던 다른 학생들도 이곳저곳에서 우리를 보며 속닥거리고 있다. ……그걸로 충분해. 그것이야말로 내가 노린 것 중 하나야.

'나와 아마노와 호시노모리라는 조합은 아무리 생각해봐도 이질적이지. 주목받는 것은 피할 수 없어. 그렇지만 동호회라는 간단한 방법으로 한데 묶으면 이상한 억측이나 주목은 확 줄어들겠지! 나도 당당히 이 두 사람과 떠들 수 있어!'

먼저 이것이 동호회를 만드는 것으로 얻는 이득 중 첫 번째. 그리고 두 번째는…….

"저기, 우에하라?"

"왜, 아마노."

손을 슬쩍 드는 아마노. 그는 고개를 기울이며 나에게 물었다.

"동호회는……, 뭘 하는 거야? 지금까지처럼 우에하라랑 평범하게 이야기를 나누면 안 돼? 왜, 왜냐하면 이대로는……."

그의 질문에 호시노모리가 같은 뜻을 보인다.

"저기저기, 나도 지금까지처럼 우에하라에게 상담을 받을 수 있다면 충분해요. 왜냐하면……."

거기서 두 사람은 서로를 가리키며 나에게 단호히 말한다.

""이 녀석이 엄청 거슬리니까.""

"너희, 진짜 한결같다!"

이렇게까지 타협점이 없는 경우는 살다 살다 처음 본다! 오히려 시원할 정도야!

나는 조금 어이없어하면서도 흠흠 기침을 한 뒤 어디까지나 냉정하고 담담하게 설명한다.

"그것이 바로 이 동호회의 의의이기도 해."

""?""

"확실히 너희가 동호인이기는 하지만 딱히 우정을 쌓으라는 말은 하지 않겠어. 어디까지나 너희가 함께할 것은 《게임 동호회》의 활동뿐. 게임 이야기를 하는 곳이기는 해도 딱히 친하게 지내라는 강요는 하지 않을 거야. 다시 말해……."

""……! 처, 철저하게 토론을 하는 것도 허용된다……!""

두 사람의 눈에서 불꽃이 튄다. ……응, 노리고 있던 상황이기는 한데……, 역시 바보네.

하지만 나는 질린다는 감정을 굳이 겉으로 드러내지 않고서 씩 웃으며 설명을 계속한다.

"어때, 나쁘지 않지? 싫어하는 상대이기에……, 마음껏 의견을 부딪치고 싶은 상황이 의외로 많으니."

""으으으……""

두 사람은 완전히 똑같은 동작으로 서로 얼굴을 보다가 고개를 돌리고는 나를 보며 신음한다. ……콩트인가 싶을 정도로 똑같은 감성이다. 동호회로서 활동하는 날이 미치도록 기대된다.

실제로 이것이 동호회를 만든 이득 중 두 번째다.
비록 그것이 싸움일지라도 두 사람의 접점을 늘 확보할 수 있다.
친해지려 해도 애당초 말할 기회가 없으면 성립이 되지 않는다. 이 두 사람을 묶어 놓을 계기가 아무것도 없다면 서로 오기만 부리다 멀어질 것이다. 그렇지만 기본적으로 이 두 사람은 으르렁거리기는 하지만……, 의외로 서로를 신경 쓰고 있다. 다시 말해, 속마음을 숨기고 새침하게 구는 것까지는 아니더라도 서로 대화할 기회, 대의명분은 어느 정도 원하는 것이다.
그렇기 때문에 그런 두 사람을 이 《게임 동호회》라는 명목으로 묶으면…….
"“…………그런 것, 이라면…….”"
물었다. 두 마리가 동시에 물었다. 월척이다. 바보 물고기들.
나는 만족스러운 미소를 지은 뒤 일단 대충은 목적을 달성했기에 자리에 앉는다.
두 사람은 서로를 힐끔힐끔 견제하고 있었지만.
아마노가 나에게 다시 질문을 던졌다.
“그런데……, 세 사람만으로도 동호회를 할 수 있어?”
“응? 아, 우리 학교에서 부 활동을 하려면 명확한 목적과 일정 인원이 필요하지만 동호회는 서류만 내면 거의 자유인 모양이야. 그 대신에 활동비가 지원되지 않지만.”
“그렇구나. 그렇다면 상관없지만, 그래도…….”
호시노모리가 아마노의 말을 잇는다.
“저기저기, 우리 세 사람만, 인가요? 아니, 뭐, 나는 사람이 많아도 싫지만……. 그…….”

아마노와 또다시 눈싸움을 하는 호시노모리. 나는 한숨을 쉬면서 대답했다.

“아니, 실은 다른 한 사람에게 말은 해 놨어. 아직 들어온다는 말은 하지 않았지만…….”

그렇게 설명하고 있는데 마침 그 인물이 복도에서 교실 안을 들여다보았다. F반의 학생들이 깜짝 놀라는 가운데, 나는 “왔네!” 하고 손을 들며 그 인물을 불러들인다.

“여기야, 텐도! 와줬구나!”

“아, 우에하라. 늦어서 미안해. 청소가 길어져서.”

“테, 텐도?”

깜짝 놀란 아마노가 등허리를 쫙 편다. ……왠지 이 녀석, 날이 갈수록 텐도를 불편해하는데?

텐도는 여전히 완전무결한 미소를 흩뿌리면서 이쪽으로 다가오더니, 넋이 나가 있는 두 사람을 향해 정중하게 인사를 했다.

“오늘 《게임 동호회》에 불러주셔서 진심으로 감사드립니다. 부 활동과의 타협도 고려해야 하기 때문에 바로 결정은 할 수 없지만, 긍정적으로 검토하기 위해 오늘은 견학을 하러…….”

그 순간, 텐도는 호시노모리를 보고 어째서인지 잠깐 말을 멈추었다.

“…….”

“저기저기……, 테, 텐도.”

“텐도?”

뭐야? 왜 이래? 왜 텐도가 호시노모리를 보고서 그대로 멈춰

버린 거지? 이 두 사람……, 같은 반이지만 딱히 적대하거나 그럴 일은 없잖아. 접점도 없어 보이고.

모두가 물음표를 떠올리는 가운데, 텐도는 깜짝 놀란 모습으로 호시노모리에게 물었다.

“저기……, 호, 호시노모리도 동호회 멤버였구나.”

“네, 맞아요, 맞아. ……아, 그, 게임부는 거절해 놓고 이러니 민망하지만…….”

미안해하는 호시노모리. 아, 그 일을 깜박했네. 내 실수다. 그렇지만……, 아무래도 텐도의 어색한 반응은 그런 이유가 아닌 듯한데…….

아니나 다를까, 텐도는 어째서인지 아마노와 호시노모리를 번갈아서 흘끔흘끔 쳐다보았다.

아마노가 허둥지둥 말을 꺼낸다.

“아, 나도 미안해요. 게임부는 거절했으면서…….”

“아, 아니. 그건 괜찮지만……, 역시……, 그…….……두, 두 사람은, 서로가, 있으니까, 그……, 《게임부》보다, 《게임 동호회》를…….”

“““?”””

‘아, 큰일 났다. 그런 이유였냐!’

그제야 나는 간신히 알아차렸다. 왠지 모르겠지만……, 텐도 녀석, 이 두 사람이 서로 좋아하는 사이라고 생각하는 건가? 아니, 확실히 텐도의 질투가 노림수이긴 했지만 착각하기엔 조금 이르다고.

나는 서둘러 설명하려고 했지만……, 이미 때는 늦었다.

텐도가 던진 의미를 알 수 없는 질문에 당황하던 두 사람은 변함없이 그 뛰어난 궁합과, 또 결정적인 순간에서 잘못 짐작하는 판단력으로……, 열심히 고개를 끄덕이면서 대답했다.

““아, 네, 그래요(명백하게 대충 한 대답).””

‘이 바보들아아아아아아아아아아아아아아아아아아아아아아아!’

두 사람에게서 느껴진 인연(가짜)에 텐도가 충격을 받았다. 뭐야, 이게.

내가 속으로 땀을 닦는 사이에 텐도는 얼굴을 붉히고 시선을 돌리며 중얼거렸다.

“……여, 역시 《게임 동호회》에 나는 피, 필요 없을지도 모르겠네요……”

‘삐쳤다아아아아아아아아아아아아아아아아아아아아아아아아!’

위험해! 질투를 노리기는 했지만 이건 아니야! 최소한 그녀가 《게임 동호회》에는 들어와야 해! 그래야만 호시노모리도 텐도도 아마노와 거리가 좁혀지는 전개를 기대할 수 있다고! 전 단계에서 이렇게 무너질 수는 없어!

‘그리고 본심을 말하자면, 동호회만 발족되면 방과 후에 아마노를 묶어 놓을 수 있는 데다가 이 녀석에게 두 미녀와 러브 코미디를 펼치게 하면 아구리에게 집적거릴 여유도 없앨 수 있다고! 나도 동호회 활동이라는 명목 아래 아마노의 행동을 속박&감시할 수 있단 말이다!’

나는 사실 매우 타산적이었던 자신의 마음을 재확인하면서도 일단 텐도를 붙잡고자 허둥지둥 말을 꺼낸다.

“이이, 일단 그렇게 쉽게 결정하지 말고. 자, 오늘은 시험 삼아 활동을…….”

그러나 내가 구슬리는 가운데 아마노가 천진난만하게 한마디.

“아, 아니, 역시 미안하잖아, 우에하라. 나……, 텐도는 게임부에 전념하는 편이 좋다고 생각해!”

“너 인마, 왜 이렇게 잔인해애애애애애애애애애애애애애애애애애애애애애애애애!”

“?”

순진하게 고개를 갸웃하는 아마노와 실질적으로 『너는 게임부로 돌아가라』는 그의 선언에 부들부들 얼굴 근육을 떠는 텐도. 천재냐! 너는 텐도의 자존심에 상처를 내는 데 천재냐고!

나는 찔끔 눈물이 새어 나왔지만 일단 상황을 수습한다.

“이, 일단 자, 텐도도 앉아. 응? 응? 들어올지 말지는 나중 일이고, 이, 일단 오늘은 왜, 그, 시험 활동을 해보자고! 괜찮지? 응?”

“아, 뭐, 괜찮기는 한데……. ……저기, 그나저나 전부터 우에하라가 이렇게 불쾌한 행동을 했던가요?”

“내버려 둬!”

당연히 거동이 수상할 만하지! 뭐야, 이 상황! 이제 나도 내가 무엇을 목적으로 움직이고 있는지 전혀 모르겠어! 내 충실한 학교생활은 어디로 갔냐고!

어쨌든 아마노의 책상을 에워싸는 형식으로 드디어 네 사람이 앉았다. 옆을 보니 아마노가 조용히 감동하고 있다. 아무래도 이런 멤버라지만 녀석에게는 꿈만 같은 광경인 모양이다.

자신의 책상에 여러 사람이 모여 있는 이 상황. ……왠지 내가 다 눈물이 난다.

텐도가 "그래서, 오늘은 뭘 할 거야?" 하고 묻는 가운데.

나는 호시노모리를 흘끔 보며 시선으로 최종 확인을 받은 뒤, 그녀가 고개를 끄덕이는 모습을 보고 게임에 관한 주제를 제시했다.

"호시노모리가 만들고 있는 게임의 차기작 방향성에 관해서다."

""뭐?""

아마노와 텐도가 놀라며 호시노모리를 바라본다. 그녀는 부끄러운 듯이 뺨을 붉히더니 어제 나에게 말한 이야기를……, 《노베》라는 이름은 언급하지 않은 채 나지막이 이야기한다. 호시노모리는 아마노가 자신의 게임을 하지 않았으면 하는 모양이다. 분명히 비웃을 거라면서. ……사실…….

"와, 치아키, 게임도 만들었구나. …………분명 시시할 거야."

"뭐?"

아니나 다를까, 아마노는 호시노모리의 말에 트집을 잡았다. ……아니, 네가 그 녀석이 만든 게임의 유일한 광신도인데…….

그대로 두 사람이 평소처럼 싸우기 시작한 광경을 텐도가 어안이 벙벙한 표정으로 보고 있다. ……아아, 그렇지. 이 녀석은 두 사람이 사이가 좋다고 생각했던가?

"이 두 사람은 내내 이런 느낌이야. 견원지간이라는 말은 바로 이런 경우를 두고 하는 말이지."

"그, 그렇구나……."

텐도가 명백히 기분이 좋아진 모습으로 웃는다. ……의외로 좋아하는 티를 팍팍 내네. 게임에 너무 매진한 나머지 의외로 연애에는 서툰 건가?

나는 일단 오해가 풀린 것에 안도하면서 두 사람의 싸움을 말린 뒤, 이야기를 진행한다.

"그래서, 실제로 텐도와 아마노는 어떻게 생각하는데? 자신이 좋아하는 게임을 만들어야 할까, 아니면 사람들이 원하는 게임을 만들어야 할까."

"단연코 자신이 좋아하는 게임이지."

의외로 텐도가 딱 잘라 대답했다. "여, 역시 그런가요?" 하고 조심스럽게 묻는 호시노모리를 보며 텐도는 단호하게 고개를 끄덕이더니 대답한다.

"당연하지. 신념은 관철해야 해. 실제로 그림이든 글자든, 진정한 명작은 그런 자아에서 탄생하는 것이니까."

"그렇구나……, 듣고 보니 그러네요."

"자신을 믿고 창작 활동에 힘쓰도록 해. 기술이나 인기는 나중에 다 따라오게 되어 있어."

"네, 네! 저기저기, 나, 열심히 할게요!"

호시노모리가 등을 곧게 펴며 완전히 납득한 모습을 보인다. 나와 아마노도 속으로 감탄했다. 역시 이 여자……, 텐도는 대단하다. 아마노가 관련되면 갑자기 달라지지만, 기본적으로는 역시 오토부키의 정점에 선 여자. 의견이나 태도에 흔들림이 없고 의연하며 당당하다.

하지만 그만큼…….

"……아……."

이렇게 의제가 끝나버렸다. ……아니아니, 너무 완벽하잖아, 텐도 카렌! 뭐야! 조금은 맹한 모습을 보이라고! 우리보다 성적이 높은 근처 고등학교인 헤키요 고등학교에서는 어느 시기부터 대대로 학생회 회의가 황당 그 자체라는데! 즐거운 회의는 완벽한 초인이 있으면 성립할 수 없는 거냐고! 처음 알았다!

묘한 침묵이 내려앉는다. ……어라, 동호회가 이런 분위기였던가…….

나는 줄줄 흐르는 땀을 닦으며……, 괴로운 나머지 너무 무책임한 방법이라는 것을 알면서도……, 나도 모르게 아마노에게 이야기의 화살을 돌리고 만다.

"좋아, 그럼 아, 아마노는 어떻게 생각해?"

"어억?!"

그런 완벽한 대답이 제시된 후에 이러는 것은 너무하잖아, 라는 분위기로 아마노가 노려본다. ……읏, 미안하다, 아마노. 하지만……, 나도 어떻게 할 수 없는 일이 있다고!

아마노의 위기를 민감하게 알아챈 호시노모리가 짓궂은 미소를 지으며 묻는다.

"아, 나도 듣고 싶네. 게임을 사랑하기로 유명한 케이타의 의견."

"크……. 치아키, 너……."

이런 추한 싸움이 또 어디 있을까! 그 광경에 동요한 텐도가 나에게 묻는다.

"저, 저기, 이 두 사람, 여러 의미로 견원이라든가 그런 수준이 아닌……."

"뭐, 뭐, 독특한 관계이기는 하지……."

그 이상은 나도 대답할 길이 없다. 너무 특수하다. 나쁜 의미로.

어쨌든 모든 이의 주목이 아마노에게 집중된다.

그는 호시노모리를 실컷 노려보다가……, 포기한 듯이 한숨을 쉬더니 머리를 긁적였다. 그리고 의외로 맥이 쭉 빠진 모습으로 대답했다.

"솔직히 아무래도 좋아."

""……뭐?""

텐도와는 대조적이라 할 수 있는, 그 몹시 성의 없는 의견에.

아니나 다를까, 호시노모리가 대든다.

"그그, 그게 뭐야. 케이타는……, 내, 내가 만든 게임 따위는 아무래도 좋다고……."

"아, 응. 그것도 그렇지만."

"너, 너어……."

또다시 눈에서 불꽃이 튄다. 텐도가 "반대로 굉장히 사이가 좋아 보이는데……." 하고 나를 보며 중얼거렸다. 응, 나에게도 그렇게 보인다. 가끔씩 싸우는 부부로 보인다.

호시노모리가 뭐라 뭐라 떠드는 가운데 아마노가 말을 이었다.

"하지만 치아키가 아니더라도 진짜 아무래도 좋다고나 할까? 만드는 사람이 대중성을 노리든 말든. 내 입장에서 중요한 것은 나온 작품이 재미있느냐 아니냐, 그것뿐이야."

"너, 그런, 이도 저도 아닌……."

내가 기가 막힌 듯이 중얼거리자 아마노는 태연하게 대답했다.

"하지만 그렇잖아. 신념을 관철한 작품이 걸작인 경우도 있지만, 어디선가 본 적이 있는 오락 요소를 적절하게 조합한 작품이 엄청 재미있는 경우도 있으니. 반대도 마찬가지고."

"뭐, 뭐야, 그게. 그럼그럼, 케이타는 자신이 좋아하는 게임 제작자에게 원하는 것이 아무것도 없다는 말이야?"

"어? 아, 응. 맞아."

"""…………."""

텐도와는 정말 정반대다. 자기주장이 없는 그 모습에 우리는 조금 어이가 없었다. 그러나……, 아마노는 "그러니까." 하고 말을 계속 이었다.

"치아키는 본인이 좋을 대로 만들면 되지 않겠어? 치아키가 표면적으로 인기를 노리든 노리지 않든, 어쨌든 그것 역시 치아키의 작품이잖아."

"어?"

그 말에 호시노모리가 멈칫한다. 정신을 차리고 보니 나와 텐도도 아마노의 의견에 귀를 기울이고 있었다.

"치아키의 작품이라면 말이야, 신념을 관철하고 만든 것이든 인기를 얻기 위해 고민하며 만든 작품이든 치아키가 한 노력의 결정체잖아? 그게 그렇게 다른 거야?"

"그건……."

조금 동요한 호시노모리가 시선을 피한다. 아마노는 역시 텐도에 비하면 자신의 의견 수준이 굉장히 낮다고 생각하는지, 텐도를 힐끔 보고 쑥스러워하는 모습으로 머리를 긁적이며.

호시노모리에게 말할 때와는 전혀 다르게 빠릿한 척하는 말투로 설명한다.

"아, 그, 나도 프리 게임 작가 중에 좋아하는 사람이 있어서요. 그 사람이 만든 게임의 어떤 부분이 좋냐고 묻는다면, 세세한 부분에서 배어 나오는 인간성 같은 부분이 좋아요. 그래서……, 그 작가가 사실 표면적으로 인기를 노리고자 무엇을 한다 해도 아마 그 핵심은 결코 변하지 않을 것이라 생각해요. 그렇다면 나는 아무런 문제도 없이 전부 좋아할 것 같아서."

"""…………."""

"어, 어째, 굉장히 얕은 생각이라 미안해요……. 뭐, 뭐, 나는 원래 치아키가 만든 졸작 따위는 아무래도 상관없어서……."

"적당히 해!"

호시노모리가 매섭게 노려보지만, 이상하게도 그 눈빛에는 예리한 가시가 느껴지지 않았다.

텐도 역시 자신의 의견과 정반대의 의견을 들었으면서도 부드럽게 미소 짓고 있다.

"그래……. ……그러네. 이제 나도 어렴풋이 겨우 알 것 같아. 아마노는……, 응. 그런 사람이구나."

"어? 아, 미, 미안해요……."

아마노가 완전히 겁을 먹고 주눅이 들어 있다. ……아, 이 녀석, 왜 착각을 하고 있는 거야! 텐도가 엄청 사랑스럽다는 표정으로 말하고 있잖아! 왜 화를 내고 있다고 믿는 거냐고! 기본적으로 자신을 비하하는 방면에만 민감함이 작용하고 있어, 이 녀석!

……뭐, 하지만 생각지도 못하게 분위기가 좋아졌어. 지금이 기회다.

"그럼 오늘은 이쯤에서 정리할까?"

내가 그렇게 말하자 세 사람도 딱히 문제없다는 듯이 고개를 끄덕인다. 주위를 둘러보니 교실에는 우리 말고 아무도 없었다.

다 같이 집에 갈 준비를 하는 가운데, 나는 텐도에게 다시 말을 건다.

"어때? 텐도, 어떻게 할래? 너도 《게임 동호회》에……, 들어오지 않을래?"

내 질문에 텐도가 잠시 망설이는 기색으로 아마노를 흘끗 본다. ……음, 한 번 더 밀어붙일까.

나는 텐도에게 다가간 뒤, 아마노와 호시노모리에게 들리지 않도록 그녀에게 작게 속삭였다.

"그러고 보니, 아마노가 호시노모리와 대화를 나누게 된 계기는 말이야. 바로 너야, 텐도."

"뭐?"

"저 녀석, 언젠가 너와 대등하게 대화할 수 있기를 바라면서 똑같이 게임을 좋아하는 사람과 대화를 나누는 단계부터 힘내서 해보려고 하는 거야. 뭐, 결과가……, 저 모양이기는 하지만."

"그, 그렇구나. 나, 나와……, 제대로 대화를 나누기 위해서……."

텐도의 뺨이 순식간에 붉어진다.

'좋아……. 마지막 한 마리, 낚았다.'

나는 씩 웃는다. 예상대로 텐도는 머뭇거리며 대답했다.

"그, 그러네, 오늘은 즐겁기도 했고……. 나, 이중 활동으로 여기에——."

후, 이로써 드디어 안심이다. 이 상태로 동호회가 잘 굴러가면 틀림없이 아마노는 둘 중 누군가와 가까워지겠지——잠깐, 어라? 저기에 있는 사람은…….

"아구리? 웬일이야?"

문득 주위를 둘러보니 F반 교실 입구에 아구리가 와 있었다. 텐도와 나누던 대화를 일단 중단하고 내가 말을 걸자 어째서인지 그녀가 흠칫거리는 반응을 하더니, 어색하게 "타, 타스쿠……, 안녕!" 하고 이상한 인사를 한 다음 그 자리에 있던 텐도와 호시노모리를 보고서…….

"……흑."

"?"

갑자기 눈물을 살짝 글썽였다. ……? 뭐지? 이건 대체…….

뭐, 어쨌든 딱히 약속은 없었지만 아구리가 나를 보러 왔나 보다. 나는 그렇다면, 하고 조금 서둘러서 갈 준비를——.

"자, 잠깐만, 잠깐만! 아마놋치! 아마놋치! 얼른 이쪽으로 와

봐!"

"아, 알았어요, 아구리! 여, 여러분, 미안해요! 그럼 저는 지금부터 아구리와 볼일이 있어서 오늘은 그만 가볼게요!"

아구리의 호출에 아마노가 서둘러 갈 준비를 마치더니 뛰어간다. 나와 텐도가 멍하니 있는 가운데, 입구 근처에서 그렇게 합류한 두 사람은…….

"흑! 아, 아마놋치~!"

"지,지지, 진정해요, 아구리! 이, 일단 가요!"

""…………어?""

울먹이는 아구리에게 아마노가 바싹 다가가는 형태로, 어쩐지 몹시 친밀한 듯이 그 자리에서 바람처럼 사라져버렸다.

""…………""

망연자실한 상태인 나랑 텐도와는 반대로.

이 혼돈스러운 상황에도 아랑곳하지 않고 혼자서 담담히 갈 준비를 하던 호시노모리가 우리 뒤에서 충격적인 한마디를 한다.

"그나저나, 정말 세상일은 모르는 법이네요. 그 케이타에게……, 저렇게 귀여운 여자 친구가 있다니. 그렇죠, 우에하라?"

""…………어?""

로봇처럼 끼기긱 소리를 내면서 돌아보는 나와 텐도.

호시노모리는 의외라는 듯 고개를 돌리고 대답했다.

"요즘 집에 갈 때 자주 봤어요. 저 두 사람이 굉장히 사이좋게 있는 모습을. 아니, 그 전에 케이타가 직접 말해줬어요. 저 사람이 여자 친구라고.”

““…………네?””

“왠지 납득이 안 간다니까요. 케이타에게는 아깝다고 할까, 케이타에게 잘 어울리는 사람은 좀 더 게임을 좋아하는 오타쿠……. 잠깐, 어라? 내가 무슨 말을 하는 거람. 아, 음, 이제 다음 버스를 기다려야 해서요! 두 사람 모두 잘 가요!”

““……자, 잘 가…….””

서둘러 총총걸음으로 사라지는 호시노모리. 교실에 단둘이 남겨진 나와 텐도는 잠시 서로의 얼굴을 마주 보다가.

텐도가 자신의 가방을 꽉 쥐나 싶더니.

눈에 눈물을 가득 담은 채……, 갑자기 휙 뛰어나가면서 소리쳤다.

“나, 역시 《게임 동호회》 참가는 거절할게요오오오오오오오오오오!”

“그렇지?!”

이제는 말릴 마음도 들지 않는다! 그야 그렇겠지! 아니, 그 전에…….

“이젠 내가 《게임 동호회》를 그만두고 싶다! 이, 이게 대체 뭐야! 어?!”

모든 문제를 한 번에 해결할 수 있다고 생각한 《게임 동호회》가 발족한 그 방과 후.

나중에 생각해보면 이날이야말로, 오히려 모든 복잡한 인간

관계의 발단이었을 줄은.

그때의 나는——그래, 의외로 예감할 수 있었다.

아마노 케이타

왜 이렇게 됐을까.

"흑……, 흑……, 으흑……."

"아, 아구리, 미안해요. 내가 한심한 탓에……."

패밀리 레스토랑에서 서로 마주 보며 침통한 표정으로 앉아 있는 남녀. 여자는 아까부터 계속 울고 있고 남자는 연신 미안하다는 듯이 고개를 숙인다.

누가 어떻게 봐도 완전히 이별 이야기를 하는 광경이었다.

'뭐, 어떤 의미로 틀린 건 아니지만……'

나는 드링크 바에서 가져온 아이스커피를 목구멍 안으로 흘려 넣는다. ……오토부키 고등학교 학생들이 별로 이용하지 않는, 그러면서도 드링크 바가 저렴한 이 패밀리 레스토랑 자체는 문제없지만……, 주위에서 쏟아지는 가혹한 시선 때문에 끔찍하게 불편했다.

아구리는 진한 화장이 사라질 정도로 펑펑 운다. ……솔직히 화장이 지워진 쪽이 훨씬 더 귀여웠지만 지금 그런 말을 할 분위기가 아니라는 것은 충분히 잘 알고 있었기에, 아이스커피와 함께 말을 삼킨다. ……으음, 실연 중인 여자를 위로하는 방법은 그런 것이 아니지, 응……. ……………………. …………….

"아, 아구리는 화장을 옅게 하는 쪽이 더 귀여워요."

말했다. 여, 여성에게 던질 화제가 없는 나를 우습게 보지 마!

"짜증 나고 재수 없어. 그게 뭐야, 저질."

"그, 그렇죠?"

시선을 피하며 아이스커피를 스읍 마시는 나. ……주변의 시선이 한층 더 따갑다. 뒷자리에 앉은 여자 회사원이 어쩐지 질려 하는 기척이 난다. 울고 싶다.

"……하아. ……진짜 최악이다……."

그렇지만 지금 그 말로 간신히 아구리의 울음을 그치게 할 수는 있었던 모양이다.

그녀는 내가 가져온 콜라를 한 모금 마시더니, "미지근해." 하고 욕을 했다. ……그건 그 콜라를 내가 가지고 온 뒤로 당신이 계속 방치한 탓이죠, 응.

………….

"자, 여기요."

정신을 차리고 보니, 나는 재빨리 그녀에게 새로운 주스를 가져다주고 있었다. 그녀가 먹다 남긴 미지근한 콜라는 내가 먹기로 했다. 물론 간접 키스를 하면 또 이러쿵저러쿵 할 테니 빨대를 사용한다.

아구리는 차가운 멜론 사이다를 마시더니 후, 한숨을 쉬며 눈물을 닦고 나를 바라본다.

"……대체 뭐야, 그 여자들……."

"……음……."

시선을 돌리는 나. 작은 소리로 "저질."이라며 떠드는 여사원들. 음……, 일부러 이러는 건가 싶을 정도로 지금 이 대화는 내 바람을 들킨 듯한 대화네요. 뭐, 뭐, 어떤 의미로 30퍼센트 정도는 정답이지만.

나는 이마에 흐르는 땀을 닦으면서 오늘 일을 보고한다.

"어쩐지……. 그, 치아키나 텐도와 함께 무슨 이유에서인지 동호회를 하게 된……."

"왜 그렇게 되는데!"

"아, 아야야야! 귀는 잡아당기지 마요! 아구리! 사람들 눈도 따가우니까!"

아구리는 내 귀를 쭉쭉 잡아당긴 뒤 동물처럼 숨을 씩씩 토해내며 말을 잇는다.

"아마놋치가 말했잖아! 호시노모리랑 타스쿠는 아무런 사이도 아니라고! 물론 타스쿠가 남자를 좋아한다거나 그런 것도 아니고 아구리를 많이 좋아한다고!"

"마, 말했죠……."

"그래서 아마놋치가 아구리와 타스쿠를 무조건 응원해준다고 해서 기분이 좋았던 아구리는, 그날 드링크 바 값을 냈어!"

"그랬죠……, 싼 데다가 처음뿐이었지만……."

"뭐?!"

"아무것도 아니에요!"

"그런데 왜……, 왜, 그 이후로 상황이 점점 안 좋아지는 거야!"

"그, 글쎄요……."

내가 묻고 싶다. 뭘까, 이 상황은. 왜 이렇게 됐을까.

아니, 오해하지 않도록 미리 말하자면, 처음에는 진심으로 우에하라와 아구리 커플은 서로 사랑한다고 믿고 있었다. 그렇지 않은가. 아구리에게서 나오는 러브러브 광선은 말할 필요도 없고……, 우에하라도 아구리를 소중히 대하는 느낌이 강했으니.

그렇지만 사태가 이상하게 흘러간 것은 일주일 전. 다시 말해……, 치아키가 등장하면서부터다.

아구리가 이제 몇 번째일지 모를 불평을 쏟아 내기 시작한다.

"애당초 아마놋치의 판단은 처음부터 틀린 거였어! 호시노모리 치아키는 전혀 예쁘지도 않고 적극성도 없는 녀석이라고 말했으면서……."

"마, 말했죠. ……그, 그렇지만 그 녀석, 처음에는 진짜로――."

"다음 날, 갑자기 엄청난 미소녀로 변해서 명백하게 호의를 보이며 타스쿠에게 말을 걸지 않나!"

"윽."

아무리 그래도 그 일은 너무 예상 밖이었다. 아니, 내 입장에서 보자면 치아키는 처음 봤을 때와 별로 인상이 달라지지 않았지만 말이다. 오히려 나는 긴 미역이었을 때가 「치아키답다」고 생각하지만……, 뭐, 그런 건 아무래도 좋은가.

아무튼 치아키는 전교생이 인정하는 미소녀가 되었고. 그런 여자가……, 그것도 게임을 좋아하는 여자가 우에하라를 좋아하게 되니 당연히 게임을 계기로 그를 좋아한 아구리는 마음이 불안한 것이고.

나는 쓴웃음을 지으며 위로를 건넨다.

"하, 하지만 왜, 아구리는 텐도와 우에하라가 잘 어울린다든가, 그런 말을 하지 않았어요?"

"그것과 이건 다른 이야기지! 왜냐하면 그때 텐도는 구름 위의 사람이었으니까. 타스쿠는……, 원래부터 아구리에게는 아까운 세, 세계 최고로 멋진 남자고……."

"…………."

"뭐야, 그 눈은?"

"아, 아니, 다른 사람의 애인 사랑은 정말이지 들을 것이 못되는구나, 하고 실감해서——."

"뭐?"

"아무것도 아니에요. 우에하라, 최고! 엄청난 미남이죠!"

"뭐니, 그게. 징그러워."

"어떡하라고요!"

불합리해! 내 안에서 아구리는 어떤 의미로 텐도와 마찬가지로 무척 버겁다! 치아키도 버겁지만. ……어라? 나, 혹시 여성이 전부 어렵나? 서, 설마.

아구리는 빨대로 멜론 사이다 안에 든 얼음을 휘젓는다.

"어영부영하는 사이에 어쩐지 타스쿠, 점점 호시노모리 치아키랑 만나고 말이야……."

"그건 아구리의 『조금만 거리를 둬보자 작전』이 실패했기 때문이……."

"뭐?"

"죄송합니다, 그것도 내 잘못입니다. 이유는 모르겠지만 어쨌든 나 때문입니다."

하지만 아구리가 제대로 방과 후의 시간을 우에하라와 보냈다면 그렇게 되지 않았을 거라는 느낌이 드는데……. 나도 쓸데없이 미행에 따라가게 하고 말이지. 게임을 하고 있었는데.

"그리고 무엇보다 결정적인 쐐기가……."

"아……, 그날 말이죠?"

치아키와 우에하라가 공원에서 둘이 대화를 나누던 그날……, 통칭 XDAY. 나와 아구리만 그렇게 부르지만.

그렇지만 그날은 정말로 결정적이었다. 마음속 어딘가에서 아직 치아키는 별것 아닌 존재이고 아구리가 훨씬 더 귀여우니까 괜찮다고 생각했던 내 교만함을……, 완전히 박살 낸 그날. 아구리의 희망을 산산이 부서뜨린, 그 폭탄 발언.

그렇다……. 그날, 우에하라는. 우리가 멀리서 지켜보는 가운데.

치아키의 어깨를 잡고, 진지한 눈빛으로 그녀에게 이렇게 외쳤던 것이다.

"누가 봐도 운명의 사람이잖아아아아아아아아아아아아아아아아아아아아아아아아아아아!"

"""………….""""

당시 일을 생각하며 다시 패밀리 레스토랑에서 침울해하는 우리. 그건……, 아무리 그래도 아니었다. 솔직히 나까지 엄청난 충격이었다. 치아키가 어쨌다든가 그런 것이 아니라…….

그……, 우에하라가 여자 친구도 있으면서 그런 행동을 하는 사람이었나, 하고.

아구리가 "그래서." 하고 말을 잇는다.

"……아마놋치. 그때 네가 뭐라 그랬어. 『결심했어요! 기필코……, 반드시 우에하라가 눈을 뜨게 만들겠어요.』라고 그랬지? 아구리가 조금 감동할 정도로, 의외로 남자답게 선언했잖아."

"해, 했었죠……."

아니, 정말로 그 마음에 거짓은 없다. 아구리에 대해서도 책임을 느끼고 있던 것은 물론이지만, 최근 며칠 동안 어울리면서 진심으로 아구리를 응원할 마음이 들었으니. 그래서 정말로 결심은 했는데…….

지금, 아구리는 다시 한 번 나를 향해 절규한다.

"그런데 왜 아마놋치를 포함한 남녀 네 명이서 웃고 떠드는 《게임 동호회》를 만들었느냔 말이야아아아아아아아아아아아아아아아아아아아아아아아아아아아아아아아아아아아아아!"

"나도 모르겠다고요오오오오오오오오오오오오오오오오오오오오오오오오오오오오오오오!"

함께 소리를 지르다가 점원에게 "좀 조용히……."라는 주의를 듣고, 우리 두 사람은 필사적으로 사과를 한 뒤 힘없이 자리에 다시 앉는다.

……나는 나지막이 중얼거렸다.

"미안해요……, 《게임 동호회》의 발족은 분명히 내 실수예요. 갑자기……, 몹시 들뜨는 바람에 치아키와 우에하라 사이에 쓸데없는 접점이 생긴다는 생각이 머릿속에서 날아가버려서…….
다만 텐도의 등장은 정말로 뜻밖이라…….”

설마 우에하라가 텐도까지――홀렸다니! 하지만 비로소 납득이 간다. 요즘 텐도가 나에게 자주 신경을 쓰는 이유가 우에하라에게 마음이 있어서였구나.

…………

'……어, 어라? 뭐지? 지금 생각지도 못하게 가슴이 욱신거렸는데? 내가 텐도와 이러쿵저러쿵한다는, 분수도 모르는 생각은 전혀 해본 적이 없었는데. 이상하네.'

이해할 수 없는 자신의 마음에 고개를 갸웃거리고 있자 아구리가 한숨을 흘렸다.

"……미안. 아마놋치가 잘못하지 않았다는 것 정도는……, 아구리도 알고 있어. ……고마워, 아마놋치. 이래저래……, 같이 있어줘서."

"아구리……."

"아마놋치는 말이야……, 사실은 재수 없는 오타쿠 BL 의혹남이 아니라……."

거기서 한 박자 쉬고, 아구리는 부드럽게 웃는다.

"사람은 좋은데 재수 없는 오타쿠 BL 의혹남이었네."

"순수하게 급이 올라간 걸 기뻐할 수 없는데요! 아니, 그보다 아직도 BL 의혹이 있어요?"

"…………하아. 뭐, 하지만 사실 타스쿠와 사귀기 시작할 때부터 어렴풋이 알고 있었어……. 타스쿠는 아구리에게 별로 관심이 없다는 것을."

컵에 맺힌 물방울을 손끝으로 만지면서 아구리가 씁쓸하게 웃는다. 나는 어쩐지 매우 씁씁한 기분이 들었다.

"……그래도 아구리는 지금도 여전히 우에하라를 좋아하죠?"

"아, 응. 그야 물론이지."

이번에는 아무런 주저도 없이 웃는 아구리. 나는 나도 모르게 얼굴을 찡그린다.

"왠지……. 나, 아구리가 괴로워 보이는 모습만 봐서 그런지 잘 모르겠어요. 정말……, 그걸로 됐어요?"

"아하하, 됐고 자시고 할 것도 없어. 좋아하니까 어쩔 수 없잖아?"

"하, 하지만 그 왜, 서로가 좀 더 말이 잘 통하는 사람을 좋아하면——."

어째서인지 아까부터 내 머리에 텐도의 얼굴이 어른거린다. 그래, 처음부터 무리하게 위를 보거나 하지 말고 좀 더 땅에 발을 딛고…….

"아하하하, 아마놋치는 진짜 바보구나?"

"……네?"

앞을 보니, 아구리는 정말로 '무슨 말을 하는 거야?' 라는 표정으로 나를 바라보며 매우 담담하게, 그것이 마치 세상의 진실인 것처럼 말했다.

"사랑이란, 하는 게 아니라 빠지는 거야."

"…………."

"그렇게 되면 이제 어떻게 할 수가 없어. 사고 같은 거야. 괴로워도, 키가 맞지 않아도 말이야……. 뭐, 빠졌다면 방법이 없지, 방법이 없어."

"아, 아구리……."

뭐지, 나까지 애달파지는 이 느낌! 나는 남의 연애에 참견할 수 있는 성인 남성이 아니지만……, 그래도…….

"아, 아구리!"

"? 아마놋치?"

나는 나도 모르게 아구리의 손을 두 손으로 꼭 감싸며 힘차게 선언했다!

"나, 나, 앞으로도 두 사람이 원래대로 돌아갈 수 있도록 최선을 다할게요!"

"아마놋치! 응, 고마워! 둘이서 앞으로도 힘내자!"

"네!"

"응? 어라?"

"? 왜 그래요?"

둘이서 일치단결을 하며 손을 맞잡고 있는데, 문득 아구리가 패밀리 레스토랑 창밖을 내다보았다.

"지금 저기서 신호를 기다리던 버스 안에 그 호시노모리 치아키가 있던 것 같은……."

"? 아, 치아키가 탄 버스가 향하는 곳이 분명 이쪽이었던 듯한……."

"그랬구나……, 응? 아."

그때 아구리는 나와 손을 맞잡고 있다는 사실을 깨닫고서 조금 당황한 기색을 보인다.

"어쩌면 좋아. 뭔가 이상하게 오해하면……."

"아, 그거라면 괜찮아요, 아구리. 호시노모리에게는 내가 용기를 내서 남자답게, 아구리와 우에하라가 얼마나 멋진 커플인지 말해 놓았으니까요!"

"오! 뭐라고? 뭐라고 했는데?"

흥미진진하게 묻는 아구리를 보며 나는 가슴을 펴고 당당하게 대답했다.

"『아구리는 남자 친구를 최고로 생각하는 여자야!』라고요! 『그렇게 예쁘고 귀엽고 무적인 여자 친구는 또 없을걸! 하하!』라는 말도요! 여 보란 듯이 확실히 치아키에게 《절대 아구리 선언》을 해 두었어요!"

"오오, 역시 아마놋치! 와, 남자답다!"

"에헤헤, 고맙습니다. 뭐, 어쩐지 치아키의 반응이 『아, 그것 참 좋겠네.』라는 느낌이었던 것은 신경이 쓰이지만, 응, 지니까 분해서 그랬겠죠!"

"그렇게까지 해주다니! 이러면……, 아구리도 아마놋치를 제대로 응원해주지 않으면 안 되겠네! 좋아, 결정했다. 텐도와 대등하게 대화할 수 있을 때까지, 아구리가 가끔씩 타스쿠의 데이트를 거절해서라도 아마놋치와 함께해줄게! 여자는 한 입 가지고 두말하지 않아!"

"그, 그렇게까지! 고마워요, 아구리!"

“아니야, 앞으로도 기브 앤 테이크 협력 체제로 가자, 아마놋치!”

“네! 진짜로 잘 부탁해요, 아구리!”

패밀리 레스토랑의 테이블 위에서 묘하게 남자다운 기세로 팔을 교차하는 우리.

이렇게 해서 이날 나와 아구리의 《연합》이 멋지게 성립되었지만…….

여기서 이 《연합》이 이상하게 성립된 탓에 그 후에 서로의 발목을 잡게 될 줄은……, 이때는 물론이고 고등학교 생활이 끝날 때까지, 우리는 꿈에도 몰랐다.

【에필로그】

《게임 동호회》가 발족하고 나서 약 2주일.

오늘도 수업과 동호회 활동을 마치고 집에 돌아와 가족 넷이서 저녁을 먹은 뒤, 나는 내 방에 앉아 멍하니 순회 사이트를 체크하기 시작했다.

거의 획일적인 뉴스 기사를 보면서 문득 최근에 있던 일을 회상한다.

결국, 그날 이후로 여러 방면에서 눈에 띄는 진전은 없었다.

《게임 동호회》가 활동을 개시하기는 했지만, 막상 뚜껑을 열고 보니 변함없이 나와 치아키가 싸움을 할 뿐. 또 어째서인지 텐도가 들어오지 않은 것이 뼈아팠다. 그녀가 있으면 나와 치아키도 조금 더 얌전해졌을 텐데…….

'텐도는 우에하라를 좋아하지 않았나?'

그녀가 입회하지 않은 이유를 알 수는 없지만, 이 일에 대해 생각하면 요즘 내 가슴이 이상하게 욱신거려서 깊게 생각하지 않기로 한다.

아구리와 우에하라도 여전히 서먹서먹한 상태를 유지하고 있다. 아니, 그보다 어쩐지 요즘 우에하라가 나에게도 서먹서먹한 느낌이 든다. 그렇게까지 노골적으로 이상한 것은 아니지만……. 어쩐지 거리감이 느껴진다고나 할까? 나를 관찰하고 있는 느낌이 든다고나 할까.

그 덕분에 나와 아구리의 불평회라든가 반성회가 열리는 횟

수가 꽤 많아졌다. 이틀에 한 번 정도 그 패밀리 레스토랑에서 서로 실컷 떠들고 있다. 고맙게도 아구리 덕분에 처음 만난 사람과 떠들 때 나타나는 내 「초조함」은 해소되었다. 텐도와 갑자기 마주쳐도 냉정하게 대화할 수 있는 수준까지 왔는데, 어쩐지 요즘에는 텐도가 묘하게 더듬거려서 결국 대화가 제대로 이루어지지 않았다. ……정진해야겠다.

그래, 맞아. 최근 2주 동안에 유일하게 제대로 진전된 일이라고 한다면, 치아키가 게임을 완성시켰다는 것이다. 프리 게임의 제작 기간은 다 다르지만 상당히 빠른 작업이다. 의외로 치아키에게 재능이 있는 것일까? 인정하고 싶지는 않지만.

결국 방향성은 「많은 사람에게 받아들여지는 게임」으로 했다는 모양이다. 하지만 그렇게 말하는 치아키의 얼굴은 의외로 달성감에 차 있었다. 어떤 작품이든 노력과 고민을 한 다음에 만든 작품이라면 그걸로 충분할지도 모른다. ……뭐, 나는 크리에이터가 아니니까 모르겠지만.

하지만 한 가지 납득이 안 가는 점은 치아키가 자신의 닉네임을 전혀 가르쳐주지 않는다는 것이다. 내가 플레이하는 것만큼은 평생 보고 싶지 않은 모양이다. 하지만 우에하라에게는 가르쳐준 모양이라 몹시 분하다. ……언젠가 반드시 몰래 알아내주겠어.

――그렇게 두서없는 생각과 회상을 하면서 사이트를 순회하고 있는데, 오랜만에 블로그가 갱신되었다는 알림이 문득 눈에 들어왔다. 《노베》의 블로그다. 내용을 훑어보니 아무래도 신작이 완성된 모양이다.

"오오, 드디어!"

재빨리 다운로드해서 플레이를 해본다. 실제로 오늘은 다른 아케이드 게임을 할 예정이었지만 그런 것은 뒤로한다.

《노베》의 신작 게임은 두 시간 정도면 클리어할 수 있는 단편 어드벤처였다. 놀랍게도 막장 전개가 전혀 없었고, 짧은 내용이면서도 매우 탄탄하고 아름답게 정리되어 있었다.

그렇지만 그만큼 평소 《노베》의 냄새는 희박했다.

엔딩 후에 나타나는 「후기」까지 전부 다 읽고 나서 다시 《노베》의 블로그에 접속. 아직 아무도 적지 않은 댓글 창을 연다.

나는 잠시 생각을 정리한 뒤, 평소처럼 지극히 간결한 감상을 써 넣었다.

〈또다시 《노베》의 새로운 일면을 만끽할 수 있었습니다. 이번에도 정말 재미있었습니다! 고맙습니다! 《야마》〉

그렇게만 쓰고 등록을 누른다. 평소에 별로 긴 글은 쓰지 않는다. 처음에는 장문의 감상도 쓰려고 했지만, 표현을 적으면 적을수록 뭔가 간결하고도 진정한 감상에서 멀어지는 느낌이 들어서. 그래서 결국 나는 「어쨌든 재미있었다」라는 말만 상대에게 전해지면 그것으로 충분하다는 생각을 하고 있다. 물론 답변은 기대하지 않는다. 다만 재미있는 게임을 체험하게 해준 것에 대한 솔직한 감사 인사다.

"자, 그럼."

작업을 잠시 중단하고 목욕을 한 뒤, 이를 닦고서 잘 준비를 마치고 방으로 돌아온다.

컴퓨터의 절전 모드를 해제하니 여전히 《노베》의 블로그가 열려 있었다.
왠지 모르게 다음 작품에 대해 쓴 새로운 블로그라도 업데이트되지 않았나, 하고 갱신 버튼을 눌렀다. ……그러자.
'어라? 댓글……, 두 건?'
블로그는 갱신되지 않았지만, 자세히 보니 전 블로그에 댓글 두 개라는 표시. 다른 사람의 감상이겠거니 생각하면서 웬일인가 싶어 가벼운 마음으로 댓글 창을 열었다.
그러자 그곳에는——.

〈늘 고마워요. 《노베》〉

——간결하게, 오직 그렇게만 쓴 답변이 적혀 있었다.
"…………나야말로요."
나는 어쩐지 굉장히 따스한 마음이 들어서……. 아니, 솔직히 말해 조금 감동하면서도 그 이상 답변을 달지 않고 조용히 브라우저를 닫는다.
'어라? 방금 그 글, 어디선가 본 내용 같은데……. ……뭐, 상관없나.'
나는 왠지 오늘은 일찍 자고 싶은 마음에 컴퓨터를 끄고 침대에 누웠다.
눈을 감자 방금 플레이한 《노베》의 신작 게임 화면이 눈꺼풀 안에서 재생된다.
'그나저나 《노베》치고는 정말로 특이한 작풍이었어.'
그것은 지금까지 독창성이 넘치던 오만하고 내향적인 작품과는 달리.

많은 등장인물이 각각 확고한 개성과 주장을 가지고 있으며, 가끔은 휴대용 게임기를 매개로 능력 배틀을 벌이는 어려운 전개도 있었다. 그래도 마지막에는 멋지게 대단원에 착지한다. 정말이지 가슴이 따뜻해지는 게임——.

——그 이름도 《게이머즈》라는, 엄청난 걸작이다.

'그렇지만 왠지 요즘 내 주위에 있는 사람들을 옮겨 놓은 듯한 캐릭터 천지라 놀랐어. 그리고 웬일로 아주 조금이기는 하지만 《모에》가 될 요소도 들어 있고. 역시 《노베》야. 여전히 나와 똑같은 감성이라니까.'

좋은 게임을 하자 마음이 행복해진다.

나는 꾸벅꾸벅 졸면서 우에하라와 치아키, 그리고 텐도와 아구리의 웃는 얼굴을 떠올린다.

'꽤……, 내 일상도 시끌벅적해졌네…….'

아직도 신기한 마음으로 가득하다.

평범한 일상을 사랑하는 평범한 주인공만큼 완벽하게 공감할 수 있는 존재는 없다.

묘하게 정신이 없었던 최근 약 한 달을 보내고 나서도 그 생각에는 변함이 없다.

미소녀에게 인기가 있는 일상을 보내는 녀석이 어디가 평범하냐고 생각하며, 얼마 전까지의 내 생활처럼 아무런 풍파도 없이 잔잔하고 심심한 일상을 「평화란 멋져」라는 관점에서 사랑할 수 있는, 그런 고상한 정신도 기르지 못했다.

하지만……, 그럼에도 단 한 가지, 내 안에서 변한 것이 있다면.

나――아마노 케이타(16세)의.

이세계로 가고 싶다는 소원이 조금씩 옅어지고 있다는 것은 사실이다.

'이상해……. 전에는 잘 때가 되면 항상 어딘가 먼 세계에 대해서만 공상했는데. 요즘에는……, 정신을 차리고 보면 『내일』에 대해 생각하고 있어.'

얇은 이불 끝을 잡고 몸을 웅크린다. 눈꺼풀 안에 비치는 것은 판타지 세계가 아니라 우에하라와 텐도와 아구리…………,그리고 겸사겸사 치아키의 웃는 얼굴로.

……이렇게 되면, 분하지만 이제 인정해야만 한다고는 생각한다.

나는 내가 사는 지금, 그러니까 이 일상을, 그……, 상당히 사랑하고 있다는 것을.

'뭐, 그래도 하렘 계열 주인공과 비교하면 정말 인색한 일상이지만 말이야. 멀쩡한 남자 사람 친구가 한 명 생기고, 동경하는 사람이 생기고, 친구의 여자 친구를 응원하고, 또……. 아아, 미역이 늘었나?'

결국 가슴을 펴고 친구라고 할 수 있는 사람은 아직 한 명뿐. 아는 여자가 늘기는 했지만……, 그것도 어디까지나 알고 지내는 수준. 딱히 여자 친구가 생긴 것은 아니다.

결국 평범하게 많은 친구, 그리고 사랑하는 여자 친구가 있는, 삶에 충실한 사람을 평균으로 놓고 보자면 전혀 충분하다고 할 수 없다. 자칫하면 평균보다 더 아래라고도 할 수 있는 일상. 솔직히 쉬는 시간에는 지금도 혼자고, 교실에 있기가 힘들면 혼자서 교내를 배회하기도 한다.

그렇지만 누가 뭐라 해도 나에게 그것은 역시——.

'내일은……, 누구와, 어떤 게임 이야기를, 할 수가 있을까……, 기대……, 되네…….'

——드디어 손에 넣은, 울고 싶을 정도로 행복한 일상이며.

그렇기 때문에.

그렇기 때문에 그런 내가 지금부터 하는 이 이야기는.

본의 아니게 내가 좋아하는 취향의 스토리가 아니라서 심히 유감스럽지만.

이러쿵저러쿵해도 결국은.

평범한 일상을 사랑하는 평범한 주인공에게 미소녀가 말을 걸면서 시작되는——.

——매우 사랑스러운 게임 이야기이다.

【텐도 카렌과 개악 업데이트】

텐도의 화려한 하루 BEFORE

텐도 카렌의 아침은 빠르다.

조깅, 아침 학습, 자주적인 부 활동의 아침 훈련. 평온한 아침에 집중력이 높아지는 가운데, 매우 농밀한 자기 개발을 하기 위해서다.

그렇지만 그와 반대로 몸단장 자체는 매우 단시간에 마친다. 주위 사람들은 모르지만 그녀는 자신의 외모에 신경을 쓰는 사람이 아니다. 최소한의 단장은 하지만 정말로 중요한 것은 내면에서 나온다고 생각하기 때문이다.

그렇게 해서 일찍 등교하면, 이번에는 180도 바뀌어서 학교 친구들과 교류에 힘쓴다. 그때 그곳에서밖에 할 수 없는 일에 온 힘을 쏟는 것이 그녀의 신조이기 때문이다.

쉬는 시간에는 친구들과 교류하는 일에 더하여 솔선해서 교사를 돕는다. 점수를 번다기보다 거기서 얻을 수 있는 특수한 경험을 중요시한 결과이다. 교실에 그냥 앉아서 친구들과 대화만 나누는 것보다는 무언가를 병행하는 쪽의 효율이 좋다는 생각도 하기 때문이다.

그런 텐도에게 가장 우울한 시간은 점심시간이다. 어떤 이유로 방과 후에는 구속받기 싫어하는 그녀에게 점심시간은 높은 확률로 「고백을 거절하는 타임」이 되기 때문이다.

고백을 받는 것 자체에는 익숙해졌지만, 사람의 호의를 무시하는 아픔에는 쉽게 익숙해질 수가 없다. 하지만 그럼에도 텐도는 상대의 아픔을 몇 십 분의 일이라도 공유하기 위해, 상대의 눈을 보고 똑똑히 거절하는 것을 자신 나름대로의 성의라고 여기고 있다.

그렇게 모든 수업을 마친 뒤, 방과 후는 그녀에게 최고로 행복한 시간이다.

주변 사람들에게는 거의 알리지 않았지만 텐도 카렌은 게임부라는 부 활동에 소속되어 있다.

그곳은 느긋하게 놀기만 하는 미지근한 곳이 아니라, 진지하게 게임 실력을 키우는 사람들끼리 실력을 갈고닦는 곳이다. 진검 승부이기에 맛볼 수 있는 따끔한 공기를, 텐도는 참을 수 없을 정도로 사랑하고 있다.

평균적으로 약 두 시간 정도 부 활동을 한 후, 집에 돌아와 자습, 복습, 휴식을 겸해 게임 정보 수집 및 내일을 위한 준비를 하고 일찍 잠에 들어 내일의 자기 개발에 대비한다.

그렇게 텐도 카렌의 하루는 한 치의 막힘도 없이 화려하게 흘러가는 것이다.

……흘러갔을, 것이었다.

그와 만나기 전까지는.

*

텐도의 화려한 하루 AFTER

텐도 카렌의 아침은 빠르다.

조깅, 아침 학습, 자주적인 부 활동의 아침 훈련. 평온한 아침에 집중력이 높아지는 가운데, 매우 농밀한 자기 개발을 하기 위해서……, 지만.

"……~! 으!~~~!"

오늘은 그중에 조깅과 자주 훈련(요는 게임이지만)이 생략되었다.

이유는……, 이불에서 좀처럼 나올 수 없었기 때문이다. 그렇지만 졸려서 그런 것이 아니다. 오히려 반대였다.

그녀는……, 이불을 얼굴까지 덮고 초롱초롱한 눈으로 괴로워하고 있었다.

'왜, 왜, 왜, 왜 이 내가 아마노 꿈 따위를 꾼 거야! 그, 그것도, 그, 그, 그런 파렴치한……. 그렇지만……, 그, 그런 건……!'

꿈 내용을 몇 번이나 다시 생각하고는 침대 속에서 발을 동동 구르며 몸부림치는 텐도 카렌. ……어떤 의미로는 조깅보다 더 칼로리를 소모했을지도 모른다.

결국 잠에서 깨고 나서 한 시간 정도 몸부림친 뒤 간신히 안정을 회복한 그녀는 단시간에 몸단장을 마칠……, 수 없었다.

'이, 이상하네. 앞머리 모양이 신경 쓰여서 안 되겠어……. 아, 눈썹도 조금 더……, 립글로스를 새로운 걸로 바꿔볼

까……. 잠깐만, 어, 벌써 시간이 이렇게나?!'

이전보다 공들여서 몸단장을 하느라 시간이 걸렸지만 간신히 평소와 똑같은 시간에 등교를 한 뒤, 이번에는 친구들과 교류에 힘쓴다……는 생각도 하는 둥 마는 둥, 굳이 지나가지 않아도 될 F반 앞을 지나가본다.

'……이제 등교했을까? …………. ……아직 없나 보네. 정말 이지, 조금 더 여유를 가지고 등교해야 하는 거 아니야? 이래서 아마노는. 따, 딱히 빨리 얼굴이 보고 싶다거나 그런 건 아니지만. 똑같이 게임을 사랑하는 사람으로서 건전한 교제 관계를 제창하기 위해……. 아, 따, 딱히 교제라고 해서 그런 의미는 아니야. 게임과의 교류라는 의미로——.'

"야……. 요즘 텐도 말이야, 왜 매일 아침 우리 반 앞에서 서성이고 있는 거야?"

"그, 글쎄. 틀림없이 무슨 심오한 이유가 있겠지. 그 텐도잖아?"

"그러게. 그 텐도지……"

평소에도 주목을 받고 있어서 그런지 F반 안에서 명백하게 이상한 시선이 자신을 향해 쏟아지는데도 아랑곳하지 않고, 아침 시간을 더할 나위 없이 허무하게 소비하는 텐도 카렌.

그러나 그녀의 그런 행동은 어떤 학생——아마노 케이타가 등교하자 갑자기 끝을 고한다. 등교한 그는 당연히 텐도의 모습을 발견하고는 조금 용기를 짜낸 모습으로,

"아, 텐도——."

아침 인사를 건네려고 하지만 그 순간. 그 당사자인 텐도 카

렌이 「아마노를 전혀 못 봤다」는 듯이 등을 돌리고 A반 쪽으로 사라졌기 때문에 두 사람은 항상 인사를 못 하고 만다. 참고로 이때 아마노는 축 처지고 텐도는 뺨을 붉혔으며, 그 모습을 교실에서 보고 있는 우에하라는 히죽거리며 즐거워하는 구도가 매번 전개된다.

쉬는 시간, 텐도 카렌은 친구들과의 교류에 더하여 솔선해서 교사를 돕는다.

“어……, 텐도? 교재 옮기는 일을 도와주는 건 고마운데, 그걸 옮겨야 할 곳은 화학실 쪽…….”

“네, 알고 있어요, 선생님. 맡겨주세요.”

“아……, 응, 그래. ……저기, 텐도? 하지만 그쪽은 멀리 돌아가는 정도가 아니라 아예 반대 방향인데, 그…….”

“괜찮아요, 선생님. F반을 경유해서 제대로 옮겨 놓을 테니까 안심하세요(꾸벅).”

“어? 그럼 상관은 없지만……. ……저기, 왜 F반을 경유해서…….”

“제대로 옮겨 놓을 테니까 안심하세요(꾸벅).”

“어, 그래. 잘 부탁한다.”

……이런 식으로 그녀는 변함없이 교사를 열심히 돕는다. 점수를 번다기보다 거기서 얻을 수 있는 특수한 경험을 중요시하기 때문이다. ……참고로 이 특수한 경험이라는 것에는 「교재를 옮기기 위해 움직임이 꿈뜬 척을 하며 F반 입구에서 어떤 존재감이 희미한 아웃사이더 게이머남의 모습을 천천히 살펴본다」는 항목도 포함되어 있다기보다, 솔직히 그 이유가 90퍼

센트이다.

그런 텐도에게 가장 우울한 시간은 점심시간이다. 그 시간은 상당히 높은 확률로 「고백을 거절하는 타임」이 되기 때문이며, 그리고 최근에는 그 행위가 점점 더 힘들어지고 있었다. 왜냐하면…….

"어째서……, 어째서 사귀어주지 않는 겁니까! 역시 저는……, 저는 어울리지 않는다는 건가요?!"

학교 뒤에서 울려 퍼지는, 처음 보는 같은 학년 남자아이의 말에 텐도가 냉정하고 담담하게 대답한다.

"아니, 그런 게 아니야. 이유는 크게 두 가지야. 먼저, 미안하지만 나는 너를 제대로 모른다는 점이 그 첫 번째. 물론 앞으로 친구가 되는 것은 가능해. 다만 사귈 수 없는 또 하나의 이유가 있는데, 그건 내가 지금――."

남성과 사귈 마음이 전혀 없어, 라고 늘 정해진 문구처럼 말을 하려고 했으나 그사이를 못 기다린 상대 남학생이 말을 끊고 질문했다.

"혹시 좋아하는 사람이……, 좋아하는 사람이 있는 겁니까, 텐도!"

"어?!"

갑작스러운 말에 사고가 정지한 텐도 카렌. 아니, 이전의 텐도 카렌이라면 이다음에 미소를 살풋 지으며 곧바로 "아니, 아니야."라고 말하고는, 단순히 아무하고도 사귈 마음이 없기 때문이라고 말을 이었을 것이다. 그렇지만 지금의 그녀는…….

어째서인지 그 천하의 텐도 카렌이라고는 생각할 수 없을 정도로……, 얼굴을 붉게 물들이며 허둥대다가 고개를 숙이고 입가를 손으로 가리더니, 미적지근한 대답을 하고 말았다.

“아, 아니, 그런, 좋아하는 사람이, 바, 바보 아냐? 이, 있을 리가, 없, 잖아. 그, 그, 그게 아니라, 그, 원래, 아무하고도, 사귈 마음이……, 사귈 마음이……, …………. …………헉! 아, 아니야! 누, 누군가와 사귀는 상상을 하고 행복해졌다든가, 그러지 않았어!”

“? 네? 아, 저기……. 미안한데, 지금 무슨 이야기를……? 내 고백에 대해서는…….”

“아, 그건 가능성 없어요. 제로예요.”

“잔인해!”

“아, 아니, 미안해요!, 이, 이상하네, 워, 원래 내가 이렇게 잔인하게 딱 잘라 거절하는 사람이 아닌데. 아, 하지만 사귈 수 없는 건 정말이라――.”

그런 이유로, 어째서인지 요즘은 고백을 거절하는 방법이 묘하게 구구절절해진 신세. 점심시간은 그녀에게 있어 전보다 더 우울한 시간이 되었다.

그렇지만 모든 수업을 마친 후 방과 후가 되면 그녀에게 최고로 행복한 시간――이 되었을 것이다.

“……텐도? 텐도!”

“헉!”

게임부에 속한 날라리 모습의 게임 마니아 오이소 니나――통칭 니나 선배의 부름에 흠칫 반응하는 텐도 카렌. 정신을 차리고 보니 그녀가 방금 전까지 조작하고 있던 격투 게임 캐릭터가 완벽한 패배를 맞이하고 있었다.

멍한 텐도를 보며 오이소가 걱정스러운 듯이 말을 건다.

"왠지 요즘 멍하니 있는 시간이 많은데……, 괜찮아?"

"아, 네, 죄송해요……. 아무래도 요즘 정신을 차리고 보면 멍하니 생각을 하고 있네요. 왜 그러는지……."

"뭐, 아픈 게 아니라면 다행이지만……. 그런데, 무슨 생각을 그렇게 해?"

"……글쎄요. 제가 생각해도 별로 공통점을 찾을 수 없는데……. 그, 맥락이 없는 기억만 자꾸 되살아나서……."

"흠. 예를 들면?"

"글쎄요……, 분명 니나 선배도 공통점을 찾을 수 없겠지만……."

그렇게 서두를 꺼내며 심각한 듯이, 그리고 매우 불가사의하다는 듯이 텐도 카렌은 말한다.

"게임 숍에서 제가 아마노에게 처음 말을 걸었을 때라든지, 그리고 아마노와 함께 게임부에 왔을 때라든지, 다시 한 번 아마노의 교실에 갔을 때라든지, 또 반대로 아마노가 있는 게임 동호회에 권유받았을 때라든지, 오늘도 F반에서 아마노가 혼자였다든지, 아마노가 좀 더 빨리 학교에 오면 좋겠다든지, 왜 아마노는 게임부에 들어오지 않았을까 화가 나기도 하고, 아마노 주위에 있는 여자아이들과는 실제로 어떤 관계인지, 또, 뭐니 뭐니 해도 최고는 게임 센터에서 돌아가는 길에 아마노가 우리 게임부를 굉장히 높게 평가해준 것을 알았을 때의 일이 몇 번이나 계속 되풀이돼서 머릿속에 떠올라요. …………후후.”

“………….”

“……하아. 아아, 그나저나 이렇게 생각해봐도 역시 전혀 모르겠네요, 니나 선배. 요즘 제가 생각하는 것들의 공통점이 대체——어? 니나 선배? 어디 가요? 그 속이 쓰리다는 듯한 표정은 뭐예요! 어, 잠깐만요, 오늘은 우리 둘밖에 없는데 어디에……, 저, 저기요?! 선배?!”

그런 이유로 최근에는 게임부 활동도 제대로 못 하고 있는 실정이다.

자, 그렇게 부 활동을 마친 후에는 집에 돌아와 자습, 복습, 휴식을 겸해 게임 정보 수집, 내일을 위한 준비를 하고 일찍 잠에 들기 위해 침대에 눕는다. 그리고…….

‘아마노가 내일은 게임부에 와주지 않을까. ……아, 따, 딱히 그 애가 게임부에 오지 않아도 전력 면에서는 아무런 문제가 없으니 꼭 와주길 바라는 건 아니지만 말이야! 하, 하지만 뭐, 그 애가 온다면 받아주지 못할 것도 없지, 응. 그렇게 되면 내가 그에게 게임의 기본을 처음부터 철저히 가르쳐주고……. 후후……, 우후후후…….’

이런 생각을 하는 사이에 잠이 들고, 그렇게 되니 당연히 아마노 케이타가 출연하는 얼굴이 붉어지는 꿈을 꾸는데……. 그 결과, 이튿날 아침 몸부림을 치면서 일어나는 사태로 이어지는 것이다.

이렇게 해서 오늘도 텐도 카렌의 하루는.

전과 또 다른 의미로, 어떤 의미에서는 화려하게 흘러가는 것이었다.

【후기】

이번 작품부터 제 작품을 읽으신 분께. 처음 뵙겠습니다, 작가인 아오이 세키나라고 합니다.

먼저 미리 말씀드리지만, 제 작품은 후기가 꽤 긴 편입니다. 광고가 없는 것과 본편 분량을 맞추지 않는 것이 이유지만, 거기에 대해서 아무래도 「후기 운」이 없는 듯합니다.

원래 저는 「게이머즈」라는 작품을 쓸 정도로 천성이 타고난 은둔형 외톨이 체질. 당연히 일상생활에 변화가 있을 리도 없는데, 어찌 된 영문인지 가끔씩 수십 페이지에 달하는 개인 보고를 몇 개월에 한 번, 반드시 「후기」라는 이름으로 제출합니다. 이상한 이야기입니다. 무언가의 훈련 같습니다.

뭐, 그런 이유로 이번 후기는……, 아홉 페이지입니다. 이미 길게 썼는데요!

그런고로 여기서부터 주절주절 후기 분량에 대한 불평이라도 써서 페이지를 채우고 싶지만, 저 정도가 되면 이미 지난 시리즈에서 다 겪은 일이기에 눈물을 삼키며 그만두겠습니다. 제길.

그럼, 각오를 다지고 먼저 진지하게 작품 이야기부터.

먼저 이 「게이머즈!」라는 이야기가 어떻게 탄생했는가 하면.

오로지 제 취미라고밖에 말할 길이 없습니다. 돈을 받는 상업지인데 프로 의식이나 엔터테인먼트 의식을 우선하지 않아서 죄송합니다.

정말로 누군가에게 의뢰를 받는 것이 아니라, 그저 마음이 가는 대로 쓰기 시작한 작품을 전 담당자에게 보여주었더니 그대로 판타지아 Beyond에 게재되었고, 그리고 문고로 만들어지는……, 그런 경위인지라 정말로 취미 요소밖에 없습니다.

지극히 사적인 작품이므로, 부끄럽지만 본 작품에는 저 자신이 꽤 많이 투영되어 있습니다. 특히 주인공의 생활환경 등은 작가의 고등학교 시절을 모델로 한 것입니다. ……상업지에서 할 짓이냐!

그렇지만 일단 이유가 있는데요. 읽으신 분들이라면 알겠지만 이 작품은 「게임에 대한 여러 사람의 다른 자세」라는 것이 하나의 주제입니다.

그리고 주인공인 아마노는 밋밋하고 특별한 재능도 없으며 뭔가 강한 집념을 가진 플레이를 하는 것도 아닌, 지극히 「평범」한 게임감을 가진 주인공입니다.

그런 「평범」이라는 요소가 전면적으로 드러난 인물을 제대로 그리려면, 그야말로 제가 가장 잘하는 「평범」한 사람……. 즉, 자신을 참고하는 것이 가장 쉬운 방법일 거라고 생각했습니다.

그런 이유로 아마노의 환경 주위에는 저의 개인적인 이런저런 것들이 포함되어 있습니다. 하지만, 말은 이렇게 해도 아마노는 아마노. 결단코 작자의 대변자는 아니며 독립된 생각을 하는 한 명의 주인공이니, 그 부분은 앞으로도 안심하시고 읽어주시면 좋겠습니다.

자, 이 시리즈의 작풍에 대해서 말해볼까요? 제 작품 사상 가장 느긋한 이야기가 될 것 같습니다.
어차피 주제가 게임이라 격렬하게 싸우지도 않고, 또 주인공이 「평범」하다는 성질상 비참한 과거 이야기 등도 당연히 없으므로 무거워질 방법이 없습니다. 어떤 의미로 완전한 개그 작품이었던 전전작 「학생회의 일존」보다 더 가벼운 이야기가 될 것 같습니다.
그러니 이 시리즈는 앞으로도 가볍게, 우스운 러브 코미디나 흔히 있는 게임 이야기, 바보 같은 오해와 엇갈림을 보고 웃으면서 즐겨주신다면 감사하겠습니다.
사실 다음 권 내용은 현 시점(2015년 3월 20일)에서 이미 판타지아 Beyond에 몇 화 연재되어 있습니다.
그 후의 전개에 대해서 말씀드리자면……, 러브 코미디 부분에서 상당히 큰 움직임이 있을 예정이므로 그 부분을 부디 기대해주시기 바랍니다.

작품에 대한 이야기는 이런 느낌일까요?
………….
어라, 이상하네, 이번 후기 페이지의 반도 못 채우고 작품 이야기가 끝났네요……. 많이 떠들 생각이었는데…….
……어쩔 수 없으니 여기서부터는 제가 쥐어짜 내듯이 써 나가는 개인적인 이야기.

먼저 게임 이야기.
이런 작품을 쓴 것으로도 아시겠지만, 저는 텔레비전 게임을 아주 좋아합니다. 46시간 내내 할 정도로요. 원고도 쓰지 않고 하고 싶을 정도입니다.

다만 그렇게 게임을 사랑하는데……, 어째서일까요. 솔직히 못합니다. 못하는데 좋아합니다. 깜짝 놀랄 정도로 플레이어 스킬이 능숙하지 못합니다.

물론 얕고 넓게 하는 타입이라는 이유는 있지만, 그래도 그렇지 이렇게 실력이 안 늘까, 하는 수준입니다.

특히 액션이나 순발력을 요구하는 게임은 취약입니다. 모 게임 센○ CX의 과장을 전혀 비웃을 수 없어요.

그래서 근성 없이 두들겨 맞는 저이기 때문에, 이렇게나 못하는 게임은 금방 질리거나 싫어해도 이상하지 않을 텐데……, 어찌 된 영문인지 그렇게 되지는 않네요. 여전히 계속 좋아한다고 합니다.

이유를 물으면 잘 모르겠습니다. 최근 게임은 어려워서 싫다고 말하는 사람과 만나도 "아, 맞아." 하고 납득할 정도로 저는 게임을 잘 못합니다.

그런데 그것이 싫어지지는 않습니다. 오히려 즐거워서 엄청 좋습니다.

아마도 그것이 「오락」이라고 생각하지만, 이런 한마디로 표현하기 어려운 '게임을 향한 마음' 이 조금이라도 이 소설에서 느껴졌으면 좋겠습니다.

이번에는 여행 이야기.

저는 굉장히 외출을 싫어합니다. 게으름뱅이라고나 할까, 집

안에 박혀 있는 것을 좋아한다고나 할까. 뭐, 혼자 살기 때문에 아예 안 나가고 살 수는 없지만, 어쨌든 최대한 집에 있고 싶은 사람입니다.

그래서 가끔씩 가족이나 지인과 여행을 가는 예정이 생기면 그 전부터 우울해서 미칠 것 같습니다. "아, 귀찮아 죽겠네."라는 생각만 합니다.

그런데……, 막상 실제로 가면 멤버 중에서 가장 신이 나서 '경치 좀 봐봐, 멋지다.' 라고 말하거나 '여기 밥, 진짜 맛있다.' 라고 말하기도 합니다. 은둔형 외톨이라서 오히려 외출할 때의 감동이 굉장합니다.

그렇게 매번 여행을 만끽해 놓고도 막상 돌아오면 또다시 "이제 아무 데도 가고 싶지 않아."라는 상태가 된다고 합니다. 이제 저도 저라는 존재를 잘 모르겠습니다.

참고로 그런 제가 제일 좋아하는 게임은 아름답고 멋진 자연 속을 자유롭게 거니는 작품입니다. ……대체 뭐냐, 나. 어쩌고 싶다는 거냐.

인사 이야기.

지난번에 후지미 판타지아 대상 수상식에서 심사위원 대표로 인사를 하게 되었습니다. ……어쩌다 보니, 말입니다.

여기까지 쓴 후기를 보고 이미 제 성격을 파악하셨겠지만, 어쨌든 사람들 앞에서 인사를 하는 일은 최대한 피해 온 사람입니다. 1인 작업의 극치라고도 할 수 있는 작가라는 직업을 골랐는데 많은 사람 앞에서 인사를 하게 되는 날이 올 줄은 꿈에도 몰랐습니다.

아니, 지금까지도 이래저래 사인회 같은 곳에서 사람들 앞에 설 기회는 있었습니다. 다만 그곳에서는 기본적으로 "오늘 와 주셔서 감사합니다."라는 말만 떠들면 그것으로 충분했고, 늘 감사하는 마음도 있어서 오신 분들 한 분 한 분과 대화를 나누는 일 자체는 엄청 즐거울 따름입니다.

그것이……, 「심사위원이 신인 작가에게 하는 고마운 어드바이스」가 되면 이야기는 별개입니다. 뭐야, 그게. 저도 솔직히 알맹이는 데뷔 1년 차라고요. 아니, 그뿐만이 아니라 고등학생 수준이라고요. 담당과의 전화는 작품 이야기보다 주로 "이번 주 점○에서 이 만화가 재미있었다."라는 화제이고, 동기 작가와 모이면 마리○ 파티를 하며 웃고 떠드는 정신연령이란 말입니다.

그런 제가 신인 작가에게 할 수 있는 어드바이스는 기껏해야 한 가지.

"후기에는 신경을 쓰도록."

정도입니다. 작가로서의 마음가짐? 그런 것이 있다면 내가 배우고 싶다!

나는 아직 주인공에게 자신을 꾸역꾸역 투영하는 미숙한 소설을 쓰고 있는 작가라고! 오탈자 양으로는 후지미에서 넘버원을 자랑하는 작가라고! 업계의 뒷이야기는 하나도 모르는 작가라고! 후기 페이지 조정도 마음대로 못 하는 작가라고!

그런 내가 누구한테 뭘 가르치겠냐!

그렇게 일갈하고 수여식장을 뒤로한다——는 과감한 행동을 할 수 있는 작가도 아니라서, 결국 부들부들 떨면서 선배 작가들의 인사를 그대로 베낀——것까지는 아니고 참고한 인사를 간신히 하고 내려왔습니다.

저는 지금까지 후기가 힘들다, 힘들다고 한탄했지만, 정말로 힘든 일은 오히려 누군가에게 충고를 하는 행위라는 것을 이번에 처음 알았습니다.

참고로 그런 저의 인사는 "정말 긴장하고 있습니다."라는 약한 소리부터 시작해서 "지금까지 선배 작가분은 메모를 읽지 않고 인사를 하셨지만 저는 읽겠습니다!"라는 뻔뻔함을 거쳐, "원래 작가로서 할 일은 사람 나름입니다."라는, 도움도 뭣도 안 되는 이야기를 했어요. 신인에게 아무런 양식도 되지 않는 최악의 인사였다는 것을 여기에 적습니다.

자, 이래저래 해서 알맞게 후기를 채웠으니 여기서부터는 감사 인사를.

먼저 이번 「게이머즈!」의 일러스트를 담당해주신 사보텐 님. 멋있고 미려하고 귀여운 일러스를 그려주셔서 감사합니다! 텐도가 그려진 표지 일러스트를 봤을 때는 '그야 이런 아이가 말을 걸었으니 아마노도 당황할 만하지.' 하고 묘하게 납득했습니다. 작중 묘사에 압도적인 설득력을 주셔서 정말로 감사드립니다!

다음으로 담당자&전 담당자. 이런 취미를 완벽히 드러낸 소설을 웹에서 연재할 수 있도록 해주셨을 뿐만 아니라 책까지 내주셔서 뭐라 감사의 말씀을 드려야 할지. 앞으로 어떻게 될지 저도 모르는 시리즈입니다만 앞으로도 많이 도와주셨으면 좋겠습니다.

그리고 무엇보다 이 책을 읽어주신 독자 여러분.

느긋하고 한가로운 게이머 러브 코미디인 이 작품, 즐겁게 읽으셨나요? 앞으로도 그들의 주위에서 극적인 대사건이 일어나는 일은 없겠지만, 게임이 있는 일상의 행복감 같은 것을 이 시리즈의 묘미로 읽어주신다면 기쁠 겁니다.

그럼 또 다음 권에서 뵐 수 있기를 기원하며.

아오이 세키나

【초출】 본작은 판타지아 Beyond에서 2014년 6월 20일에 업데이트된 분량부터

2014년 11월 20일에 업데이트된 분량을 가필, 수정하여 새로 쓴 작품입니다.

J NOVEL **게이머즈!** -아마노 케이타와 청춘 컨티뉴-

2015년 12월 05일 제1판 제1쇄 인쇄
2015년 12월 10일 제1판 제1쇄 발행

지음 | 아오이 세키나
일러스트 | 사보텐
옮김 | 기미정

발행인 | 이정식
편집인 | 최원영
편집팀장 | 조병권
편집담당 | 김진아
표지디자인 | Design Plus
라이츠사업팀 | 조병권, 손지연, 변혜경, 박선희
출판영업팀 | 안영배, 한성봉
제작담당 | 박석주

발행처 | (주)서울문화사
등록일 | 1988년 2월 16일
등록번호 | 2-484
주소 | 서울특별시 용산구 새창로 221-19(한강로2가)
전화 | (02)799-9181(편집), (02)791-0757(마케팅)
팩스 | (02)799-9334(편집)
인쇄처 | 코리아 피앤피

ISBN 978-89-263-4989-2
ISBN 978-89-263-4988-5 (세트)

중간 스케일 액션&일상 코미디!!

비탄의 아리아 AA

2

2015년 10월부터 인기리에
한일 동시 TV 애니메이션 방송 중——!!

초판한정
책갈피&티코스터
증정!

도쿄 무정 고교, 그곳은 무력을 행사하는 탐정——속칭 『무정』을 육성하는 특수한 학교. S랭크 무정 아리아와 아미카가 된 마미야 아카리에게는 히노 라이카라는 강습과 친구가 있다. 미인이지만 남자보다 강하고 성격도 남자 같은 라이카에게 중등부에서 인형처럼 귀엽게 생긴 소녀 시마 키린이 찾아온다. 라이카를 「언니」처럼 따르며 아미카가 되고 싶어 하는 키린과, 이를 거부하는 라이카. 하지만 사실은 남자 같은 라이카도 여자다운 면을 숨기고 있었는데……?

최약 E랭크 무정 아카리와 귀엽고 개성적인 반 친구들이 만들어 내는 중 스케일 액션&일상 코미디 제2탄!!

아카마츠 츄가쿠&팀 아미카 지음 | **코부이치** 일러스트 | **이은주** 옮김

Illustration: Kobuichi ©Chugaku Akamatsu

J NOVEL **절찬 판매중!**